研究叢書

■著者紹介

中西健治（なかにし　けんじ）

一九四八年　兵庫県生まれ
一九七〇年　立命館大学文学部卒業
一九七六年　立命館大学大学院文学研究科修了
一九七一年より　兵庫県立高等学校教諭
一九九〇年より　相愛大学人文学部助教授、教授
二〇〇四年より　立命館大学文学部教授

著書
『浜松中納言物語の研究』（一九八三年・大学堂書店）
『弄璞集　本文と索引』（共著・一九九三年・和泉書院）
『枕冊子全注釈・五』（共著・一九九五年・角川書店）
『平安末期物語攷』（一九九七年・勉誠社）
『中世王朝物語全集　風に紅葉』（二〇〇一年・笠間書院）
『浜松中納言物語全注釈　上・下』（二〇〇五年・和泉書院）

研究叢書351

浜松中納言物語論考

二〇〇六年四月三〇日初版第一刷発行
（検印省略）

著者　中西健治
発行者　廣橋研三
印刷所　亜細亜印刷
製本所　渋谷文泉閣
発行所　有限会社和泉書院
大阪市天王寺区上汐五-三-八
〒五四三-〇〇〇二
電話　〇六-六七七一-一四六七
振替　〇〇九七〇-八-一五〇四三

ISBN4-7576-0368-1　C3395

索　　引

＊本書に引用した書名、人名を通行の発音により五十音順に従って配列した。
＊人名の部は近代（明治以降）と近代以前（明治以降）とに区分した。
＊叢書名については特別な場合以外は採らなかった。
＊書名のうち、浜松中納言物語は除外した。

【書名の部】

【人名の部】（近代）

な

に

の

は

ひ

ふ

ほ

ま

み

【人名の部】（近代以前）

浜松中納言物語論考

中西健治 著

和泉書院

目次

付録

＊

浜松中納言物語の本文については、特にことわらない限り『新編日本古典文学全集』に依り、その頁数を記した。

なお、源氏物語の本文は『日本古典文学全集』に、その他の作品は特にことわらない限り『新編日本古典文学全集』に依った。

序説　平安末期物語の中の浜松中納言物語

一　「平安末期」という名称について

「平安末期物語」という呼称はそう古くからあったわけではない。また、一方に「平安後期物語」や「鎌倉時代物語」など、さらには近年、「中世王朝物語」という一見違和感のある呼称も提出され、先の「平安末期物語」という呼称がいささか古めかしい響きさえも伴うようになっている。そもそも寝覚物語やとりかへばや物語などが源氏物語や狭衣物語について平安文学研究の中で一定の位置を占めるようになったこと自体が、そんなに古いことではない。いま、明治期に文学史のテキストとして用いられた研究書のなかで、源氏物語以降の物語がどのような呼称で括られているかをみておこう。

日本文学研究において初めてヨーロッパの方法論を導入して文学史を叙述したと言われる『日本文学史』（三上参次・高津鍬三郎共著）には源氏物語以降の物語作品は特別な括りがなされていない。『日本文学史』の組織をそのまま採用したアストンの『日本文学史』においても「第三巻　平安（古典）時代」の「第六章　その他二流の著作」には狭衣物語、とりかへばや物語が簡単に触れられている程度である（W・G・アストン著　川村ハツヱ訳『日本文学史』一二五・一二六頁）。文科大学にて芳賀矢一を承けて平安朝文学史を講義した藤岡作太郎が著した『国文学全史　平安朝篇』で初めてこの分野に一項目が設けられたと言うべきであろう。すなわち、次に示すよ

うな目次になっている。

第三期　道長時代

第十三章　第三期の末の小説（一）狭衣

第十四章　第三期の末の小説（二）浜松中納言

第四期　平安末期

第五章　夜半の寝覚

第六章　とりかへばや

『国文学全史　平安朝篇』とほぼ時期を同じうしながら「いわゆる自然主義の『自己脱離』（坪内逍遥・没理想の語義を弁ず）の方法論をもって、日本文学の全過程をふりかえりながら、文学史を批評の世界にもち来たそうとした」（鷹津義彦氏『日本文学史の方法論』二六頁）五十嵐力の『新国文学史』の「第三篇　平安朝文学　第一部　平安朝文学概説」には「時代の小分け」という章が設けられている。そこには三期と四期とに分けてみる見解に触れ、折衷案として「初期、全盛期、末期」としたうえで全盛期を二分する案を示している。「全盛期の後半、散文全盛時代」として源氏物語、枕草子をあげ、その末尾に、「此の期には尚ほ『狭衣物語』『浜松中納言物語』などといふものがあつたが、さまで重要なる地位を占め得べきものではない」（一五八頁）と一蹴されている（もっとも同じ著者の『平安朝文学史　上・下』においては詳細を極めて論じられていることはかつて言及したところである。拙著『浜松中納言物語の研究』所収論文「五十嵐力博士と平安末期物語」参照）。

このように見ると、明治期においてはこれらの物語群を包括する明確な概念用語は十分には定着していなかったかのようである。これは作品への価値認識と相関関係に有ることは言うまでもないことである。

藤村作編の『日本文学大辞典(六)』の「平安時代文学」の項の「区画」の小項目には「前期・中期・後期」という三分法を用い、これは岩波書店の『日本古典文学大辞典』にも引き継がれている。すなわち、「中古の文学」の小項目「物語文学の衰退」を設け、「総じてこれら後期物語によって、逆に『源氏物語』の無類の偉大さが照らし出されるというものである」とも述べられている。『日本古典文学大辞典』に先だって刊行された学燈社の『日本文学全史』の「中古」にも「第七章　後期の物語・日記文学」という章があり、狭衣物語を執筆された稲賀敬二氏は「平安朝後期の作り物語は、完成された『源氏物語』を超えるための方法を模索する」(二三四頁)と述べ、また、次頁でも、「『狭衣物語』は平安後期の物語の傾向の一つを典型的に具現化し」とも述べられる。このように、全般に「後期」が主流で「末期」は影が薄い。ところが新日本出版社刊『日本の中古文学』(南波浩氏他編)の「第十章　後期物語文学」には、「後期」と「末期」が混在している。

平安後期の物語文学は、しばしば『源氏物語』の亜流ないしは模倣の文学といわれる。(中略)そして、宇治十帖に似た頽廃的な、王朝末期の時代的傾向をも把えうる。しかし、この物語に独自性が皆無ではない。その人物像に罪の意識の濃厚さや、未来の自己を否定する悔恨など、摂関時代の末期における貴族の精神世界をうかがわせている。

(石原昭平氏執筆・二三一頁)

ここでの混在の様相から推測できることは、「後期」が主に文学思潮に重きを置いて見る場合であり、「末期」は歴史の流れを見る場合に用いられているのではないかと思えることである。対象とする作品群の範囲に大きな食い違いは無い。ただ、「末期」という用語は研究の初期でこそ用いられているものの、近年では「後期」が主として用いられているということは確かである。三谷栄一氏編『体系物語文学史』では第三巻が「平安物語」であり、「前期・中期・後期」と分けてあり、三角洋一氏『王朝物語の展開』では「Ⅲ　後期物語の位置」とし、神野藤昭夫氏『散逸した物語世界と物語史』においては、「Ⅳ　平安時代後期の物語世界と散逸物語」を設け、「後期物語」の歴史的概念についての説明がなされている（三三九〜三四二頁）。この一方で、三分法ではなく五分法をとる石川徹氏（『古代小説史稿』）や中野幸一氏（「平安後期物語の方法と特質」・『鑑賞日本古典文学　堤中納言物語・とりかへばや物語』所収）もある。

ところで、このような領域を対象として纏められた研究書の書名として、「後期」あるいは「末期」のいずれが用いられているかを概観してみると次のようになろうか。

まず「後期」の例としては次の書物がある。

『物語文学史の研究　後期物語』（今井卓爾氏・昭和五十二年）
『平安後期』（中古文学研究会・昭和五十七年）
『平安後期物語の研究』（久下晴康氏・昭和五十九年）
『平安後期物語引歌索引　狭衣・寝覚・浜松』（久下裕利・横井孝・堀口悟各氏・平成三年）

『源氏・後期物語話型論』（島内景二氏・平成五年）

一方、「末期」が用いられている例としては次の書物がある。

『平安末期物語の研究』（鈴木弘道氏・昭和三十五年）
『平安末期物語論』（鈴木弘道氏・昭和四十三年）
『平安末期物語についての研究』（鈴木弘道氏・昭和四十六年）
『平安末期物語研究史　寝覚編 浜松編』（鈴木弘道氏・昭和四十九年）
『平安末期物語研究』（鈴木弘道氏・昭和五十四年）
『平安末期物語人物事典』（鈴木弘道氏・昭和五十九年）
『王朝末期物語論』（今井源衛氏・昭和六十一年）
『平安末期物語攷』（中西健治・平成九年）

「末期」を書名に冠するのが一見して多いように思われるものの、その殆どが鈴木弘道氏の著書もしくは編著である。鈴木氏は私の恩師であり、この分野における作品研究の開拓者のお一人でもある。著者が指導を受けるようになった昭和四十年代半ば頃、恩師にこの語句の意味や用法、及びその包括する範囲などについて質問したことがあるが、恩師の答えは必ずしも分明なものではなかった。ただ、鈴木弘道先生の恩師が後藤丹治博士で、主として軍記物語の歴史的考察をもっぱらにされた学者であったためか、当時の受講生であった鈴木氏に対して、

「平安末期」あるいは「平安末期物語」という名称をよく用いて指導され、それを用いることを良しとされたということであった。私もそのことをしばしば伺い、「平安末期」という名称に親しんできた一人である。

先に「後期物語」という名称を用いた研究書『平安後期物語の研究』の著者、久下裕利氏は五分法に従って、初期、前期、中期、後期、末期と区分される。「後期」は現存物語としては寝覚物語、狭衣物語、浜松中納言物語で、源氏物語に次ぐ正統派の物語であって、「末期」のそれらとは明らかに一線が画せるとして、「後期の物語は長編的構想の中に短編的趣向を加味していくことも可能とな」るような構想があり、「末期物語は後期物語をも同程度にその射程におさめて拡散し、奇想自体がモチーフになり得てくる」と説かれている（「平安後期・末期物語の方法」・『狭衣物語の人物と方法』所収）。

いずれにしても「後期」「末期」両語のさす作品や内容に於いて基本的な区分が存在するのではないが、現今では、これにかわる「中世王朝」という包括的名称が通行しつつある。いささかの批判はあるけれども、やがてはこの用語が文学史的には定着するのではないかと思われる。笠間書院の『中世王朝物語全集』の刊行の影響もあろう。また、書名にもこの名称を冠するものとして『中世王朝物語の研究』（大槻修氏）、『中世王朝物語の表現』（田淵福子氏）、『中世王朝物語史論』（辛島正雄氏）が相次いで刊行され、さらにはついに入門書として定評のある『学ぶ人のために』シリーズの一冊として『中世王朝物語を学ぶ人のために』（平成九年九月）と題する書物の刊行をみるに至ったのであった。

先にも触れた笠間書院のPR誌「レポート笠間」（三十八号・平成九年十月）は「変貌する中世王朝物語群像」

というテーマでの座談会を掲載している。その中で今井源衛氏と大槻修氏、稲賀敬二氏、鈴木一雄氏のやりとりはこの問題を集約しているように思われるので引用してみる。

今井　「擬古物語」という呼び名は、平安時代の物語の模倣作という点を要領よく言い表しているわけで、多くは当たっているのですが、ただ模倣だけではなくて、それから一歩も二歩もドラステイックにはみだしている作品もかなりあって、その点では、誤解されそうですね。今回はそういう積極性も汲み取る意味もあって、稲賀さんの発議に一も二もなく賛成して「中世王朝物語」と呼び変えたわけです。

大槻　「中世・王朝・物語」って、これはいみじくも楽しいですね。というのは「中世」ときますと、『平家物語』だとか、『義経記』だとか、『徒然草』だとか、連歌だとかってありますね。そうした中世的なものが、大きく王朝物語とつながってくる。みんな入ってくるんですからね。我々は、どうもこの姫君と貴公子の恋物語というと『竹取』『落窪』『源氏』とその系列、こればっかり考えてるわけでね。やっぱり『平家物語』とか『とはずがたり』のような日記との連携などもあるんだと。いろんなものがミックスされていくんだという、その意味でおもしろい題だと思うんです。

今井　『平家』の扱う人間の書き方とは違いますがね。

大槻　ええ。でも用語とか語法なんかに関係があるでしょう。

今井　ああ、それはね。

大槻　それからちょっとした場面描写なんかにね。そうすると読み合わせるきっかけにはなりますね。そういう点で、中世というのと王朝というのを引き継いでいる楽しさ。

稲賀　あの時にはまさかこんな具合に膨らんでこようとは思わなかったんです。
鈴木　見事な命名だったと思います。物語の性格を言い当てていますね。

また、『中世王朝物語を学ぶ人のために』の冒頭に「名称について」という一項を設けていること自体が、この分野の研究においてひとつの課題としてあったことをよく物語っていよう。次にその一節を引用する。

①平安後期物語、②鎌倉時代物語、③平安後期・鎌倉時代物語、さらには④平安後期・鎌倉室町時代物語――など、いたずらに歴史区分的なタイトルは、ことの本質を明確にしえず、物語――宮廷女流文学の系列作品という意味合いすら曖昧になってしまう。折も折、今井源衛を中心として当該時期の物語注釈シリーズを企画する中で、その統一書名を『中世王朝物語叢刊』（のち「叢刊」を「全集」に改める）とする旨の合意があった。この企画が実り、現在『中世王朝物語全集』全二十一巻・別巻一（笠間書院）を刊行中（中略）だが、将来こうした名称が、どの程度まで適切なタイトルとして定着しうるか。例えば一般に平安後期物語として、世上の認識を得ている『夜の寝覚』（原作）『狭衣物語』『浜松中納言物語』『今とりかへばや』『堤中納言物語』などの諸作品まで、「中世王朝物語」群に入れるには、まだまだ抵抗があろう。

ただし、『源氏物語』の成立以来、いわゆる鎌倉・室町時代にかけて生産され続ける王朝物語の系列作品群への〝橋渡し〟的な役割として、前期の五作品の持つウェイトは重い。いわばクッション役として、これら五作品に対する目配りを大切にしながら、「中世王朝物語」諸作品を一括りに理解する考え方が、次第に一つの方向性を持つべく、今後を見据えてゆく必要があるのではなかろうか。（五・六頁）

右の文章は大槻修氏によるものであるが、氏はこれより先に『中世王朝物語の研究』と題する著書をも刊行されている（平成五年）。その「序」においても、同じ趣旨を簡潔に次のように述べられている。

従来、「擬古物語」と称せられてきた平安後期・鎌倉・室町時代の物語は、名称が江戸期の擬古文と紛れ易く、平安最盛期に成った『源氏物語』以後の、宮廷女流文学の系列作品をも取り込んで一括する手頃な名称が見当たらない。いま便宜上、平安後期・鎌倉・室町時代にわたる王朝物語の系列作品を、ここにまとめて「中世王朝物語」と称することにする。（一五頁）

このように作品の時代環境を的確に押さえる名称に腐心している混沌とした状況そのものが作品の内実とも関わりあっているのではないかとも思われるのである。

このような流れの中で浜松中納言物語はどうであったか。端的に言って、残念ながらきわめて不遇な情況、不遇な研究環境が今日まで続いてきていると言わざるをえないのである。

二　浜松中納言物語の位置

今日までの平安末期物語研究史のうちで浜松中納言物語が話題になった時が何度かはあった。おそらく最初は、平安時代物語を批評する無名草子において、また、実材卿母の周辺で物語の所感を和歌に認めた時期、それに近世期の国学者による研究対象として取り上げられた時期、自己の文学的営為の完結として『豊饒の海』を仕上げるその典拠として三島由紀夫が作品名を明記したこととして、などであった。しかし、一方に源氏物語があり、

狭衣物語や寝覚物語、とりかへばや物語、堤中納言物語など、ほぼ同時期に成ったと思われる一群の作品に比して、浜松中納言物語の関心は驚くほど低い。私の知人などにおいてさえ、堤中納言物語と浜松中納言物語とを混同する人もいるような始末である。長い物語享受史の中で、先ほど示したような事実が何とも特異な現象として受け取られるのである。いま、簡便な方法であるが、近年の一般読者を対象としている古典文学叢書がいかなる作品を収めているかをみてみる。

叢書＼作品	源氏物語	狭衣物語	寝覚物語	浜松中納言物語	とりかへばや物語	堤中納言物語
日本古典全書	○	○	×	×	×	○
日本古典文学大系	○	○	○	○	×	○
日本古典文学全集	○	×	○	×	×	○
新潮日本古典集成	○	○	×	×	×	○
新編日本古典文学全集	○	○	○	○	○	○
新日本古典文学大系	○	×	×	×	○	○

この一覧表で明らかになることは、源氏物語、堤中納言物語や狭衣物語の収載度合いの高いこととその対極にある浜松中納言物語の等閑視されている情況である。これは現在においてもあまり変わっていない。まさにゆゆしき事態であると思われる。と同時に、その理由がいかなるところにあるのかの検証を図りつつ、この物語がより広く市民権を獲得するように努力せねばならないと思う。その意味のおいても、松尾聡氏、宮下清計氏、鈴木弘道氏、池田利夫氏、神田龍身氏、久下裕利氏、島内景二氏などの長年にわたる御研究には大いに学ぶところがある。

ところで、不振をかこってきた事由はいったい何に起因するものであったのだろうか。まずは良い伝本に恵まれなかったこと、首巻と末尾にあたる本文がなかったこと、というこの物語の宿命的欠陥があげられよう。昭和五年に巻五がやっと発見され、物語としての完結が示されるに至ったことで、この物語研究が大いに進展したのではあった。また、無名草子が「もろこしにいでたつことども、いといみじ」と、現存本巻一の前に渡唐にいたる諸事情を記す内容にもすばらしいところがあると評する首巻が読めないということも、読者にとっては大いに不満なことであった。このような本文がそもそも欠落しているという物語は、他の狭衣物語やとりかへばや物語、堤中納言物語に比して、市民権を獲得する最初の基本的条件が整っていないと言えるものであった。ただ、同様な本文上の欠陥を持っている寝覚物語が早くから好評を博しているのは、なんと言っても作品内容の持つ迫力がその欠落を補って余りあるものと思われ、そのために研究環境も整えられていったものかと思われる。

では、浜松中納言物語はどこがおもしろくて、どこが興味を削ぐところなのか。一般に、夢と転生の物語と言われている。このことはこの物語の独自の手法とされている。しかしある事物が突然異変的にできるものではなく、とりわけ文芸事象においてはそうであるように、おそらく何らかの前代におけるなにがしかの事象を継承しているものである。浜松中納言物語の新趣向の最大のことが転生とはいいながら、たとえば竹取物語におけるかぐや姫は人間界と月の世界とを往来した人物として設定され、海を越えて見も知らない異国に渡るところから物語を開いている宇津保物語も、広い意味で転生につながる要素を持っていよう。源氏物語の浮舟もまた、いったんは死の扉の直前までさしかかり、そこで新たな生を獲得したものであり、寝覚物語の女主人公の蘇生にしても、転生の一つの変形として扱えるのではなかろうか。種々の手法が巧みに織りなされるのに比べ、浜松中納言物語の転生はあまりに素朴で骨格の粗い設定と言えるのかもしれない。瞠目すべき趣向を取り込みながらも、読者の

魂を揺さぶるに必要な工夫がもう一歩のところで止まっていることを浜松中納言物語のために惜しむものである。

いずれにしても、一般市民までもがその名を正確に認識し、多少なりとも食指を動かそうとするに至るには、いろいろな研究環境を整えていくことが肝要だと思う。昭和十六年に雄山閣より刊行された「古典研究」以来、日本文学関係の雑誌での特集にも無縁なこの作品ではあるが、近年、和田律子・久下裕利両氏の編集による『更級日記の新研究――孝標女の世界を考える』（平成十六年九月）には四編の浜松中納言物語関係の論文が掲載されたことはその意味で、大いに注目すべきことであったし、さらには西本寮子氏をはじめ、横溝博、安田真一、尾上美紀、大原理恵、八島由香各氏等の有能かつ気鋭の研究者が精力的に有益な読みを展開されている。これらの研究者の成果によって浜松中納言物語研究は新しい段階を迎えようとしているのである。

第一章　浜松中納言物語の題名・成立年代に関して

第一節　浜松中納言物語の題名

一　従来の諸説の吟味

浜松中納言物語の題名について従来の論考をなぞりながら、なおこれらに付加すべきなにがしかがないか、模索してみようとするのが本節の意図である。

昭和三十九年五月、『日本古典文学大系』（以下『大系』と略称）の中の一冊として浜松が加えられて刊行された。その「解説」の冒頭は次のような文章で始まっている。

浜松中納言物語という名は、今の人には極めて耳遠い。そればかりではなく、あの文運の盛んであった徳川時代においてさえ、この物語の刊本はわずかに丹鶴叢書に属する一本に過ぎなかった。つまり、この物語は何百年もの間、少なくとも一般世間からは捨てさられていたのである。（一二五頁）

この「極めて耳遠い」物語の研究に次々と光を当てて闡明に努めてこられたのが、右の文の執筆者であり、『大系』の校注を完成された松尾聰氏であった。氏によって不完全であった物語の基本的問題の多くが解明され、

平安朝物語の一つとしての読解が飛躍的に進歩したのである。本節で取り上げようとする題名に関する考察にしても、「書誌学」（八巻第一号・昭和十二年一月）に「浜松中納言物語題名考」（『平安時代物語論考 増補版』所収・これをいま（A）とする）と題する論文を発表され、その中で基本的見解のほとんどについて詳細に言及し論証されたのであった。以後の諸論は松尾氏の見解に幾分かの補足や再確認にとどまるもので、氏の説は今日にまで大筋で認められているといえる。本節もその点では屋上屋を架すものであることを自認しつつ、諸説整理の上に立って、あえて若干の補足を付しておくものである。以下、とくに題名について言及された論文や解説のうち、本節で取り上げてみようとする主なものを掲げるとつぎのようになる。

（B）三上貫之氏「浜松中納言物語私考——題名と作者について」（「国文学論究」第五冊・昭和十二年六月）

（C）宮下清計氏『新註国文学叢書　浜松中納言物語』（解説・「四　題名」・昭和二十六年一月、以下『新註』と略称）

（D）石川徹氏『古代小説史稿——源氏物語と其前後——』（増補版）（「第十九章　浜松中納言物語概説」補注・平成八年五月）

（E）池田利夫氏『新編日本古典文学全集　浜松中納言物語』（解説・「二　書名について」・平成十三年四月、以下『全集』と略称）

そこで以上の各説について検討してみよう。

（A）松尾聡氏の見解はきわめて厳密で実証的である。要点のみ摘記すると次のとおり。

①　題名は物語巻一の中納言の歌「日本の御津の浜松こよひこそわれを恋ふらし夢に見えつれ」によること。
②　この歌は万葉集巻一の山上憶良の歌、及び巻十五の「ぬばたまの」に依っている。
③　原題は「みつの浜松」であり、浜松中納言物語は江戸時代以降の名称である。
④　「みつの浜松」は物語の主人公をさしてはいない。
⑤　主人公でない人物をさす名称が題名になったのは物語の内容と深く関連する。

松尾聡氏とほぼ同じ頃に発表された三上氏の論（B）はおおよそ松尾氏説と重なる部分も多く、研究史的にもあまり注目されていない。鈴木弘道先生の『平安末期物語研究史　寝覚編 浜松編』にもわずかに巻末・第三章「寝覚物語・浜松中納言物語研究史年表」にしか取り上げられず、また『新註』（C）の説も同様な扱いしかなされていない。三上論文が掲載された「国文学論究」の昭和十二年二月には、研究史上、特記される臼田甚五郎氏の論文「浅野図書館本浜松中納言物語末巻の紹介に併せて其作者に対する疑ひなどを述ぶ」が掲載されており、同じ「国文学論究」としては、むしろこの方に目が注がれているようである。これと同じ「国文学論究」誌上に同じ物語を対象として掲載された三上氏の論文は臼田氏とは異なった観点から、なぜに「みつの浜松」という語が好まれたかという点を焦点として論述されたものであった。それは平安朝期における万葉集の愛好や海外交通への憧憬によっていて、とりわけ題名の根拠となった憶良の歌と万葉集歌との緊密性が然らしめたものとの判断によって考察をすすめられたのであった。すなわち、「みつの浜松」及びこれに類する「みつの浜辺」「みつの浜」「みつの松原」などの歌を掲出し、そこに籠められた解纜の地としての「みつの浜」への思いの存在を確認し、同時に人々の別れに関わる地名でもあるとして次のように述べられた。

待ち恋ふ心と大陸へ舟出の解纜地としての三津の浜の印象は、単に万葉人の心を支配したのみならず、遥かに下つて、此浜松中納言物語の作者に「日の本のみつの浜松こよひこそ云々」の歌を作らしめてゐるのである。

さらに「夢に見えつれ」の語句にも万葉集との関連があると説き、「みつの浜松」と「夢に見えつれ」の両句を有する浜松中納言物語の歌は時代的に関心の高い歌であったがゆえに物語の題名としてふさわしいものであったと論じられたのである。万葉集との関連は憶良の歌との関わりのあることで注目されるのは当然であるが、三上氏はこれについて多くの資料を用いることによって強調されたのであった。ただ、「夢に見えつれ」についてはわずかに万葉集の五首をかかげて何らの関わりをも考察されることなく補足的に述べられたのはやや不満の残るものではあった。

浜松研究史上、画期的な業績の一つである注釈を完成されたのが宮下清計氏の『新註』であった。その巻頭九十一頁に亙る「解説」はさながら一編の論文の体をなしているものである。そのなかで題名に関して宮下清計氏は、「日の本のみつの浜松」が暗に左大将の大君を指しているはずで、この人物が主人公ではないのに物語の題名となっている理由について次の三点をあげられた。

○　中納言と大君の恋愛が中心であり、大君の人形としての唐后、さらに吉野姫への恋愛として発展する物語である。よって作者のねらう構想の特異性を醸し出す重要な位置を占める人物だから。

○　当時の文壇、読書界に万葉・古今等の影響が強くあり、「みつの浜松」の語の方が余韻縹渺たるものがあり、文学的効果が高いから。

○　万葉的世界への思慕が大陸文化を通しての未知の国、唐土への憧憬をかりたてていたから。

これらはすでに松尾聡、三上貫之両氏の論じられたところではあったが、宮下清計氏の視点から眺めてみると、なお豊かな理解が得られるのである。つまり、宮下氏は、浜松巻一の「日の本の……」の中納言の歌は今日の我々が考える以上に高く評価されていて、この物語に対する共感と諾意とが当時の人々の心に深く訴えるものがあったと述べ、「おそらくこの物語の命名者は、この題名に一抹の得意と優越を感じ、文学的香気高きものとして自負したにちがひない。かうした一見遊戯的にさへ見える題名の付け方の上にも当時の人々の繊細な感覚が見られるのではあるまいか」（一七頁）と説いておられる。このことは三上、松尾両氏の説と基本的にはかわらないものの、豊富な当代の文芸思潮を援用して論じておられる点において視野の広がりを覚えるものである。

（A）ではこの点に関しては「主人公中納言の悲恋の生涯の出発を切らせた意味に於いて、この物語の前半で、かなり作者によつて強調された女性である。従つて、この女性に対する中納言の悲恋の歌に現れたこの女性の影『みつの浜松』が翻つてこの物語の題名とされるといふことは、極めて自然であらうと考へる」（四三七頁）と述べられていて、（C）と対照させてみると（A）の見解が極めて禁欲的論調に見えてくる。これらを並べてみると、（A）（B）をひっくるめて総合的に述べたのが（C）ということになろう。

（C）のなかで宮下氏が石川氏の私信ということで触られているのが（D）である。もっとも大要は従来の見

解を基本とはするものの、（D）は古今和歌集との関係を付加するものであった。石川氏は次のように述べられる。「「みつの浜松」は従来から言われているように万葉集歌（巻一、憶良・巻十五）から出たものであろうし、それが左大将の姫君を指すことも同じである。ただ、「この姫君が尼になるといふ構想に著想上のヒントを与へたのは、古今集雑下の贈答歌（省略…中西）の二首であったであらう」（四九〇・四九一頁）という説である。このことは石川氏が初めて提出されたものであったので、まずはこれを吟味する必要があるだろう。

古今和歌集（以降「和歌」を省略）・巻十八・雑下の贈答歌二首（九七三・九七四）はいわゆる葦刈伝説に関わる歌である。

　　題しらず

我を君難波のうらにありしかばうきめをみつの海人となりにき

　この歌は、ある人、「昔、男ありける女の、男とはずなりにければ、難波なる三津の寺にまかりて尼になりて、よみて男につかはせりける」となむ言へる

　返し

難波潟うらむべき間もおもほえずいづこをみつの尼とかはなる

この二首について片桐洋一氏は『古今和歌集全注釈（下）』において次のように述べておられる。

歌が詠まれた事情の説明は前歌の左注にしかなく、詳しいことはわからないが、『大和物語』第一四八段に

見られるように、当時葦が生い茂った低湿地であった難波と都とのギャップが物語の前提として存在しているのであろう。（三五五頁）

男が通って来なくなったことで女は悲嘆のあまり尼となってしまい、男に恨みの歌をよこしたというのであって、いかにも浜松の趣向と通うところがある。浜松では中納言が唐土に出発してしまい恋人である女君（大君）が出家してしまうという人物の動静の類似に加えて、片桐氏も指摘されるように、京に住む人にとって海辺の湿地は異郷というに十分な心理的空間的隔たりがあり、浜松での日本と唐土のそれにも通うのである。石川氏はこの二首の「みつのあま」の傍らにとくに圏点を施しておられることから、「みつのあま」は「みつの浜松」という語句をも誘導したのではないかとも考えておられることがわかる。いずれにせよ、石川氏があげられた古今集の歌が浜松の構想に何らかの影響を与えていないとは言えないようである。

ここまでの諸見解が近年までの定説をほぼ形成していたといえる。『新註』『大系』のあと、しばらくの時間をおいて池田利夫氏の『全集』が平成十三年春に刊行された。『全集』の解説も題名について従来の見解を承けつつ慎重かつ簡潔に述べられている。つまり、「みつの浜松」が原題であること、万葉集の憶良の歌がもとになっていることを確認したうえで、憶良の歌を中心に説明を付加された。いまそれらをまとめると次のとおりである。

①「これは数ある『万葉集』歌の中の、国外で詠まれた唯一の歌」であること。
②「詞書の『大唐』は『もろこし』、『本郷』は『やまと』とも『くに』とも訓まれ」ること。

③「歌の『はやくやまとへ』は、西本願寺本では『はやひのもとへ』と訓む」こと。
④「『御津の浜松』という命名が、果たして作者自身にまで遡りうるのかどうかは詳かではないが、この成句は、日本と唐土との対比に主眼が置かれている」こと。
⑤「帰国してなお中納言が唐后を憶い続ける姿を写し出している書名であるとも言える」こと。
⑥実材卿母集や風葉和歌集の表記から「この呼称は長く続かなかったらしい」こと。

この六項目のうち、①〜③や⑥は従来の見解に異なった角度から加えられた説明で、④⑤は池田利夫氏の見解とみられるものである。『新註』の説に『大系』の見解を加え、さらにこの池田利夫氏の解説を併せ見るかぎり、題名については何ら余すところなく言及され、言い残されていることはないかのように思える。もちろんこれでまったく十全なのではあるが、題名の根源たる中納言の歌はどのような状況のもとで、いかなる修辞法を伴って詠まれたものなのか、また、どのように扱われてきたのか、という歌の周辺事情にまで視野を拡大すれば、なお言及しておくべき事柄が若干はありそうに思えてくる。

二　大君の歌について

浜松の題名は物語巻一の次の歌にあることは先行諸論に異論のないところである。

日本の御津の浜松こよひこそわれを恋ふらし夢に見えつれ

右の歌は唐土にある中納言の夢枕に日本にいる大君が立ち、中納言に恨み言を含んだ歌を詠みかけたことに対する中納言の返歌として位置づけられている。大君の歌とはつぎのようにある。

たれにより涙の海に身を沈めしほるるあまとなりぬとか知る

中納言はこの歌にこめられた深刻な意味の核心については十分な理解に至らず、ただ、中納言恋しさで涙の海に身を沈めている悔しさ、恋しさを訴えたものとだけ受けとめたのであった。『全集』は「大君は中納言の渡唐後に懐妊が発覚し出家したので、海女は尼を掛けているが、中納言がそれに気づかないとする筋立なので、日本に残された大君が恋しいあまり涙の海に身を沈めるほど嘆くのは誰のせいかと単に問いかけた、と受け取る」（五二頁）と注されているとおりである。

まずはこの歌を検討することから始めたい。

「たれにより」を初句にもつ歌はさほど多くはない。例えば、源氏物語・澪標巻で源氏が帰京後、明石の君のことを初めて紫の上に語る場面で、紫の上の恨めしい気持ちを籠めた歌にこたえて、

誰により世をうみやまに行きめぐり絶えぬ涙にうきしづむ身ぞ　（『全集』㈡・二八三頁）

という歌を詠みかける場面がある。「誰により」というのは単純な疑問ではなく、源氏物語の『全集』頭注が指

摘するように「誰により……身ぞ」の強い反語的表現の構成であって、他でもないまさにあなた、その人なのだという意味合いが強く押し出されるニュアンスをもっている語句である。拾遺集・巻十六・雑春・右衛門督公任の歌（一〇二二）、「誰により松をも引かん鶯の初ねかひなき今日にもある哉」は、詞書にある「東三条院御四十九日のうちに子日いできたりけるに、宮の君といひける人の許に遣はしける」ということからも明らかなように、東三条院詮子が亡くなり、その忌中の初子の日の感慨を詠んだもので、「誰により」といっているのも、他でもないまさに詮子その人に寄せて子の日の松を引くことの虚しさを訴えているのである。続古今集・巻十一・恋一・みつねの歌（九四五）、「たれによりおもひみだるるこころぞとしらぬぞ人のつらさなりける」（古今六帖・万代集にもあり）も同様に解される。自らの心を婉曲的に表出し、「誰」の言外の意としては目指す当人以外をさすものでないという強い気持ちを表現しているのである。斎宮女御集（二二六）に「さだめなきよをきくときもたれによりながめがしはのしげきとかしる」とある歌の「たれにより」の背景は、その詞書が記すように「堀河の中宮」（円融院の皇后藤原媓子）が亡くなって後、作者の従姉妹である「六条殿」（源重信の妻）に「皇子が三十三歳という若さで崩じたので、その思いを深くし」ていることで、そこに、「誰のためにこんな嘆きをするのかござんじですかというのは、ほかならず、あなたのお嘆きを思えばこそだとの気持ちを含んだ弔問」（平安文学輪読会編『斎宮女御集注釈』二四四・二四五頁）の意が籠められていると説かれているのである。その他の「たれにより」の句をもつ歌についてみても、そこに共通している意味合いは、単なる疑問の形ではなく、それを通して、誰でもない、他ならぬあなたであるということを強く押し出す意図を表現していることが多いと分かるのである。浜松の「誰により……」の歌も、まさにその典型であり、大君からみれば、当然中納言その人をさして強く訴えられたものと解してよいと思われる。

「涙の海」も同様に歌に詠まれている。しかし、勅撰集には「涙のあめ」「涙のいろ」「涙のかは」「涙のたま」などはよく詠まれてはいるものの、「涙の海」はほとんど詠まれていず、それ以外の私家集などにはまま見ることができる。例えば、好忠集（四四一）の「ひとこふるなみだのうみにしづみつつ水のあはとぞおもひきえぬる」（伝為相筆本には「なみたのふち」とある）は恋人への絶望的な思いを詠んでいるのである。また、待賢門院堀河の私家集（待賢門院堀河集・一二三）の「これやさはふねがしたなるあまならんなみだのうみによるかたもなし」は前後の歌の配置からみるとどうも出家をした人との別れを詠んでいる（「あま」が「尼」を掛けているか）とも受け取れる歌であり、よしんばそうでなくとも下の句からそのように理解はできるものである。また、狭衣物語・巻一「楫を絶え命も絶ゆと知らせばや涙の海に沈む船人」の歌は、投身しようと嘆く飛鳥井姫の心を詠む歌であるとはずがたりの「わが袖の涙の海よ三瀬河に流れて通へ影をだに見ん」（六）、「する墨は涙の海に入りぬとも流れん末に逢ふ瀬あらせよ」（一五一）もある。和歌には「涙の海」に「沈む」「入る」「漕ぐ」が一首中に詠まれたり、あるいは狭衣物語と同じ「舵緒たえ」などという語句が用いられている。これらのことから、「涙の海」を読み込む場合には絶望的な心情が背景にあり、それを象徴的に表現するのが「涙の海」という語句であろうという推測が可能なように思えてくるのである。実材卿母集の歌「あすからはあすのあふせをまちわびて涙のうみになどしづみけむ」についても、拙著では中納言と唐后との恋をもとに詠まれているのではないかと解した（『平安末期物語攷』第一章・「権中納言実材卿母集と浜松中納言物語」八三頁）が、題名との関わりからみて、恋の成就が絶望的になった大君の歌の鍵語「涙の海」を意識して詠まれたものと解することが、あるいは適切なのかも知れない。

なお、付言するならば、結句末に「とか知る」を用いる歌も多くはなく、浜松にもう一首「思ひわびあらじと思ふ世なれどもたれゆゑとまる心とか知る」（巻四）とある他、近世和歌に三首あるのみで、修辞的にも注意さ

れよう。

このようにみてくると、題名を導き出す大君の歌には巧みな表現方法が織り込まれていて、その修辞の背景を探ることによってあらためて大君の深い絶望と虚しい呼びかけの心を確認することができるのである。このことは大君の歌に応えるかたちで詠まれた中納言の歌にも当然、然るべき詠出方法が潜んでいようとの推測を及ぼすことになり、浜松の題名に繋がったことの事由について再検討することも意味のないことではないと思われてくる。

三　中納言の歌について

中納言の歌は前二句は人物をさし、「こよひこそ」は時間を、「われを恋ふらし夢に見えつれ」はこの歌の重点である中納言の思いを、それぞれさしている。

まず、「われを恋ふらし」についてみておく。

「われを恋ふらし」の句をもつ歌もさほど多くない。新編国歌大観CD—ROMで見るかぎり、十一件中六件が伊勢物語の六十三段（つくも髪）の「百年に一年たらぬつくも髪われを恋ふらしおもかげに見ゆ」とそれを引く歌論書などであり、残り五件中三件が浜松の歌（浜松、後百番歌合、風葉集）で、あとは長能集の「みやこ人われをこふらしくさまくら我がたびねのゆめ見さわがし」と、古今注の「我をこふらし宇治の橋姫」の二首であることがわかる。

伊勢物語の後世における影響を網羅的に研究をすすめられている伊藤颯夫氏の『伊勢物語の享受に関する研究』第二巻では、伊勢物語の「我を恋ふらしおもかげに見ゆ」と浜松の「我を恋ふらし夢に見えつれ」には「な

んらかの交渉がありはしないかと思われるのである。一応、引歌と考えるが、不安がないわけでもない」（二三七頁）と述べておられる。伊藤氏の見解を受け、これをさらに積極的に支持して、伊勢物語のつくも髪の歌を浜松が承け、それを発想の背景として取り込んでいるのではないかと捉えるといかがであろうか。伊勢物語の場合は「老恋」の歌とも、また子が老母を恋い偲ぶ類の歌ともいわれる。竹岡正夫氏『伊勢物語全注釈』は六百番歌合にも「老恋」の部立のあることを例歌をあげて指摘する一方で、「子が老母を恋い偲ぶ類の歌」の例として「万葉集の防人の、国に残して来た父母を恋う歌」の「月日やは過ぐは行けども母父が玉の姿は忘れせなふも」（四三七八）を示されている。悠かな異郷にいる父母を思慕するという発想は浜松と重なるものである。「老恋」という面があまりに強く意識されすぎたために、そこに隠れた意味を見失いがちになるのではないか。竹岡氏は次のように述べておられる。

この段も、「百歳に一年足らぬつくも髪」という「老恋」（あるいは老母を恋う）の歌と、古今集・古今和歌六帖にも収められて有名な「さむしろに衣かたしき」の宇治の橋姫の歌とをいかに巧みにデフォルメして見せるかに、この段の作者のねらいがあったのであろうと思われる。（九二六頁）

古今集の歌は巻十四・恋四（六八九）の「さむしろに衣かたしき今宵もや我を待つらむ宇治のはしひめ」であり、古今六帖（五・四六五）には「家刀自を思ふ」とする題でこの歌が入っている。「家刀自を思ふ」歌となると、これは浜松における中納言と大君との関係と重なり、同じ設定で詠まれたものとみることができるのである。

ところで、浜松全体を物語の展開に即して細かく検討する島内景二氏『源氏・後期物語話型論』では「日本の

御津の浜松……」について、この歌が古今集「狭莚に衣片敷きこよひもや我を待つらむ宇治の橋姫」と酷似し、この歌の基底にある橋姫伝承が浜松に取り込まれているのであろうと述べられた（三五〇〜三五二頁）。つまり、大君と唐后とが中納言にとっての二人妻であり、本妻が大君、後妻が唐后に当たるとみ、さらに、古今歌と中納言の歌が類似しているのは、大君と唐后とが中納言にとって二人妻であることを語るためであると説かれたのである。浜松の構想に橋姫伝承、二人妻伝承が関わっていることを述べられたことは一考に値するものであろう。ただ、二人妻という設定は必ずしも大君と唐后に限定されることでなく、大君と吉野姫君、あるいは唐后と吉野姫君の関係にも、考え方によっては相当し得るようであることから、むしろ橋姫伝承の方により濃い影響関係があるとみるべきだろうと思われる。いったいに重層的な影響関係を単一な説話概念で把握することは困難ではある。いま問題としている浜松の中納言の歌にしても橋姫伝承の発想にはよりながらも、歌の表現上の語句使用からいえばあきらかに伊勢物語・六十三段のつくも髪伝承にみえる「百年に一年たらぬつくも髪われを恋ふらしおもかげに見ゆ」に基づいているのである。伊勢物語の歌の「九十九歳の女」というところを「恋人を待ち続ける日本の女」に置き換えてみると浜松の歌になる。こう考えると伊藤氏のさきの指摘はまことに適切なものであったといえるのである。(1)

「われを恋ふらし」をもつもう一例の長能集（一〇）の歌についてみておこう。詞書は「ゆめみさわがし、とてよめる」とあり、この歌が「夢見が穏かでなかった、というので、よんだ歌」という設定で詠まれている。平安文学輪読会編『長能集注釈』は「ゆめみさわがし」について、「不吉な夢、不安な夢を見たことをいうように考えられるが、ここは歌から判るように、それほど深刻な夢というわけではない」（二二頁）と説かれ、肝心の歌については、「丹波国の田舎にいる自分に対して都にいる人、恐らくは都の女性、恋人をさすのであろう。『ゆめ

み』は、具体的な内容は判らないが、気になるような内容の夢、普通ではない夢を見たのであろう。古代人は、ある人が夢の中に現れた場合、それはその人が自分を恋い求めているからであると考えていたことは、万葉集以来多くの例がある。『われをこふらし』は、伊勢物語・六十三段の『百歳に一歳たらぬつくも髪我を恋ふらしおもかげに見ゆ』によった語と考えられる」（二二頁）と述べて、明確に伊勢物語つくも髪伝承との関係の存在を注記している。

このようにみてくれば、浜松のこの歌もやはり伊勢物語・六十三段の強い影響下にあり、またそれを意識しつつ詠まれていると捉えるのがまずは穏当な考えではなかろうか。歌の鍵語である「つくも髪」という語も平安期の物語にはほとんど見られず、源氏物語・手習巻にわずか一例（「一年たらぬつくも髪多かる所にて」）あるのみで、和歌にも多くはない。「つくも髪」には伊勢物語のイメージが色濃く織り込まれているとみてもよかろう。大雑把にまとめれば、伊勢物語の老女の夢語りの発想をすこしずらせば、若い女が出家をする話に、さらに出家後に在俗中の恋人を慕って夢告げをするという設定に再生される可能性の過程は、さほどの隘路とは思えないようでもある。冒険ついでに付加するならば、さきにあげた長能集の歌は、道綱母と長能とは異母姉弟ではないかと言われており、仮に浜松の作者が孝標女とするならば血縁関係がまったく無いわけではなく、むしろ縁者としての近しい意識が作歌の際にも働いていたともとれなくはないようであり、他にあまり多く用いられていない語句を物語の主題の歌として導入する可能性、あるいは親近性などが潜んでいたのではないかとも推測できる余地があるようである。

さきに石川徹氏の見解として、伊勢物語のいわゆる葦刈伝説に係る二首の「みつの尼」が題名にヒントを与えたのではないかとの説を紹介した。石川氏の見解とこのつくも髪の歌との関わりとをみると、浜松には伊勢物語

からの影響がやはり少なからずあったとみてもいいのではないかと思える。発想においても表現の面においても前代の作品の影響が濃くあるとみるのは自然で、しかも浜松のような新奇な構想においてこそ物語の深層に、依拠すべき骨格の大きい伝承が重層しながら存在していたと考えることは許されるのではあるまいか。

四　為家と浜松中納言物語との関わり

次に「夢に見えつれ」に着目してみる。これと同じ句をもつ歌はきわめて少ない。新編国歌大観のCD－ROMで見るかぎり、五件の該当歌があるが、そのうち三件は浜松のこの歌と、これをおさめる後百番歌合、風葉集の歌である。残る二首は為家集と法性寺為信集からのものである。法性寺為信集のは「せめて猶まどろむ程もわすられぬつらさのみこそ夢に見えつれ」(三〇三)とある歌で、「恋歌の中に」と題する五首の中の一首であるように、逢えぬ恋人の嘆いている様子を夢に見たと詠む恋歌である。また、為家集の歌は「いかにぞとおもひやすらん今夜こそ故郷人の夢にみえつれ」(一七九二)というもので、歌の趣向としては、自己の苦衷に拘泥することを主眼とする法性寺為信集の歌よりも、いっそう浜松の「日本の……」の歌に近いものであるといえる。故郷を離れたところで恋しい人に思いを馳せていると、何と、今夜、その恋しい人を夢に見たというのである。「故郷人」は夢路を辿って来て我が夢枕にやってきたのである。しかもその内実は分明ではないけれども、夢枕にたつことによって熱い思いは伝わってきたのであって、長い隔たりを越えて、夢によっていっそう恋しさはまさったというのであろう。大久保広行氏は、今日の「夢を見る」に相当する表現は万葉集においては「夢に見ゆ」(「夢に見る」)であることについて、「夢の対象を主語とする単純な構文をとるもので、夢を自然発生的な神秘霊妙なものとする観念が反映していると思われる」(「国文学」昭和四十七年六月)と述べておられる。しかも

「夢に見ゆ」は必ずしも万葉集の修辞にのみとどまらず、和歌の類型的表現として定着することになる。大久保氏の言い方を援用するならば、浜松の「日本の」の歌は「日本の御津の浜松」が主語であって、それが夢枕に立つという解が成り立つ。中納言は、自分の夢枕に今夜、「御津の浜松」が立ったがゆえに、遠い異郷にいる自分を恋しく慕っているのであろうと思い当たるのであった。日本を離れ、大君とも別れ、多くの日数を経、今日に限って大君の夢を見たのである。日は多くあったのに、他の日でなく、まさに今夜、大君の姿を見、彼女自らが話し掛けるかのように思えたのであった。そのような設定での中納言の歌であったのである。「故郷人の夢にみえつれ」とする為家集の歌はまさにこの浜松中納言物語の中納言と大君の交感にそのまま当てはまるとみてもよさそうである。

歌一首の類似から類推を拡散させていく傾きを警戒はしつつも、なおもう一言付加しておきたいことがある。それはこの為家という人物のことである。藤原為家は藤原定家の嫡男で続古今集などの編纂に当たった歌人。さらには物語歌集である風葉集の撰者でもあったのである。そもそも為家も定家同様、物語にも関心が深かったことは言うまでもない。さらに憶測を逞しくするならば、この為家の歌は、表面は単なる故郷人恋しさの思いを詠んではいるものの、その背景として物語の世界、浜松の物語的世界を、そして浜松の題名の源となった歌の趣向に注目していたからこその詠ではなかったかと思えるのである。

このように、浜松の題名について考えてくると、なおまだ考察の余地がありそうに思えてくる。物語中の歌と場面とを子細に検討する過程で多くの読み残しがあることであろう。浜松中納言物語の原題は中納言の詠んだ歌にある「御津の浜松」に本源があり、後に「浜松中納言」や「浜松中納言物語」になっていると説くことはまったく正しい。ただ、それが物語の展開のなかで、また、広く物語史の流れのなかでいかなる背景のなかから生み出

され、どのように受け取られていったのかは、もう少し慎重にみていかねばならない課題であるように思われる。

注

（1）小考の要点を図示すれば次のようになろう。

（伊勢物語）「つくも髪」の夢語り→「我を恋ふらし」→（浜松）尼となった大君の夢告げ

百年に一年たらぬつくも髪　われを恋ふらしおもかげに見ゆ（伊勢・63）
日本の御津の浜松こよひこそ　我を恋ふらし夢に見えつれ（浜松）
さむしろに衣かたしき今宵もや　我を待つらむ宇治の橋姫（古今集・巻十四・689）

なお、辛島正雄氏は「女中納言と「宇治」——『今とりかへばや』における〈二人妻説話〉の影——」（「国語と国文学」平成十四年五月特集号）において「今とりかへばや」に「二人妻説話」の面影のあることを指摘されている。その依ってきたるものとして散逸物語「橋姫の物語」があるという。これを浜松に応用し、二人妻を大君と唐后とみると次のようになる。物語の古層に共通する何かがありそうに思えてくる。

	橋姫の物語	浜松中納言物語
Ⅰ	二人妻の話である	大君と唐后
Ⅱ	本の妻は夫の子を生む	大君は女児を生む
Ⅲ	夫は龍王の婿となり、妻たちと幽明処を隔てる	中納言は唐后と契り、唐土に三年いる
Ⅳ	本の妻が「宇治の橋姫」と呼ばれる	本の妻（大君）は「みつの浜松」と呼ばれる

（「相愛大学研究論集」第十九号・平成十五年三月）

第二節　浜松中納言物語の成立年代への一視点

一　問題の所在

浜松中納言物語・巻五（「一三・入内予定の関白の姫君裳着。宮の苦慮は続く」から「一四・中納言に告げよと言い姫君失神。使者派遣」にかけてのあたり）の記事。

（甲）ふるさとにさるべう思ひ聞こえむ人に、まづ知らせたてまつらむとなむ思ふを、いづこにたれをたづぬべき」と声も惜しまず、泣く泣くのたまふことばかりは、耳に聞き入れらるるに、（中略）「中納言に告げさせ給へ」とぞ息のしたに言はれぬる。（中略）「とう、かうこそ聞こゆべかりつれ。中納言はあまたあるを、いづれと知りてか告ぐべき。源中納言にや」と問ひ給へば、あるかなきかにうなづくけしきなれば、（四〇九・四一〇頁）

これとほとんど同じ記事がすぐ後（「一六・宮は中納言に、姫君誘拐の一部始終を語る」）に次のようにある。

（乙）『いづくをいかにたづぬべきぞ』とせちに言ひつれば、からうじて息のしたに、『中納言に告げよ』と言

ふやうに聞こえつるに、中納言はあまたあり、いづれをいづれとか知らるべきと思ひて、『源中納言にや』と推し当てに問ひつれば、あるかなきかにうなづくさまなりつれば、（四一六頁）

右の甲・乙は語る主体の違いから生じている修辞上の若干の相違を除いてほとんど同じ内容が繰り返されている。誘拐はしてきたものの、次第に衰弱する吉野姫君を持て扱いかねた式部卿宮は、いったいどうすればよいのかを当の姫君自身に問い掛けざるをえなくなった。式部卿宮の問いに対する姫君の答えは「中納言に告げよ」との短い言葉であって、これを契機に物語は大きく展開するのである。問題としたいのは、姫君の「中納言に」との答えに、式部卿宮が「中納言はあまたあ」るためにどの中納言か不明で、当て推量に「源中納言にや」と尋ねると姫君がうなずいた、ということについてである。物語の男主人公たる中納言が源氏であることは巻三に「殿上に源中納言参り給へり」（二六三頁）とあって、読者にはすでに知らされていることではあった。薄れかかっている意識の下でこの吉野姫君がわずかに答え得たのは「源中納言に知らせてほしい」という一言であって、このわずかな言葉に対して式部卿宮がいかに反応したのかという点を手がかりにあれこれ試案を記しておこう。

二　『全集』の頭注

甲の記事の「中納言はあまたあるを」について『全集』は次のように注している。

Ⅰ　中納言の定員は三名であるが、定員外の権中納言を含めて、七〜十人、特に権官に人気が高く、長暦元年（一〇三七）より承暦五年（一〇八一）の四十四年間は、すべて権中納言のみ。（四一〇頁）

さらに「源中納言にや」の「源中納言」について『全集』は次のように注している。

Ⅱ　複数いる中納言を氏姓で区別した呼称。主人公が源氏であるとわかる。藤中納言（藤原）、平中納言などある。　（四一〇頁）

『新註』(1)や『大系』(2)などの先行の注釈書は何らの施注もなくほとんど問題にしていない箇所で、『全集』がおそらくはじめて着目したもののようである。『全集』校注者の池田利夫氏としては、課題として発展するに値するところと捉えておられるものと思われるが、『全集』頭注という制約された形式の範囲内にはおさめることが困難であったためにその骨子のみを摘記されたとみられる箇所である。

三　中納言の員数

官職としての中納言についてまずみておこう。『官職秘抄』(3)にはつぎのようにある。

中納言。

有二五道一。所謂参議。大弁。同近衛中将。検非違使別当。摂政関白子息。為二一位三位一中将。参議労十五年以上輩也。此外歴二坊官一参議又任レ之。四位参議任二中納言一日。直載二従三位之由一。前参議任例。伊通。邦綱。以二大弁前労一任例。実光。猶兼二大弁一例。菅贈太政大臣。源希。猶為二蔵人頭一例。法興院入道前太政大臣（兼通）。格云。慶雲二年。省二大納言二人一置二中納言三人一。遺誡云。中納言三人。其後天暦三年始為二四人一。元方。高明。

在衡。師平。天禄三年増二五人一。法興院入道。橘好古。雅信。朝成。延光。寛和二年増二六人一。加二義懐一。長和三年増二七人一。加二実成一。同四年増二八人一。加二経房一。嘉応二年増二九人一。加二宗盛一。承安元年増二十人一。加二時忠一。建久四五年以後還為二八人一云云。

この記事によると、もと三人であったのが、天暦三年（九四九）からは四人、天禄三年（九七二）には五人、寛和二年（九八六）には六人、長和三年（一〇一四）には七人、そして翌四年には八人に増員された、というのである。さらに現代の研究成果をまとめている『平安時代史事典』の「中納言①」[4]の項を参照してみると次のようにある。

大納言に次ぐ官。恐らく『浄御原令』で中納言が置かれていたらしいが『大宝令』では廃され、まもなく慶雲二年（七〇五）の格により大納言四人を二名に減じ、中納言三人を置いた。しかし、その後の『養老令』も大納言四人として中納言はなく、あくまで令外官である。（中略）摂関政治隆盛以後は、正・従二位の中納言も珍しくなくなる。権官の例は、奈良時代に開かれたという説もあるが不確実。平安時代に入り権官が置かれることが次第に多くなり、円融朝に正・権合わせて五人の例が開かれ、三条朝以後は七、八人、平安末期には一〇人に及んだ。中納言は上卿として儀式・政務を執行するが、大納言のように大臣に代わって官奏を行うことはない。平安中期以後、平氏興隆まではほとんど藤・源二氏が独占した。

これらによれば、さきの『官職秘抄』と『平安時代史事典』とでは若干のずれを生じてはいるが、肝心の員数については時代を追って漸増していることが明確におさえられている。そこでいま『（新訂増補国史大系）公卿補任』をもとにして、一応、冷泉帝から鳥羽帝までに絞って各年ごとの中納言（含、権中納言）の員数を概観してみる

と、おおよそ次のようなことがわかった。

(1) 当然のことながら藤氏が圧倒的に多く、源氏は二、三名である。

(2) 源氏出身の中納言が複数になり漸増するのは康平年間（一〇五八～一〇六五）以降である。

(3) 源氏が一名のみで比較的長く続く時期は、寛弘元年（一〇〇四）から長和三年（一〇一四）まで、長暦元年（一〇三七）から天喜五年（一〇五七）までの期間である。

(4) 権中納言のみの時期は、長暦三年（一〇三九）から承暦三年（一〇七九）まで、寛治三年（一〇八九）から承徳三年（一〇九九）まで、嘉承二年（一一〇七）から永久二年（一一一四）までの期間である。

この四点をもって冒頭に掲げた甲乙の記事とをただちに対照させて云々することは慎まねばならないだろうが、さりとて甲乙の記事をまったくの虚構として無視することもできないようにも思われ、その意味において『全集』の頭注Ⅰは貴重な示唆を与えているように思えるのである。

四　「あまた」の用例

ところで、問題の箇所に「中納言はあまたあるを」「中納言はあまたあり」とある、その「あまた」とはいったいどれくらいの人数をいうのだろうか。「余ると思われるほどの数量の意が原義。度合・程度についても用いる。数量は三か四程度をもいい、必ずしも数えきれないほど多くを指すものではない」（『岩波古語辞典』）とか、「数量の多いことをいう。平安時代では、上限はたくさんであるが、下限は五、六をもいう」（『角川古語大辞典』）

などと漠然とした解説はあるが、作品によって概念が異なる場合もあろうので、まずは浜松中納言物語の用例を検討することが肝要になってくる。

浜松には巻一・二例、巻二・七例、巻三・七例、巻四・七例、巻五・三例の計二十六例の用例がある。それらを対象としているものを分類してみよう。

(a)　この后、あまたの人にのろはれて、内裏のうちに立ち入り給へば、（巻一・四五頁）

(b)　もろこしの人々の送りに来たるもあまたあり、（巻二・一四四頁）

(c)　思ふには、浜の真砂の数よりもまさりて聞こえさせまほしきことどもあまたものし給へど、え書きつづけられ給はず、（巻二・一五五頁）

(a)の「あまた」は唐帝に仕える后たちをさしていて、巻三にも「一の后をはじめ、あまたの御方々にそねみうれへられて」（二六五頁）ともある。このように女性の多さについていう場合を(a)とする。また、(b)は中納言を日本まで送り届ける使命の男の数の多さについて用いている。このように男性の多さをいう場合を(b)とする。(c)は人物以外の物の多さをいう。この三分類に従って各用例を仕分けると以下のようになる。

(a)	唐帝に仕える后たち	二例	唐の大臣の娘	一例
	中将の乳母の娘	一例	中宮付きの女房	一例
	唐土の美女	二例	女宮	二例

吉野姫君の女房たち	一例	女性一般	一例
(b) 遣日使	一例	中納言の側近・従者	二例
衛門督の前駆	一例	唐の相人	二例
日本の僧	二例		
[中納言]	二例		
(c) 伝えたい言葉	一例	衣服の数	一例
継紙の数	一例		

なお、男女区別しがたい例が二例（中納言の母の望む孫の数、衛門督の父への見舞い客）ある。

このことから、浜松での「あまた」は他の物語と同様、人物をさす場合が多く、しかも途方もない大人数を意味するよりも、ある程度限定可能な人数をさすことのほうが多そうであること、それは人間の諸属性に関わらないこと、の二点が確かめられた。前者のことに関して、それでは果たして何人なら「あまた」といえるのか。たとえば(a)では、唐帝の河陽県后への寵愛ぶりを妬む他の女性たちということになり、直接的には直前の「いま二人の后、十人の女御」（四四頁）ということになろうか。また(b)の場合には、あるいは仮に遣唐使の帰朝に伴う送使の数が手がかりになると想定するなら、天平宝字五年（七六一）に帰朝した迎入唐大使高元度の送使は沈惟岳をはじめ三十九人、宝亀九年（七七八）帰朝に際しての送使は趙宝英等数十人が「あまた」に相当するということになってくる。[5] このことをもってただちに浜松の「あまた」の意味とを結びつけようとすることは暴論で、これはあくまでも参考的数字ではある。ただ、浜松の(a)(b)の全用例を大きく括るとなれば、大ざっぱな言い方では

あるが、さほど大きな数にはならないだろうというのが率直な感想ではある。

五　「あまた」の中納言

そこでもう一度、問題とした（甲）（乙）の文章にもどってみておこう。（乙）は（甲）の場面を式部卿宮が中納言に語る、いわば式部卿宮によって再構成された叙述として描かれている。両者は内容も文言などもほとんど変わらないように見え、浜松にしばしば見られる繰り返し表現の一つでもあるのだが、子細に対照させてみると、語る主体による相違点を考慮してもなお相違するところとしないところがあるようである。そのなかで注目したいのは、（甲）「いづこにたれをたづぬべき」とある箇所が、（乙）では「いづくをいかにたづぬべきぞ」となっているところである。意識朦朧とした吉野姫君の最後の願いを聞き届けようと式部卿宮が問い掛けるところで、（甲）は式部卿宮が思案の末におずおずと問うかたちになっているのに対し、（乙）は吉野姫君の目指す相手が自分の友人である中納言であることが判明して後の文言になっていて、（甲）にある直接的表現が（乙）ではやや整理された表現に改められているように思われるからである。より正確にいえば、（甲）は散文的であるのに対し（乙）は韻文的な表現のように見えるということである。「いづくをいかに」を含む和歌は新編国歌大観のCD—ROMで検索したところでは、わずかに一首、明日香井集の「ゆふぐれはいづくをいかにながめまし野にも山にも秋風ぞふく」（千五百番歌合にも）があるのみであるものの、このあたり音調が整っているようで、なんらかの引用があるか、あるいは類似の表現が重なっているのではないかと推測されるところである。「いづくをいかに」のあとにも「中納言はあまたあり、いづれをいづれとか」とあるのも気になる表現ではある。

これに対して、（甲）（乙）に共通している重要な事項は「中納言はあまたあり」ということであった。繰り返

すことになるが、吉野姫君の「中納言に告げよ」といった言葉は式部卿宮をしてただちに彼の友人である中納言を想起せしめなかったのであって、宮はつかみどころさえなくて困惑した挙げ句、当てずっぽうに友人の源中納言かと問うことになったというのである。吉野姫君の心に懸かっているのはどの中納言であるのか、宮はあれこれと該当する中納言職にあるだれそれを思い浮かべたことであろう。「中納言はあまたあり」――この言葉の背景としては、官職としての中納言に在職している人物が「あまた」いるという歴史的事実がなければならないのではないか。池田利夫氏の『全集』頭注Ｉは以上の問題点を視野にいれながらもあえて言及を避けられたものではあろうが、主人公の中納言は権中納言で、長暦元年（一〇三七）から承暦五年（一〇八一）までの四十四年間の史実を背景にしているのでは、という読みがその背景としておありになったうえでの注記ではなかったかと憶測している。それに稿者の調査した(1)〜(4)を引き当てて、相当する人物を検討してみると、そこに浮かびあがってくる人物は何人かはいるものの、諸条件をほぼ満足させ得るのは源道方と源隆国の二人となってくる。もっとも他の人物をも考察の対象にすべきではあろうが、それは目下のところ不要と考えて除外した。

六　「中納言」像の憶測

道方は寛仁四年（一〇二〇）に五十二歳で権中納言に任じられ、以後、権中納言にあって、辞任したのは長久五年（一〇四四）の一月であり、同年九月、七十六歳で薨去している。『平安時代史事典』には「源道方」の一項があり、そこにはかれの閲歴を記したあと、「道方は藤原氏全盛の時代に数少ない源氏の上達部として、一条・三条・後一条・後朱雀の四朝に仕え、藤原道長の五十算には諷誦文を奉る文才を持ち、また若いころより『道方の少納言、琵琶いとめでたし』（『枕草子』）と見えるほど、管絃の才にも長じていた」（槇野廣造氏執筆）とあるよ

うに、かの清少納言も筆に留めるほどの人物であった。ただ、枕草子にもあるように話題になったのは道方がまだ若かりし少納言の時のことであって、源氏出身の中納言として活躍するのはしばらく後年のことではある。また中納言に即いたのが五十を越えてからということになると、浜松の作者が男主人公「源中納言」として設定し得るような年齢にはやや遠く、また従来言及されている浜松の作者像としての孝標女の創作可能な年齢と齟齬するところが大きく、人物としての内実はともかく、物語に描かれるような恋愛沙汰の話題にただちには結びつけがたいように思われる。

一方、源隆国は宇治大納言物語の編者として知られている人物。彼が源氏の唯一の権中納言になるのは長久五年（一〇四四）で、以後、康平四年（一〇六一）二月に権中納言を辞任するまでその地位にあり、わけても康平元年（一〇五八）までは七、八人いる権中納言のうち源氏方の権中納言は隆国ただ一人であった。隆国は「才などありてうるはしくぞものしたまひける。文つくり歌よみなど、古の人に恥ぢずぞものしたまひける」(6)（栄花物語・巻三十二・歌合）と評された有能な人物で、例の宇治拾遺物語の序にあるような飄々として大らかな人物でもあった。隆国の兄、顕基もこれより先、長元八年（一〇三五）、権中納言に昇進したが、翌年三十七歳で出家をしてしまい、隆国は兄とは対照的に頼通の絶大な庇護を受け権力の中枢で大いに活躍をすることになる(7)。彼が権中納言になった長久五年は四十一歳にあたる。先程と同様な考えをこの隆国に適応させるならば、浜松の作者が物語の主人公として思い至るような年齢やその他の人物像にはやや遠いものの、孝標女の創作時期と言われている諸説にほぼ近い年代にあたる(8)。もちろんこれをもってただちに、浜松の主人公たる中納言は源隆国をモデルとしているのではないかと考えることは、今のところ慎んでおきたい。しかしながら、「中納言はあまたあり」という政治的状況と、その中でただ一人の源氏出身の中納言を探索する作業のなかから、文学活動の面においても馴

染み深い人物が浮かび上がってきたことは、稿者にとってはありがたいことであった。老関白頼通の後楯をもって自在に生きた隆国らしき人物を浜松の男主人公である中納言像に重ねることによって物語の読み方を補足するところもでてくるのではないかと思われる。ただ、隆国に関する伝記研究から浮かび上がってくる人物像と浜松の男主人公のそれとはかなりの懸隔があるように感じられるのは如何ともしがたいのであるが、少なくとも物語の主人公像を形成する一つのヒントとして源隆国という人物像を導入する余地もあると考えることは許されるのではあるまいか。もしもそのことが仮に容れられるならば、そこから発展する事柄のあれこれを思案することは愉しいことであろう。しかし、憶測をかさねることになるので、これまた慎まざるを得ない。

注

（1）宮下清計氏校註『新註国文学叢書　浜松中納言物語』の略称。
（2）松尾聡氏校注『日本古典文学大系　浜松中納言物語』の略称。
（3）続群書類従完成会刊『群書類従・第五輯（系譜・伝・官職部）』所収。五七八頁。
（4）角田文衛氏監修・古代学協会・古代学研究所編集『平安時代史事典（下）』一六三三頁。
（5）森克己氏『遣唐使』二七・一七〇頁。
（6）山中裕氏他校注『日本古典文学全集・栄花物語（三）』二三四頁。
（7）目崎徳衛氏『貴族社会と古典文化』所収「宇治大納言源隆国について」による。
（8）浜松中納言物語の成立年代についての近年の諸説は以下のとおり。
松尾聡氏：（作者を孝標女として）康平七年（一〇六四）以降（『大系』解説）。
増淵勝一氏：康平三・四年（一〇六〇・六一）ごろ以降（「浜松中納言物語成立年代私考——付・周防内侍伝の周辺——」・『平安朝文学成立の研究　散文編』所収）。
久下晴康氏：治暦三年（一〇六七）前後か（久下晴康氏編『浜松中納言物語』解説）。

池田利夫氏：康平四・五年（一〇六一・二）より数年後（『全集』解説）。
（「中納言はあまたあり——浜松中納言物語試注——」・「相愛大学研究論集」第十八号　平成十四年三月）

第三節　浜松中納言物語の作者

――更級日記と同一作者とみて――

一　定家自筆本更級日記奥書から

浜松中納言物語の作者については、定家自筆本更級日記の奥に付された仮名奥書を検討する作業から始めるのが、従来からの常道とされているようであって、本論もこれに従おう。いま論述の便宜を図って仮名奥書を記し、それに各々符号を付しておいた。

Ⅰ　ひたちのかみすかはらのたかすゑのむすめの日記也　母倫寧朝臣女

Ⅱ　傅のとのゝはゝうへのめひ也

Ⅲ　よはのねさめ　みつのはまゝつ　みつからくゆる　あさくらなとは　この日記の人のつくられたる　とそ

ⅠⅡは更級日記作者の系図についてであり、Ⅲは作者の著作についての言及である。両者の表現における大きな相違点は、ⅠⅡの文末が「なり」という断定の助動詞で結ばれているのに対し、Ⅲは「つくられたるなり」とはしないで、「つくられたるとぞ」と、伝聞の形式で結んでいることである。定家にとって作者の正確な把握は、この奥書の後に諸記録からの人物の官歴などの詳細な勘物が附されていることからもわかるとおり、まずは「常

陸守」、「傅の殿」という官職で規定される社会的枠組みに従って認識しようとする姿勢によって浮き彫りにされているといえようし、また、Ⅰの末尾に小さく書かれた母親についての記述も、その意識を反映した書きぶりでもある。もっとも仮名奥書自体は定家以前の作者伝承説であって、「母倫寧朝臣女」は定家自身が付したものであるとの説(1)がある。その説を承けるとしても、定家の基本的姿勢を伺うには何の支障もないことではあろう。母は倫寧朝臣女の一人で、蜻蛉日記の作者もおなじく倫寧女の一人である。小書で書かれたこの注記は、かの蜻蛉日記の作者と姉妹関係にあたるという注記のようでもあり、また、両作品の作者を混同しないようにとの配慮かとも受け取れるものである。Ⅱの「傅の殿」、即ち東宮傅は左右大臣と太政大臣のいずれか一人が兼務する官職であることから、顕職と言い得るもので、その母、そしてその姪として作者を捕捉していることから、これまた、社会的、血族的な網の目によってすくい取ろうとする意識の反映であろう。ここで「傅の殿の母上」の作品である蜻蛉日記については特に言及していないという事実は、定家にとっては蜻蛉日記という作品については関心の外のことであって、まずはこの更級日記作者がどのような血脈に属している人物なのであるかをこそ、確実に記し据えておきたかったのではないかと推測することができよう。父方、母方、そして叔母という三方向からの血族による捕捉は、日記という記録者の生と深く関わる性格のものであるだけに、まずは確実に押さえるべきことだとする定家の賛意をも含んでいるといえようし、また、ⅠⅡ各々の文末の「也」という漢字には、その明確な意識がこめられていよう。日記中の「なり」の表記を見ると、伝聞の意の助動詞十三例のうち二例のみが漢字表記であるのに対して、断定の意の助動詞の場合はその用例の約半分の二十六例が漢字で表記されている(2)。

ⅠⅡの文末に記された「也」の力強さに比して、「この日記の人のつくられたる」という、直截な印象からはほど遠い言い回しに加え、「定家も、伝え聞いたことを示しているのであって、それらの物語の作者を更級日記

作者の作と断定しているわけではない」[3]ことを示しているような、改行して左傍下の末尾に小さく記された「とぞ」から受ける脆弱な印象とが重なって、Ⅲの一文は今までの記述のⅠⅡとの間に対照的な感触の差異があるように思われる。定家はⅠⅡと同様な調子でⅢを書こうとはしたのであったが、どうしても違和感を覚え、それを「とぞ」の形で良心的な表現に留めたのではなかっただろうか。「この日記の人の」という表現に女性の素晴らしいセンスがあると見て、定家周辺にいた後堀河院民部卿典侍という特定の人物を提出された松本寧至氏の説[4]もあるが、それについての検討は後日を期すことにしても、定家が見た写本にすでにこの記事があり、それを機械的に書写したとも考えられるし、また、定家自身の手を経ているという事実それ自体に鑑みれば、より肯定的に定家の言説を理解すべきだとも思われる。その一方で、Ⅲについては憶測を交えずに、より慎重に取り扱う必要はあるだろうとの見解も、また重要な提言としてはある。このように従来から議論の喧しいところではあるが、これについては堀内秀晃氏に諸説整理と検討[5]がある。

二　孝標女作としての浜松中納言物語

ところで、今日まで、「とぞ」を肯定的に捉える研究と、批判的乃至否定的に捉えるそれとがあって、決定的な外部徴証の出現以外には、互いに内部の検討を繰り返してきたのである。ただ、近年の趨勢は肯定的に捉える説がやや多いように思われ、改めてそういう目で見れば、そう見ないことよりも幾分か蓋然性が高いという、きわめて危うい論理に寄りかかりながらの検討がなされていることもまた事実でもある。そもそも物語の作者を特定する作業は初発から無理というものであって、もちろん作者を究明していく作業は怠ってはならないが、たまたま幾つかの断片資料があることによって、たとえば源氏物語が紫式部によって書かれたとか、堤中納言物語の

中の逢坂越えぬ権中納言が小式部によって作られたと分かることは、きわめて稀なことである。その意味から言えば、更級日記の作者に関する定家仮名奥書は大いに有益な資料なのではある。

池田利夫氏は『新編日本古典文学全集　浜松中納言物語』（以下、『全集』と略称する）の解説で、浜松中納言物語の作者については更級日記作者を認めるのが適当との立場で、次の諸点を指摘された。

① 更級日記の定家筆識語のあること
② 定家の子、為家も更級日記の作者を孝標女と信じていたこと
③ 物語に占める夢の重要性は日記に十一もの夢の記事を書いたことと通底すること
④ 語としての「夢」の使用頻度数値が更級日記と浜松中納言物語は近似すること

そのうえで池田氏は、『全集』の「解説」で「もはや『浜松』は、孝標女を前提にして、さらに立ち入った考察を進めるべき段階に来ていると言っていい」（四六六頁）とも論断しておられる。稿者も定家の仮名奥書に疑問を持ちつつも、浜松中納言物語の注釈を試みる過程で、更級日記作者ならではの思考や感覚の共通性を読みとることがあり、少なくとも浜松中納言物語については孝標女作と考えることが妥当ではないかと思えるようになった。本節においてはそのうちの幾つかの例を取り上げ、なお従来の説に与することが可能であるか否かを検証しておきたい。

更級日記の冒頭は物語に憧れる一少女の口吻で「あづま路の道のはてよりも、なほ奥つ方に生ひ出でたる人、いかばかりかはあやしかりけむを、いかに思ひはじめけることにか、世の中に物語といふもののあんなるを、い

かで見ばやと思ひつつ」と語り出される。この箇所については実に多くの研究がなされ、それを整理するだけでも大変な作業であろうが、いま素直にこの一文に接すると、孝標女は「物語」というものの実態までは知らなくとも、「世の中に」存在している、物としての「物語」を認知はしていたのであって、これを手に取って眺めてみたいという願望をもっていたのである。「物語といふもの」という言い方は、たんに「物語」とのみ表現するのと大きく印象が異なる。つまり、「物語といふもの」という表現は、「物語」なる実態がいかなるものなのか、いまだに耳を通してしか想像できず、未知の存在として措定されていたのであって、孝標女の周囲には耳に届くかたちでの「物語」は存在していて、それが次第に個人的な営みの対象としての「見る物語」への憧れに成長していったことを記していると読みとれるのである。万葉集における「らむ」と「といふ」について考証された森重敏氏[6]によると、「らむ」が視覚的な捉え方を背景とするのに対して、「といふ」は聴覚的であり、「他者の現実的立言として素朴に信頼され肯定された限りで客観的であり、疑問の余地を残さない明確さ」があると述べておられる。「物語といふもの」という表現はあくまでも孝標女が経験的に所有した観念が次第に自身の中で成長し憧憬を抱き続けて来た存在であったことを表しているのである。

ところで、このような「……といふ」表現は、会話文を受ける場合に見られることは当然ながら、右に見た日記冒頭のような用法も更級日記の中に多く見受けられる。かつて工藤進思郎氏[7]は、更級日記に見える「……といふ」表現を、とくに上洛の記を対象に分類して整理して、「といふ」で記される地名の多くが歌枕とは関わりがなく、逆にたんに地名のみで記される場合のそれは歌枕ないしそれに準ずる名所と考えられると述べられた。「といふ」表現が会話文を直接引用する際に用いられる用法の一つであることから、日記中の会話の場面に多く用いられていることは分かるが、地名や人名などに付すこの用法の使用例が会話の直接引用の用法のそれを凌い

で用いられているのは少しく気になるところではある。

九月三日門出して、いまたちといふ所にうつる。

下総の国のいかだといふ所にとまりぬ。

昔、下総の国に、まののてうといふ人住みけり。

下総の国と武蔵との境にてある太井川といふが上の瀬、

苫といふものを一重うちふきたれば、

長恨歌といふふみを、物語に書きてあるところあんなりと聞くに、

このような「といふ」表現の背景には、「物語といふもの」に見られるような聴覚的客観的肯定的意味合いを認めるとするならば、そこには単なる孝標女の対象に対する疎遠な感覚だけではなく、地名や物の名前などを孝標女に教え伝えた人の存在を背景に見、それへの孝標女の素朴な信頼があるようにも読みとれるのである。たしかに「といふ」はその有無によって親疎を立体的に把握することは一つの方法として物語の解釈にも適応できそうであるが、それと同時に、「といふ」に上接する語句へのどのような肯定的意識があるのか、その襞々を見ておく必要はありそうに思われるのである。源氏物語にまま見られる「といふ」表現類型の中で、さらにこの後に「らむ」「めり」「なり」を付している場合、たとえば「宿世などいふらむものは」（若菜下巻）、「極楽といふなる所には」（手習巻）、「魂などいふらむものも」（夢浮橋巻）というような文言がある。いずれもきわめて観念的精神的な領域に属する用語を持ち出すときに用いられており、また、「少納言の乳母とこそ人言ふめるは、この子の

後見なるべし」（若紫巻）、「直人の限りなき富、といふめる勢にはまさりたまへり」（東屋巻）のように、現実には体験したことのない人物なり事象を表現する際にも用いられていることが共通しているのである。たんに「といふ」ではなくその下に推量の意をもつ語を重ねることによって、「といふ」に上接する語句自体がより疎遠な意味合いを有効に表しつつも、その背後にある、観念的理解やある種の肯定的信頼感が反映しているように思われるのである。

三　浜松中納言物語の「といふ」表現

ところで、会話文を受ける「といふ」を除いて、右のように「といふ」表現を捉えて浜松中納言物語の用例にその考え方を適応させてみればいかがであろうか。

浜松中納言物語・巻一は唐土を舞台としているところから、冒頭から「温嶺といふところに」、「杭州といふところに」、「歴陽といふところに」、「華山といふ山」など、さきに見た更級日記の諸用例と共通する用法があり、作者同一説を持ち出したくなる印象をもつところではある。もちろん地名だけではなく、「はりせらむといふとも」、「楊貴妃といふ昔のためし」、「蜀山といふ山寺」、「かんすといふ手」、「琵琶に、とまれといふ手」、「こてねりそといふもの」などと、人名、寺名、曲名など多種の語句が上接していることがわかるけれども、同様な例は浜松中納言物語と同様な趣向をもつ松浦宮物語にも「明州といふところ」、「商山といふところ」、「潼関といふ関」、「金慵城といふところ」などの例があり、その他の物語にもまま見受けられるものである。ただ、狭衣物語では「安楽寺といふ所に」（巻二）、「土佐の室戸といふ所に」（同）、「常盤といふ所におはする」（巻三）など、物語の一点景を表現する際に見られ、寝覚物語では、「蓬莱の山といふとも」（巻一）、「鬼神、武士といふとも」（巻

二）、「いみじき仏、聖といふとも」（巻二）、「唐などいふらむところまで」（巻四）など、一方の極端な事例をあげる場合や、「宿世といふもの」（巻一）、「前の世の宿世といふもの」（巻二）のように観念的な語句が上接している例があるが、いずれもさほど多くはないものであるのに比し、浜松中納言物語や松浦宮物語の場合には上接する語句に地名や場所がやや多いという点が他と異なっているものである。

巻二の末尾近く、中納言は唐后から預かった文箱を開け、そこに記された事実に愕然として唐后の母上の消息を知っている渡唐僧を尋ねる。

とばかりためらひて、もろこしに渡りたりし聖は、いづこにあるとたづねさせたまへば、「吉野のあなたにみ吉野といふところに堂建てて、そこになむこもり給ひける」と申せば、まづ、かの聖に逢ひてこそたづねめとおぼして、（一九二頁）

「もろこしに渡りたりし聖」なる人物は著名な僧であったか、あるいはそのような僧はさほど多くはいなかったのであろう、直ちに渡唐僧の所在が判明し、どのような生活を送っているかも明らかになったので、中納言は彼に会いに行き唐后の母上のことを尋ねようと決意する。巻一の終わり近くの箇所で、中納言が唐土を離れる時に唐后から聞いた場所と異なっていることにも驚いていたはずである。唐后は、日本からやって来た聖が「大内山といふところに、尼にてなむおはす」（一一四頁）と答えたことを根拠に、その事実を中納言に伝えて手紙を届けてほしいと懇願したのであったからである。帰国した中納言は尼姫君に、唐后から懇願された事情を第三皇子からの言であるとすり替えて次のように説明する。

もろこしより渡りてはべりし聖に、皇子の『伝へよ、たしかに、人づてならで』とのたまひし御消息のはべるを、吉野山の奥にてはべんなれば、みづからたづねとらせはべらむとてなむ。

（一九二頁）

唐后は第三皇子に、「大内山」は「み吉野」に、中納言のうちで意図的に変更されたのである。前者は『全集』頭注も指摘するように、いかにも「唐后からの依頼とは言い出しかねた」思いが背景にはあろうが、後者は中納言にとって単なる隠遁先の変更として了解されていたのであろうか疑わしいはずであるが、そのような形跡はなく、むしろごく自然に納得しているような記述である。右の二箇所の文の「吉野」に関する記述を見ると、前者には「吉野のあなたにみ吉野といふところ」とあり、後者には「吉野山の奥にてはべんなれ」とあり、いずれもそのような土地が存在する事への疑念は皆無ながらも、断定を避けた表現を用いて疎遠な場所であることを言っている。前者の「み吉野といふところ」がすなわち、後者の「吉野山の奥にてはべんなれ」に相当することは、巻三の冒頭であらためて整えられた文章のかたちで次のように記されている。

世の中の深きためしには、吉野の山と名に流れたるよりも、なほ奥なるみ吉野といふところなりければ、もろこしに渡りしは、さるべき人あまたして、いふかひなく漕ぎ離れにき、忍びやかに人すくなにて分け入り給ふほど、世に知らずもの心細きに、

（一九九頁）

「吉野の山」が奥深い所であるとは誰しもが知っている、その「吉野の山」よりもなお奥深い所にあるのが「み吉野といふところ」であるので、そこに赴くということは「世に知らずもの心細き」状態であるというのである。

巻二末尾で未分化の状態で設定されていた所在地の心象が巻三の冒頭でかなり鮮明に定位されたようにも思える。「万葉集では吉野の個別の山が詠まれたが、その背景に地理的な近さがあったことは諸家の指摘されるところである。平安遷都以後、吉野は都から遠く、ために仙境、春遅き地と詠まれた」[8]と説かれるように、「世の中の深きためしには」というのは浜松中納言物語成立時代の思潮を率直に反映した文言と言える。しかしながら、それよりもなお奥まった所である「み吉野」を、和歌の用語としての「み吉野」と無条件に同等に扱うことはおよそ適当ではないはずである。唐后の母の居所は、巻二末尾で確認したように、「といふ」を用いて措定された「吉野のあなた」としての「み吉野」であり、「吉野山の奥」であるらしいと、漠然とした所として作者によって新たに創出されたものであって、和歌で盛んに用いられる「み吉野」とはまずは一線を画するものとして理解すべきであると思えるからである。浜松中納言物語において「といふところ」として記されている十八例を分類すれば、唐土の地名を受ける例が十四例で、残り四例の日本の地名のうち「み吉野」が三例、「大内山」が一例であることから言うならば、「といふところ」は作者にとっては異郷の地名を表記するために用意されていた表現方法のようであり、同時に「み吉野」も、さらに強いて言えば「大内山」をもそれらの延長上に捉えられていたのではないかと考えられるからである。

四　「大内山」と「み吉野」

それでは「大内山」が何故、異郷と捉えられるのであろうか。巻一、帰国する中納言に対面し、唐后がかつて渡唐僧に日本にいる母親の所在について問うた際に「大内山といふところに、尼にてなむおはすと聞きし」との答えを得たと告げた。これは渡唐僧の正確な知識ではあったが、巻三に至ってこの渡唐僧が中納言に対面しての

語りからは、母親が上京後に帥の宮との間に出来た女児を出産後、出家をして帥の宮と会うことを拒否し続けた後に「み吉野」に入ることになるまでの間には「大内山」にいたかと推測することは可能である。つまり、唐后の母親は「大内山」から「み吉野」へ住まいを移動させたことになるのである。分析的にみるならば、大内山にいる間は、一方で「世に知らず心憂き契り」を嘆き、「世のつねの人に見え知られむと思」うことなく念仏三昧の日々を送りつつ、他方で帥の宮に逢うことを頑なに拒否し続け、女児出産後は思い切って「ひたぶるに頭おろして、法師のやうにおこなひ」て、厭世観をより強く深め、やがて渡唐僧を頼って「み吉野」に籠もることになったというのである。いま、渡唐僧の語りを過去を表す助動詞「き」「けり」について見る限り、僧は自身の体験と過去の伝聞とを注意深く使い分けながら話をしていることがわかる。

上野の宮と申しし人、世におはしき。身の才などこの世には過ぎて、いとかしこうおはせしほどに、おほやけの御ため、直ぐならぬうれへを負ひ給ひて、筑紫に流され給ひけるに、母もおはせざりけるむすめ一ところおはしましければ、（中略）この山に堂建ててこもりはべりにしほど、われもなほ、世にかくてあらじと思ふなり、とて入り給ひにしなり。（二〇二頁）

渡唐僧はこの後の方で、「故宮の御世に、親しう参り通ひはべりし」と言うように、上野宮の筑紫配流までの事情は知悉していたものの、それ以後の事情は在唐中の出来事として後に風聞によって知り得たことになり、帰国後、上野宮の娘（唐后の母）とその子供（吉野姫君）の後見をすることになったというのである。思うにこの渡唐僧は長い期間、唐にいたことになる。中納言が三年の在唐期間を終えて帰国するときに、唐朝廷の人達が「いに

しへは十二年を過ごしてのみこそ帰りけれ」(九〇頁)と言って引き止める箇所がある。この「十二年」を持ち出す根拠は、『全集』が注記するごとく、何らかの史的事実の反映によろうが、確たるものはない。そこでいま、やや憶測めいたことを付加しておこう。つまり、物語の表面には描かれていない物語を読みとってみるならば、この渡唐僧が唐にいる期間に日本で生起した事件、すなわち上野宮の配流地での死去、残された一人娘と遣日使との出会い、女児(唐后)の誕生、五年間の筑紫での生活、遣日使の帰国と女児との別れ、その後の悲嘆と筑紫からの上京、帥宮との恋愛と苦悩、女児の誕生と成長など、唐后の母上の身の上に生起した波瀾万丈の物語があって、それがほぼ「十二年」の歳月に相当するものであったのではあるまいかと考えるのである。(9)中納言を引き止めるのに記憶に新しい日本の僧が十二年間滞在して帰国した事実を根拠として唐朝廷の人々が説得につとめたと読みとることもできるのではないかと、「十二年」に確たる注が施されていないことに対して、あえて試解を記しておいた。

唐后の母親には長く侘しい暮らしがあった。帥宮との関係についても、帥宮に逢うことを拒絶したものの出家後に出産をするという事態に陥り、煩悶しつつもそのまま行方をくらまして二人の仲は完全に途絶えてしまった。「ひたぶるに頭おろして」逃れ着いた避難場所が渡唐僧のこもる吉野の奥であった。その「み吉野」こそまさに「世のつねの人に見え知られ」ない「大内山」の雰囲気を漂わせる世離れた所であったと考えてもよさそうである。源氏物語・末摘花巻に見える「大内山」は、仁和寺を指しつつも実質の意は宮中を言い、葵巻の例も同様に実質は源氏の居所を指しているとされることから、浜松中納言物語とは異なった用法ではあるが、もちろん世俗を離れた場所であることに変わりはなく、今昔物語集・巻二十四・延喜御屛風伊勢御息所、読和歌語第三十一にある「亭子院ノ法師ニ成ラセ給テ、大内山ト云所ニ深ク入テ行ハセ給ケレバ」とわずかに一例見える「大内山」

は、仁和寺北方の峰の閑寂な地をさす本来的な用法である。「大内山」には、一方に内裏の異称としての用法が早くからあり、他方に嵯峨御室北方の山々の地名を指す用法もあって、院政期頃には後者の理解が強くなっていたと言われる。(10)浜松中納言物語は、彼岸としての唐土を物語に導入する発想を基盤として、世俗を離れた閑寂な山深い場所として古来名の通っている「吉野」を想起したうえで、それよりもさらに孤絶した仙境としての「み吉野」を観念的に造型したのではなかったか。

「大内山」を舞台とした物語の一つに「みづから悔ゆる物語」がある。風葉集・巻十七・雑二（一三〇四）に、

左大将の大内山に侍りけるころ、松の末吹く風の音のみ耳とまりて

みづからくゆるの尚侍

まだ人目知らぬ山辺の松風はことゝふさへぞ身にはしみける(11)

「左大将の大内山に侍りけるころ」とは、「左大将の住んでいた大内山に尚侍が隠し据えられていました頃」という意であることは夙に松尾聡氏(12)が説かれており、「一般の物語ではあまり舞台として使はないやうにみえる『大内山』を」寝覚物語や浜松中納言物語が舞台として取り込んでいることは一考に値するとも指摘されていたところでもある。(13)巻一末尾近くに見える「大内山」について『全集』頭注はかなり詳しく、作者同一説のお考えからか、「みづから悔ゆる」にも言及されている。(14)また、「みづから悔ゆる物語」同様、散逸物語である「巣守物語」にもこの「大内山」が描かれ、主要な舞台の一つになっていることについては中野幸一氏に考証がある。(15)中野氏は「みづから悔ゆる物語」、「巣守物語」と寝覚物語の末尾欠巻部の共通した舞台としての「大内山」が描かれて

いることについて、「思うにこの地が当時すでに花の名所の面影もなく、深閑寂寞とした山里になっていた」所で、「かっては内裏―九重―白雲―花と連想された大内山が、閑寂な遁世の地として物語に設定されている」と具体的な例や史実を踏まえて述べられた。女主人公偽死事件とまさこ君勘当事件が末尾欠巻部の主要な内容である寝覚物語において、後者の事件において冷泉院が娘の女三の宮を連れて籠もったのが「大内山」である。

冷泉院を出で給ひて後、院添ひたてまつりて、大内山にものし給ひけるころ

寝覚の女三のみこ

白雲のまだ知らざりし奥山にかかるべき世と思ひかけきや

（風葉集・巻十七・雑二・一二九三）[16]

詞書の「大内山」に相当するのが「白雲のまだ知らざりし奥山」ということになる。この場面は、「父院とともに冷泉院を出、大内山に籠っていた女三宮が、我が身を嘆いた場面であろう」[17]とされるところで、鈴木弘道先生は、冷泉院の大内山遁世の背景に、後三条院の三宮輔仁親王の仁和寺花園隠棲のことがあると中野氏が指摘されたことを支持され、「もちろん輔仁親王の仁和寺隠棲が寝覚に再現したなどとは俄に断言できないが、少なくともこの史実は当時の大内山の性格を暗示するものと言へるのではないだらうか」と述べられた。[18]このように、「大内山」という名称の文芸的思潮は花の都を遠く離れた風土としての色彩に色濃く染められており、浜松中納言物語・巻一において渡唐僧が唐后に告げた「大内山」という地名は、もちろん渡唐僧の正確な知識ではあったものの、唐土からみた日本の都と、その都を遠く離れた場所という二通りの意を併せもつ語としても有効である地名を選択したと言えるのではなかろうか。

五　孝標女の「み吉野」

更級日記の中で吉野山に触れる記事は、前後に何の脈絡もないまま記される箇所が一箇所あるのみである。

雪の日をへて降るころ、吉野山に住む尼君を思ひやる。
雪降りてまれの人めもたえぬらむ吉野の山の峰のかけみち
（三〇七・三〇八頁）

更級日記の中で雪について触れる記事はその多くが春秋とは異なる、寒々とした心象風景の中で人恋しい思い出や郷愁につながっていくものであったのだ。とりわけ、いわゆる「春秋のさだめ」と称される箇所での源資通の語った「冬の夜の雪降れる夜は思ひ知られて、火桶などをいだきても、かならず出でゐてなむ見られはべる」（三三七頁）という思い出話を克明に記したり、雪の日の石山詣での折に往時を回顧する箇所などは印象的な風景として描かれている。ここもその一つで、数日に亙って雪が降り続き周囲の人との行き来も途絶えようとしているとき、ふと思い出したのが京を遠く離れた仙境としての吉野であり、そこに出家をして法の道に従って生活をしているであろう人物を思い出したという記事である。浜松中納言物語にも吉野の尼君が描かれることをもって両作品を関係づけることは、「強いて当該部分との関係づけをなす必要はない」[19]という見解がある一方で、これを積極的に捉えることで、この尼君を源信の妹の安養尼をモデルとしているのではないかと説かれる野村一三氏[20]やこれを支持される石川徹氏[21]の論があり、参考になる。俗世間を遠く離れて吉野山において生活をすることへの憧憬、あるいは愛着のような心情は、両作品に通底するものがあるとみてよいとは思われるからである。注意す

べきは、従来の論への批判として石川氏が強く打ち出されていることとして、「吉野にすむ尼君」とある「尼君」が、「尼」と記されていないとの指摘である。更級日記には「尼」は四例あるが、これらは「『尼君』と敬称を付して呼ばなければならないような尊貴の人ではなく」、「尼君」なる人物は「他の四箇所に見える尼とは別人」として捉えねばならないとして、そのことから史実と矛盾しない安養尼を想起するのは当然であるとの説である。この論拠を浜松中納言物語に振り向けてみるならば、「尼君」の用例はこの物語にもわずかに一例しか見えないことがわかる。[22] 巻四で、中納言に連れられて吉野姫君が京に出る際、み吉野に残る「法師尼」なる老尼に触れる箇所で、吉野姫君の「ここなる御調度ども、着かへ給ふ御衣ども、聖と尼君とに分け賜はらせなどして」（三三二頁）泣きながら別れるという場面での用例である。京に出ていけない老いの身を嘆く「尼君」は「上の御乳母子の、六十近うなりて、法師尼なる」人物、つまり吉野姫君の父である帥の宮に仕えた乳母の娘であったのである。この尼君を、石川説に従って安養尼をモデルにしていると主張することにはなお慎重でありたいが、吉野姫君という物語の主要人物が京へ去っていく姿をみ吉野の地に残って泣く泣く見送る老女の姿を描くことと、更級日記の中で雪の吉野山に籠もっている「尼君」のことを一首の和歌と詞書のみの、いわば「自叙化」する以前の「孤立した心象すなわち家集の素肌」[23] のままの特異な形で記し留めることとの乖離は、さほど大きなものではないように思われる。孝標女にとっては、日常の生活の奥深くに刻まれていた原風景の一つの反映ではなかっただろうか。

*今昔物語集の本文は『新日本古典文学大系』によった。

注

（1）安藤重和氏「御物本更級日記の傍注をめぐって」（「名古屋平安文学研究会会報」第四号）。
（2）なお、形容動詞「あはれなり」の「なり」の箇所を「也」と漢字表記している例が五例あることから、断定の「なり」に漢字表記が多いという指摘は可能であるが、その範囲を超えるものではない。
（3）関根慶子氏『更級日記・下』（講談社学術文庫）一五五頁。
（4）松本寧至氏「更級日記仮名奥書の筆者は誰か」（「文学・語学」百九号・昭和六十三年五月）、同氏「更級日記仮名奥書をめぐる試論」（「二松」第一号・昭和六十二年三月）。
（5）堀内秀晃氏「物語作者としての孝標女」（女流日記文学講座　第四巻『更級日記・讃岐典侍日記・成尋阿闍梨母集』）。
（6）森重敏氏「萬葉集における『らむ』と『といふ』との交渉」（「萬葉」第五十八号・昭和四十一年一月）。
（7）工藤進思郎氏「『更級日記』に関する一考察――上洛の記に見える地名とその記事をめぐって――」（「金城学院大学論集」国文学編・第十五号・昭和四十七年十二月）。
（8）黒田彰子氏「花の吉野――平安末期成立の本意をめぐって――」（「神女大国文」第十二号・平成十三年三月）。
（9）「十二年」については、例えばとりかへばや（上）に、「昔は遊学僧とて、十二年に一度、唐にさるべき人渡しつかはして、かの国の才ならはされけり」（鈴木弘道先生『校注とりかへばや物語』五〇頁）とあり、この用例の方は史実を踏まえていると思しい記述ではある。これに比べ浜松中納言物語の場合は明確さに欠けていることから、何らかの異なった理解が必要と思われる。
（10）中野幸一氏「『すもり物語』覚書」（『物語文学論攷』所収・一九一～一九四頁）。
（11）樋口芳麻呂氏『王朝物語秀歌選・下』二八〇頁。
（12）松尾聡氏『平安時代物語の研究』二二五頁。
（13）注（12）に同じ。二三三頁。
（14）一一三・一一四頁の頭注は、地理的説明、大和物語（三十五段）の例と説明に加えて、「また孝標女の作かとされる散逸物語『みづから悔ゆる』では、御室の大内山が主舞台となったらしい」として風葉集を引いていて、詳しい注になっている。
（15）注（10）に同じ。

(16) 注(11)に同じ。
(17) 田中登氏他編『寝覚物語欠巻部資料集成』。
(18) 鈴木弘道先生『寝覚物語の基礎的研究』三四九頁。
(19) 小谷野純一氏『更級日記全評釈』三四三頁。
(20) 野村一三氏「浜松中納言物語――作者と成立に関するメモ――」(「平安文学研究」第六十輯・昭和五十三年十一月)。
(21) 石川徹氏『王朝小説論』二六二・二六三頁。
(22) 「尼君」は一例であるが、「尼上」、「故尼上」も四例あり、いずれも同一人物を指している。
(23) 『新編日本古典文学全集　更級日記』解説(犬養廉氏)三七二頁。

(和田律子・久下裕利両氏編『更級日記の新研究――孝標女の世界を考える』所収・平成十六年九月・新典社刊)

第二章　浜松中納言物語の表現

第一節　異郷往還の表現をめぐって

一　問題の所在

浜松中納言物語は異郷を舞台として取り込んだ物語として異彩を放っている。いま、この物語における異郷への空間移動をどのように設定したのか。そしてその空間移動をいかに表現形式の中に取り込んでいるのか、という二点について考察する。

結論から言うならば、唐土への移動は何らかの伝承的或いは文芸的な背景が発想として存在していて、それを契機として物語が形成されたと考えるという視点を設けることで、その契機なるものが記述の背後にありそうに思えてきたのである。つまり、巻一の冒頭に「七月上の十日におはしまし着きぬ」とあることによって、少なくとも七月の七日には唐土への移動の途中にあったことになり、異郷への移動を七夕伝説と交叉させることが可能ではないかと考えられたからである。もちろん日本を出たのが七月七日でもなく、到着する目標が七月七日であったということでもない。異郷に向かっての旅を表現する場面として、より浪漫的雰囲気を醸し出させるように、ひそかに滑り込ませている設定ではなかったか。浜松中納言物語に影響を受けている松浦宮物語には「思ひしよりも雨風のわづらひなくして、七日といふにぞ、近くなりぬとて、浦の気色はるかに見え(1)」（巻一）ときわめて短時日で渡海する記述があるが、実際には航海にかなりの日数がかかることではある。浜松中納言物語では

そのことを考慮のうちにあらかじめ入れておいて、親しみのある七夕伝承に関わらせるべく物語を仕組んでいるのではないか。さらに言うならば、散逸首巻にはそのことに関連する記述が鮮やかに盛り込まれていたのではないか、などと推測する余地が大いにあり得るのである。また、中納言一行が唐土に到着することを、「七月上の十日におはしまし着きぬ」とある記述の、「行き着く」という語の敬語表現「おはし着く」、「おはしまし着く」のもつ意味についても検証しておきたい。物語の用法に照らして、どのような用法があり、いかに使用されているかを検討することによって、浜松中納言物語の叙述方法などの位置づけに触れて述べておきたい。

二　「七月七日」について

孝養のこころざし深く思ひ立ちにし道なればにや、恐ろしう、はるかに思ひやりし波の上なれど、荒き波風にもあはず、思ふかたの風なんことに吹き送る心地して、もろこしの温嶺といふところに、七月上の十日におはしまし着きぬ。そこを立ちて、杭州といふところに泊り給ふ。　（三一頁、傍線は中西による。以下同じ）

巻一が散逸首巻を承けていることは当然のこと。亡き父が転生したという唐土の第三皇子に会いたい一心で中納言は少なくとも五六月頃に船出の準備をしていたと思われる。難航が予想された航路にもかかわらず、中納言の孝養の心がけに天も感応したのだろう、何の苦もなく異郷に到着したという、実にあっけない船旅を記すことで、巻一が開かれている。旅の途中の感懐もなければ、船旅の記事も海の光景も人々の動静も何も触れられず、ただひたすら中納言の所業を記すのみである。唐土に到着してからの風光に異郷を見ているという感動の記述の少なさは日本のそれの延長上で解されていると捉えることはできようけれども、日唐の間に横たわっている大海原を

渡るという鮮烈な設定と航海に伴うさまざまな出来事についての記述の寡黙さはなんとしても異様な感を抱かせる。むしろ静かなる平行移動といった趣すらあるのである。そして開巻直後、突然に「七月上の十日」を迎え、「温嶺」に到着したというのである。「孝養のこころざし」の深さが招来した不可思議な現象ということで何となく納得させられるが、ではなぜ「七月上の十日」であったのかという問いは残る。

ところで、船旅を扱った作品として我々は土佐日記を知っている。承平四年（九三四）十二月二十一日に門出したけれども、遅々として進まない船旅に、貫之は時々怒りを込めて記している。大湊滞在中に年が改まって、そこでさらに一月七日をも迎えてしまった。「七日になりぬ。同じ港にあり。今日は白馬を思へど、かひなし。ただ浪の白きのみぞ見ゆる」(2)と、紫宸殿で白馬を見る儀式を思いやり、如何ともしがたい感情を文体の変化に滲ませている。特別な日に土佐の海辺から京を思いやる貫之の目には、「ただ浪の白き」有様だけが見えているのであった。日がな海の茫漠たる光景を目にしている目には京の人間の営みがこのうえなく慕わしく思われたのであろう。このことは浜松中納言物語の主人公中納言が海の上にあって異郷に着くことをひたすら願っていることとも相通じるはずである。出航してからの日数を数え、今日がどのような日であるのかということは重要な認識事項であるはずであろう。「七月上の十日」ということは、つまり「七月七日」は海の上にいたということを暗に語っている。書かれこそしていないものの、読者は中納言が航海の途上にあって七月七日を過ごしているのではないかということに思いを及ぼしたのではないか。あるいは、仮に七日が何の注意を引くこともなく過ごされていたとしても、特別な日が介在しているはずだとの関心を抱いたのではあるまいか。『源氏物語』が書かれた頃、七夕は最も隆盛であったとみられ、風流を好む貴族・文人たち、女房等によって七夕の夜は漢詩をつくり、和歌を詠む楽しい一夜であったとおもわれる(3)」と言われている。「七月七日」、七夕の夜、年に一度の牽牛・織女

の逢瀬の日であるという強い思いは、現に、浜松中納言物語の巻一に（物語第二年目）唐の宮中において管絃の遊びをしつつ唐后を思う場面や、巻三、帰国した中納言が宮中に参内して唐土での様子を語る場面の記述の設定が、七夕の日として描かれているのである。巻一には「七月七日に、内裏に、西王母・東方朔などいひける人の、今日は行き合ひける承華殿といふところにて」とあって、「天にあらば比翼の鳥となり、地にあらば……」と白氏文集・長恨歌「七月七日長生殿　夜半人無ク私語ノ時」をふまえた文章があり、巻三ではその折りのことに言い及んでいる。このことから、作者にとっては七夕伝説というものに格別の親しい感があり、異郷で女性と巡り会うことの文芸的背景として意識されていたことがわかるのである。

浜松中納言物語の中納言・唐后の人物設定自体が何より強く長恨歌に依拠したものであることは、雨宮隆雄氏(4)が詳細に説かれたところで明らかである。

この物語に於ける、唐后と中納言が唐土と日本とに別れて、互いに思慕の情を寄せ合う姿を、「長恨歌」に於ける、楊貴妃（太真）と玄宗とが蓬萊島と下界とに相別れて暮らす姿に比せざるをえなくなるのである。そしてこの二人の恋の結末も「長恨歌」のそれに密接なかかわりを持つことが想像されるのである。

雨宮説の要諦は、唐后と唐帝との関係、さらには中納言と唐后とのそれにおいて「長恨歌」が基幹として存在しており、唐后の転生を発想することにおいても深く関わっているということを論じることであった。このことは唐后の転生にとどまらず、また、異郷への渡航ということにも深く関わるはずである。異郷への渡航は転生と同様な趣向である。亡父が転生しているという唐の第三皇子に何とかして会いたいと願う一心からの行為は、己が

身を変えて異郷に生きるということである。「長恨歌」[5]にはさらに次のような箇所がある。

排空馭気奔如雷　空を排し気に馭して奔ること雷の如く
昇天入地求之遍　天に昇り地に入りて之を求むること遍し
上窮碧落下黄泉　上は碧落を窮め下は黄泉
両處茫茫皆不見　両処　茫茫として皆見えず
忽聞海上有仙山　忽ち　聞く　海上仙山有りと
山在虚無縹渺間　山は虚無縹渺の間に在りと
楼閣玲瓏五雲起　楼閣玲瓏として五雲起り
其中綽約多仙子　其の中　綽約として仙子多し

楊貴妃が死後、蓬萊に至ったことについて、近藤春雄氏は、「唐代には美人を仙女に比したり、目したりというのが常であったのが関連していると考えられる」として、「仙女の貴妃は死ねば、またもとの仙境に帰るというわけで」、「その仙境の直ちに蓬萊とされたのに至っては、蓬萊こそ古来仙境の代表とされていたからのことである」[6]と述べておられる。楊貴妃の魂を懸命に探す方士の姿は、亡き父の姿を慕いながら渡航する中納言の姿にも比定されるものである。海上遥かにある仙山を求め彷徨する方士を描くことこそ、孝養の気持ちに押されて唐土に向けての危険な航海を試みている中納言の姿そのものではあるまいか。しかも海上遥かにあるという仙境を目指すという設定は、おそらく新鮮な印象をもって受け取られたはずである。そのことを踏まえてみるならば、

念願の唐土到着が「七月上の十日」であることは、はるか異郷をのぞむ海上にあるとき、中納言はまぎれもなく「七月七日」を体験しているはずである。海上に漂う船上で中納言一行は、今夜が七月七日であることに思いを馳せつつ、自分たちの行動を七夕伝説との関わりで想起したのではないかと、読み巧者ならずとも、当時の読者は読んでいたのではないか。

文面に無いからと言って、読解をも制限されるものでは決してないはずである。唐土に到着してすぐに日本にいる恋人（大君）との楽しい日々、石山での逢瀬をしみじみと思い出し感慨にふけることを記しているのは、この星合伝承に関わる感懐が惹起した叙情的表現であるとみることは十分に許され得ることであろう。

三　「行き着く」について

ところで、唐土に渡ることが七夕伝説を下に敷いたと仮に考えられるとすれば、その逆に唐土から日本への帰朝を描く場面はいったいどのような記述がなされているのだろうかということについても見ておかねばなるまい。巻二の冒頭は次のようにある。

渡り来しほどは、世に知らずあはれにかなしく、ゆくへ知らぬ波の上に漕ぎ出でしさまざまの思ひ、かぎりなしと言ひながら、命だにあらば、三年がうちに、かならず行き帰りなむかし、と思ふ心に、いささかなぐさみにけり。知らぬ世のいくほどの年経ざりしかども、またかへりみるべきやうもなしかし、と思ふに、何の草木も、別るるあはれの世のつねなるべきならぬ中にも、さばかりたぐひなき思ひをしめ、心をとどめて、いとけなきかたみばかりを名残に身に添へて、さしも荒き海の上の波よりも、泣き流す涙のよどむ時なきに

くらされて、明け暮るるも知らぬやうにて、筑紫におはし着くべきほど近くなりぬ、と聞き給ふ。

（二二五頁）

ここでも明らかなように、巻一と同様、日本への航海がいかなるものであったかはほとんど言及されていない。中納言の思いに即しながら帰国の途につく船旅の光景は、まったく読者の読解に委ねられているのである。右に掲げた引用文の二文のうち、前の一文は中納言が渡唐中に抱いた思いについての記述であり、後の一文は帰朝時に際しての現在の思いで、この二文はかれこれ対照されるように仕組んであるとみられる。つまり、前文ははるかな唐に渡るといっても三年という期限付きであることで「いささかなぐさみにけり」とするのに対して、後文は一旦唐を離れてしまったからには「涙のよどむ時なきにくらされて」、時間の過ぎるのも「知らぬやうにて」茫漠たる不安を抱えたままでの帰朝となっているというのである。三年前の渡唐時に経験した不安が日本に帰る今になってまた中納言を襲うのである。しかしその不安の内実はかなりの程度に異なっている。とりわけ後の文には、心中に生起する思いを表現するのに打ち消しのかたちを伴う表現をより多く用いることによって、現在の中納言を囲む事態の深刻さを浮かび上がらせているように読み取ることも可能なようである。状況が中納言にことごとく背を向けていることを、表現の面からも表しているように読み取れるのである。巻頭という改まった箇所であることに加え、作者は中納言の空間移動ということに配慮しながら叙述に工夫を凝らしているのではないか。右の引用文中の傍線箇所は解釈には特に何の問題もないものではある。同趣の語句はこの場面の他にも用いられていて、巻一の冒頭（先に引いた例文）には「おはしまし着きぬ」とあり、この巻二では日本の筑紫に「おはし着く」とあり、中納言が吉野に入ることから起筆されている巻三にも「かくておはし着きたれば、山のかたに

堂いとをかしう建てて」とある。敬意のない語句としては「行き着く」である。拙著『浜松中納言物語全注釈』では、この巻三の箇所に次のような注を付している。

「おはしつく」は、ここでは「いきつく」の尊敬表現。浜松に四例あるが、すべて中納言の行為に用いられている。（五三三頁）

ある目的地を設定して、それを目指して行動を続けたどり着くという場合に「行き着く」を用いることは、現代語も同様である。ただ、日唐を舞台にしてこの間を往来するという設定を新機軸としている浜松中納言物語の場合、たとえ平凡な語句を用いるにしても、空間移動をいかなる語句で表すかは重要な課題になるはずであろう。

四　「行き着く」などの語義検討

ところで、宮島達夫氏編『古典対照語い表』によれば「行き着く」の用例数は、源氏物語　六例、更級日記　六例、枕草子　三例、蜻蛉日記　二例である。ちなみに「おはしつく」は源氏物語　十六例、大鏡　一例、「おはしまし着く」は源氏物語　五例、大鏡　二例、枕草子　二例、蜻蛉日記　一例、さらに「ゆきつく」が徒然草一例のみである。これらのことから、総じて「行き着く」の用例は「行く」に比してあまり頻繁には用いられる語句でなく、物語としては敬語をともなう語句として多く用いられていることがわかった。まず、源氏物語の用例を検討してみよう。

愛宕といふ所に、いといかめしうその作法したるに、おはし着きたる心地、いかばかりかはありけむ。
（桐壺巻・①一〇〇頁）

桐壺更衣の葬送の条、更衣の母君が娘と同じ煙になって空に立ち上ってしまおうと葬儀場である愛宕にやって来たのである。母君にとって葬儀場までの道のりがいかばかりであったか、「車よりも落ちぬべうまろび給へば」というありさまで、たんに「行く」でも「着く」でもない母君の心のたゆたいを示しているようである。

そのわたり近きなにがしの院におはしまし着きて、預り召し出づるほど、
（夕顔巻・①二三三頁）

源氏が夕顔をなにがしの院に誘い出す場面での用例。夕顔は自身が不可思議な最期を迎えるとはつゆ知らず、源氏に誘われるまま「なにがしの院」に到着したのであった。

二条院におはしましつきて、都の人も、御供の人も、夢の心地して行きあひ、よろこび泣きもゆゆしきまでたち騒ぎたり。
（明石巻・②二六一頁）

須磨、明石の地に漂泊した後、都に召還された源氏は都の人々の感激の中でやっと自邸に到着したというのである。

このほかの用例を一々掲げないが、これらの用例から、源氏物語では、思い切って行動を起こして目的地に身を運ぶことによって、意外な状況が展開したり、予想外の事件に遭遇するなどという場合に「行き着く」およびこれを基本とする語句が用いられているのではないかと推測できそうである。もちろん何かの事件性があって後に行動を起こすのであるから、格別に深い意味合いを含ませていると解するのは深読みになるのかも知れない。ただ、目的の場所にたどり着くという意味合いが中心にあり、そのことによって物語が大きく展開をする、その契機として選択し導入される語句にはそれ相応の意図があることは確かであろう。源氏物語にあってそのように用いられているなら、もちろん浜松中納言物語にあっても同じような意味合いで理解できるように思われるのである。当然ながら、無目的で行動するようなことは少なく、物語の中で具体的なある意志をもって行動をするのであるから、その意志を完遂したということから、次の新しい事態に繋いでいくという意味を有するものであり、そのような例がほとんどではないかと推測はできよう。そこで、まずは他の物語の用例をもみておくことにする。

異郷を舞台とすることで浜松中納言物語に大きな影響を与えた宇津保物語には「おはしつく」五例、「おはしましつく」二例があり、(7) 用例のすべてがある目的地に到着するという意味で用いられている。

いふよしなき山を越えておはしまして、かの木のもとにおはし着きて、しはぶきたまへば、子、出で来て、見て、「前におはしたりし人こそおはしたれ」といへば、（宇津保物語・俊蔭・九七頁）

母をば乗りたまへりつる馬に乗せて、われも子も、後前につきて、押さへなどして、人とどめたまひしところまでおはし着きて、そこにて二人の乗りたる馬に、われと子とは乗りたまひて、（中略）暁方になむ、三条の大路よりは北、堀川よりは西なる家におはし着きける。（同・俊蔭・一〇二頁）

かくて、宮におはしまし着きて、年ごろ思し設けたりしところに据ゑて、七日七夜、豊の明かりして、うち上げ遊ぶ。

（同・藤原の君・一六一頁）

このような用例は、たとえば栄花物語、狭衣物語、寝覚物語、とりかへばや物語、松浦宮物語、さらには今昔物語集などの多くの作品についても同様に見出すことができる。

かくて但馬におはし着きぬれば、国の守、公の御定めよりほかに、さし進み仕うまつること多かり。

（栄花物語・巻五・浦々の別れ・①二五五頁）

おはしつきたれば、ここら門もなくて、釘貫といふものをぞ、片面にはしわたしたりける。

（狭衣物語・巻三・②五四頁）

殿におはしつきて、太政大臣に、今日、はじめて御文きこえたまふべき日とらせたまひて、そそのかしきこえたまへば、

（寝覚物語・巻一・三八頁）

おはしつきたれば、いとおもしろきところに、さる心地して、うちのしつらひなど、いとをかしくなしたり。

（とりかへばや物語・中・一一七頁）[8]

寺におはし着きて、殿に帰りたまへれば、宮、いかばかりかは待ち喜びたまはむ。

（松浦宮物語・巻三・一三四頁）

既ニ御《おはし》マシ着《つき》タルニ、家ノ有様微妙ナル事王ノ宮ニ不異ズ。

（今昔物語集・巻三十一、竹取翁見付女児養語第三十三）

これらの用例はすべて人物の空間移動に関する敬語表現で、とくに目新しいものではない。しかしながら、ときに次のような例をみることもある。

今は君だちの、さま〴〵うつくしうて生ひ出でたまふに、いづれの御方をも捨てがたき物に思ひきこえたまひて、今はさる方におはしつきたるべし。（とりかへばや物語・上・五・六頁）

中納言おはしつかぬ前ならましかば、このこと、同じくはこなたざまに構へはべりなまし。（寝覚物語・巻一・六〇頁）

さてもあへなくわづらはしけれど、おはしつきて後、心知りの過ちにもあらず。（寝覚物語・巻一・八七頁）

これらは空間の移動ではなく、ある状態になるという意味で用いられている例である。とりかへばや物語の例では「おはしつへきに」とする異文がある箇所ではあるが、移動を意味する用法ではなく、『新大系』の注にあるように「すっかり腰を落ち着けていらっしゃるらしい」という意になり、また、寝覚物語でも「中納言が大君の婿におなりになる前だったら」（『大系』注）、「中納言が大君の婿となられて後に」（同）という訳が当てられているように、ある状態に落ち着くという意味合いがある。「おはす」がいろいろな意味に用いられる動詞である以上、かならずしも「行く」のみの用法にこだわるべきではないことは分かるが、多くの用例を検討した結果、移動を表す用法と状態を表す用法のほぼ二つに大別できるように思われる。

五　浜松中納言物語の用法

再び、浜松中納言物語における用法について吟味しておこう。浜松中納言物語では前にみた、状態を表す用法は一例もなく、移動を表す用例のみであることがわかった。つまり、多くの用例が中納言がある状況を切り開いていく場合に「行き着く」、「おはし着く」、「おはしまし着く」を用いていて、それ以外には用いられていないことが確認されるのである。つまり、巻一では日本から唐土へ、巻二では唐土から築紫へ、そして京へ、巻三では京から吉野（み吉野）へというように物語の舞台が移り変わる場合にこれらの語句が効果的に配されているのである。いまこれらの語句を次のように整理してみた。

A「おはし着く」四例

①　築紫→京（巻二）　②　京→み吉野（巻三）

③　衛門督邸→中納言邸（巻三）　④　梅壺→中納言邸（巻五）

B「おはしまし着く」三例

①　日本→唐土（巻一）　②　唐土→築紫（日本）（巻二）

③　み吉野→京（巻四）

C「行き着く」三例

①　唐土→築紫（日本）（巻二）　②　唐土→築紫（日本）（巻二）

③　日本→唐土（巻四）

右の表でみるとAの③、④以外は、それぞれ物語の大きな場面転換の際に用いられている。これらの語句は格別に注意を払うようなことでもなさそうな扱いを受けて、ごく平板な記述の中に埋もれている。しかしそのようであるからこそ、誰がどのようにしてどこからどこへ移動したのかは重要な事項として押さえておく必要があろう。B、Cの異郷往来に関わる用例や、これと同趣に扱えるAの②、Bの③の京、み吉野間の往来に用いられている用例はこの重要な確認を果たしているものである。

もちろん前項でみたように他の作品にも同様な用例があって、必ずしも浜松中納言物語のみが特殊な用法であるというのではない。宇津保物語やとりかへばや物語などにも移動に伴う表現はある。しかし、宇津保物語の「おはし着く」五例、「おはしまし着く」二例、「行き着く」一例のうちで、浜松中納言物語のような日常と切り離されるような場面への移動に用いられている例は一例もない。ただ、とりかへばや物語の「おはし着く」六例、「おはしまし着く」の一例の計七例のうち、京から吉野への移動を表す例が三例で、その逆が一例あるのは、浜松中納言物語と同様な用法であり、あるいはこういうかたちでの影響、あるいは継承があったのではないかと思われるのである。

新しい状況を切り開いていく発想とそれを形成していく語句、表現は明確なかたちをとって現れるとは限らない。源氏物語という圧倒的な影響力をもつ作品の影にありながら、流れをいかに消化し発展させるかに腐心したのが平安末期の多くの物語群作者の運命であった。源氏物語を忠実に承けながら、その展開する舞台の方向を人口に膾炙したであろう漢籍や故事を背景に異郷、仙郷へと延伸させて、そこに男女の恋愛を導入するという発想を具体化したのが浜松中納言物語であった。従来、特段の用語とされているような語句ではなく、尋常な語句の

中に作者の特別な思いを潜ませたのではなかったか。平安末期物語の多くがそうであるように、浜松中納言物語もまた、新しい趣向をいかに表現するかに苦悩しつつ模索していったのであった。

注

（1）萩谷朴氏『松浦宮全注釈』四九頁。萩谷氏は「七日間の航海という事は、平安中期以後、鎌倉時代の渡航の実際に叶った叙述であって、『日本考』（藤田元春『日支交通の研究』中世近世篇所引）には「もし東北の順風を得ば、五日五夜にして普陀山に至る（下略）」とある。それにしても、唐津から寧波まで、最短直線距離八百五十粁の行程を七日間で走行するのは、余程の順風を得なければならない」と注されている。

（2）『新編日本古典文学全集』による。萩谷朴氏『土佐日記全注釈』に、「貫之が、この正月七日に限って『七日になりぬ』と、いかにも溜息までが聞こえて来そうな詠嘆的な表現をしたのは、実はこの日が、官僚人にとっては最も重大な関心を抱かざるを得ない叙位の日であったからである。（中略）にもかかわらず後任者島田公鑒の赴任の遅延から全く予定は狂って、いまだに国府を遠く離れもせぬ大湊に停滞している。この失望感が、『七日になりぬ』という詠嘆的な表現の中に、無限の感慨としてこめられているのである」（一三二頁）とある。

（3）山中裕氏「平安時代の年中行事」（『平安時代の儀礼と歳事』所収）。

（4）雨宮隆雄氏「『唐后』は何故二度転生したか――浜松中納言物語に於ける『長恨歌』の影響について――」（「平安文学研究」第五十一輯・昭和四十八年十二月）。

（5）読み下しは近藤春雄氏『長恨歌・琵琶行の研究』二五一・二五二頁による。

（6）注（5）に同じ。一六六頁。

（7）宇津保物語研究会編『宇津保物語　本文と索引』による。

（8）鈴木弘道先生『校注とりかへばや物語』による。

第二節　「山階寺」・可笑味について

一　「山階寺」の記事など

巻一は中納言が唐土に到着し、都に赴く様の描写から始まっている。もちろん初めての土地で、「温嶺といふところに」（三一頁）とか「杭州といふところ」（三一頁）、「歴陽といふところ」（三二頁）、「華山といふ山」（三二頁）等々、固有名詞を「といふ」で受ける表現が頻出している。このことはおそらく、中納言の視点からは馴染みのないものであるという意味合いが籠められていると解してよいであろう。唐土での記事に見える二つの寺についても同様で、「蜀山といふ山寺」（四五頁）、「菩提寺といふ寺」（六四頁）のように表記されていて、これらはいずれも中納言と唐后とを結びつけるのに深い関わりのある地でもある。これに対して巻二以下の舞台となる日本での寺は巻四に「山階寺なる僧どもの中に」（二九三頁）、「おこなひに山寺にこもりたる」（三〇四頁）とある他には、「清水に忍びてこめたてまつり給へるを」（三七二頁）として巻五にかけての舞台となる清水寺以外に見られない。特定の寺をさすのではない二例目は除くとすると、実際には「山階寺」と「清水寺」の二寺しか物語に登場していないことになる。清水寺はたんに「清水」とのみ表記してさほどの違和感もなく理解されるのと同様に、「山階寺なる僧どもの中に、さもありとおぼしき、召しにつかはして」と、山階寺を物語の中に取り込むに特段の改まった意識がはたらいているようには見えない。さらにいえば、ごく日常の延長上の場としてあるかの

ような扱いにさえ思えてくる。果たしてそれだけだろうか。

山階寺建立説話

巻四、中納言は九月中頃から吉野尼君の夢を頼りに見、気がかりになって十月一日に吉野を訪れる。案の定、彼女は病に臥せっていた。驚いた中納言は尼君の病を治癒するべく高徳の僧を呼び寄せるというのが、さきの記述の一部であった。再度引用しておこう。

山階寺なる僧どもの中に、さもありとおぼしき、召しにつかはして、日々に尊きことどもを言はせて聞かせたてまつり給ふ。仏供養し、聖の弟子どもなどして、宵、あかつきに、懺法阿弥陀経など読ませ給ふ。枕近うて、声尊き僧どもして、経の声絶えず読ませて聞かせたてまつり、（二九三・二九四頁）

「山階寺」について『全集』の頭注には、「奈良興福寺の別称。藤原鎌足の遺志により山城国山科に創建した山階寺を起原とし、藤原京に移されて厩坂寺、平城京に移されて現在の興福寺に改められたという。法相宗」とあり、枕草子や今昔物語集の用例、歌集詞書での「山階寺」「興福寺」の使用の別が付されている。「山階寺」の建立について決まって引用される三宝絵（下巻・二十八・山階寺維摩会）の話はこうである。藤原鎌足が病を治療するために新羅（百済トモ）の尼の言に従い維摩経読誦をし、問疾品講読によって病が癒え、後、不比等が山階寺を建立、維摩会を復活して勅会三会に発展したという一連の話である。この話の一つの核は維摩経読誦によって病が癒えたことであって、その維摩経とは一切衆生の病を救うことを根幹とする経（維摩経・文殊師利問疾品）であっ

たということである。つまり浜松において山階寺なる高徳の僧を招いた中納言の行為は、たんに地理的に近距離にあるという理由からだけではなく、寺院建立の淵源に遡り、そこに付帯している文化的コードを探り当てたうえで選択された表現であり、この場面としては十分に相応しいものであったと読みとれるのではあるまいか。「山階寺」という箇所に詳注を施したついでに、それが何故に「山階寺」でなければならなかったのかということにも言及しておくべきではなかったかと、既に自明のことかも知れないが、贅言を付しておきたい。実はそのような作業こそ必要なのではなかったか。「といふ」で受けない固有名詞であるだけに、作者の寺院への親昵感が伺われると同時に、作中への導入の意図の周辺を検討しておきたかったのである。

治療の様相の記事

ところで維摩会は宮中御斎会、薬師寺最勝会と並ぶ三大勅会の一つで、この講師を勤めた僧は僧綱に任じられる資格を有する者として重く扱われるほどのものであった。維摩会は十月十日から十六日までの七日間行なわれる。浜松の巻四の該当箇所は十月一日から数日間にあたっていて、あたかも維摩会の行なわれる直前の時日にあることがわかる。「日々に」とあることから、中納言は何日間かを尼君のために費やしているのである。しかも「さもありとおぼしき」僧を招聘し、「日々に尊きことどもを言はせて聞かせ」るというのでもある。山階寺にとっての最大の法会の準備をさておいても尼君のもとに赴き、治療に専心する高徳の僧をたやすく呼び寄せることのできるほどの実力者で中納言はあった、とでも言いたげでもある。もっとも山階寺では維摩会が粛々と執り行なわれたことであろうが、一方でそこの僧の効験もあってか、十月十五日の夕方、尼君は紫雲と芳香、音楽に包まれて忽然と往生することになるのである。三宝絵を受けた今昔物語集（巻十二・於山階寺、行維摩会語第三）に

も、維摩経の読誦によって病の癒えた大織冠（藤原鎌足）はすぐに家の敷地内に堂を建てて、「維摩居士ノ像ヲ顕ハシテ、維摩経ヲ令講メ給フ。即チ其ノ尼ヲ以テ講師トス」（『新日本古典文学大系』三・一〇五頁）ることが記されている。浜松に「尊きことども」とあるのは、あるいは維摩経のことをさすかと思われ、その講説をして尼君に「言はせて聞かせたてまつ」るとしていることから、維摩会七日間のうちの講問論義の形式を思わせるものがある（高山有紀氏『中世興福寺維摩会の研究』六九頁）。一方で、吉野聖の弟子たちには懺法阿弥陀経を読誦させ「絶えず読ませて聞かせたてまつ」るのであるから、これとは自ずから別様の方法が講じられているのである。「日々に尊きことどもを言はせて聞かせたてまつり給ふ」、「経の声絶えず読ませて聞かせたてまつり」とあり、すぐ後にも尼君の心を開いて経文を「聞かせたてまつり給ふに」とあるように、尼君の聴覚に癒しの方策が種々講じられているのであって、浜松にまま見受けられる同語反復の筆癖としてのみかたづけられない描写ではあろう。

中納言の活発な行動

中納言の懸命の看護も甲斐なく吉野尼君は死去してしまい、その様に衝撃を受けた姫君は失神してしまう。尼君往生に途方にくれる人々の様相に、中納言は「しばし庭におりて、縁におしかかりて、雲のたたずまひ、満ちたりけるかをりも、音にこそかかることは聞きつれ、めづらかにあらたにあはれなることを見つるかなと、うらやましうかなしうおぼす」（二九六頁）のであった。ところがその後、毅然たる態度で僧たちに姫君への護身の法を施すように「縁に立ちながら」（二九七頁）指示する。先ほどまでは「庭におりて、縁におしかか」っていた中納言は、ひらりと縁に立ち上ったと読まざるをえない。そう解することは無理なことではない。しかしながらこの後の記述は、彼が「縁に立ちながらのたまひて、おぼしつづくる」（二九七頁）姿を記し、長々しい思案につい

ての後に「かばかりわが心から、かうも思ひやすらひ、おりて立てる、かなし、とおぼしつづくるに、よろづ知られ給はずのぼり給ひぬ」（二九八頁）とある。ここからは、思案をしながら実は中納言は再び庭に降りて行き、つい先ほどの尼君の往生の奇瑞に感動したもとの場所に立ち戻っていたのだと読まざるを得ないことになる。つまり縁と庭とを往復している中納言の実に軽快な立ち居振る舞いに驚きを覚えるのである。中納言がもとより行動的でなかったと言うつもりもない。また、それほど周章狼狽しているのだと解せないこともない。しかし多くの往生伝に記される類型的な話型に即して記述されている宗教的雰囲気の漂う場面において、感動に包まれている中納言がこのように右往左往しているさまは、厳かな立ち居振る舞いをこそ造型するのが相応しい場面と思われる中にあって、かくなる軽快な行動は、周章狼狽する様を克明になぞっているとみるよりも、むしろ騒然とした状況に我を忘れて漂っている主人公の姿として滑稽な感をさえ伴っていると読めるのではあるまいか。その時空の様相と俊敏活発な行為との齟齬に一種の違和感を感じ、それが期せずして暗鬱な空気を和ませる働きをしているように思えるのである。

いまこれを可笑味のある表現と読みとれるものならば、このあたりに類似の表現がないものだろうかと考え、若干の検討を試み、覚え書きを加える。

二　可笑味について

浜松中納言物語の可笑味の少なさについては夙に松尾聡氏の詳細な検討（「更級・浜松・寝覚に描かれた可笑味に就いて」・『平安時代物語論考』所収）がなされており、これに加えるべき何事をも持ち合わせてはいない。松尾氏は狭衣物語の四十箇所にもわたる可笑味の場面の存在に比べ、浜松にはそれに匹敵するような箇所は数箇所しか

なく、しかも質的にもはるかに劣っているとして具体的に説明を施され、「これによって作者がいかに機智ユーモアの類と縁遠い天性の人であつたかが明らかになつたであらうと思ふ」(四一八頁)と述べておられる。物語のもつ思想や素材との関連性も考慮せねばなるまい。ただ、文面を読む限りにおいて、さきにみた中納言の軽快な行動の描写のように、作者が記述の背景にひそかに潜り込ませている機知めいたものをも可笑味の一つと考えるならば、松尾氏が指摘されたもの以外になおいくつかをあげることができるように思う。以下、表現面について気付いた箇所を摘記しておきたい。

「逢ふ道」と「近江路」

巻三(一一三)「中納言、唐后を回想し恋慕。吉野に便り」(『全集』巻・見出し番号と内容。以下同じ)という箇所を見ておこう。

中納言は唐后への思いの代償としてみ吉野にいる母娘の世話に十分な配慮をする。その中納言の行為に触れ、物語は次のように総括している。

> 多くの海山を隔てて、契りを結びたてまつりて、燃えわたる胸の炎、さむることには、ただこのことを片時おこたらずおぼしいとなみても、逢ふ道ならねば、何のしるしもなかりけり。（二六三頁）

この「逢ふ道ならねば」という箇所。『全集』には『逢ふ道ならねば』は、吉野路で『近江路ならねば』の意を掛けるか」として、後撰集の歌「あふみぢをしるべなくても見てしかな関のこなたはわびしかりけり」を引いて

おられる。唐后への止みがたい思慕の情はやがてみ吉野にいる吉野姫君に移行することは、この段階ではまだ明確にはなっていない。むしろ唐后の母親である吉野尼君に対して唐后に代わっての孝養を尽くしているかのような行為ではある。孝養心は当然男女の恋愛とは異なり、また赴く先は吉野のさらに奥なるみ吉野である。近江路が「逢ふ」と掛詞にして用いられていることは多く、その多くは男女の恋愛を詠み込むことであった。引歌としての後撰集の歌も恋の歌（巻十一・恋三・七八五）で、逢坂の関の手前、逢う直前まで来て逢わないことはつらいことだという気持ちを女に訴えているのである。『全集』注のように、「逢ふ道」を「近江路」に掛けて読んでみると、それは単なる掛詞ではなくて、巧みな機知があるのではないか。吉野への道は「逢ふ」とはほとんど正反対の世俗乖離の道であり、「近江路」ではないゆえに「何のしるしもなかりけり」ということにつながるのである。唐后を慕いつつも、あたかもその思いとは全く関わりのない吉野路に「片時おこたらずおぼしいとな」む中納言の行為は、真剣であればあるほど、焦点のズレに読者として滑稽さを覚えるのではあるまいか。

類似語の応酬

巻四（一三）「帰京した中納言、尼姫君に吉野体験を語る」に、吉野尼君の往生の様相を具体的に語った中納言の言葉にいたく感動する尼姫君を見て、中納言は次のように言う。

「住まひの深き浅きにもよらじ。いづくにても、ただ心からにてこそあらめ。市の中にてこそ、まことの聖は無上菩提を取りけれ」（三二四頁）

これに対して尼姫君は「いと深からぬ心は、住まひがらにこそ」と即座に応じ、そのことを中納言は「思惟仏道」をさすのだなと言っている。たがいに思っていることを率直に言い合う場面である。「いづくにても、心か（が）らにて」と言う中納言の言葉に、否、そうではなくて「住まひがら」こそ肝要だと尼姫君は応じている。中納言が宗教的観念こそが大切なのであると説くのに対して、それよりも現実の環境こそが大切なのだと尼姫君は言う。一見、きわめて高度な宗教論のようでもあり、もちろんそのように解釈することが好ましいのではあろうが、「心がら」という語例はあるが、「住まひがら」という語は他の作品にほとんど見当たらない。つまり、「住まひがら」という稀有な語は中納言の「心がら」という、一見おごそかに聞こえる語に反応して即座に案出された語であったのではなかったか。「市の中にてこそ、……」という発言の背景に空也上人を想起させる宗教哲理が続き、中納言の言葉に重みが加わることになる。しかし物語の現実は、世俗を離れるべく訪れたみ吉野の吉野尼君の往生と遺された吉野姫君への少なからぬ動揺の体験があり、それはほとんど仏道に即した深遠な哲理とはほど遠い姿勢であった。自らこそ出家の身となり仏道三昧の日々を送る尼姫君には、中納言の心底が手にとるように見える。理屈では哲理を説くことができても、実際の心はそれとは裏腹ではないのか。尼姫君は、中納言の言葉に即座に反応し、「心がら」と説く言葉に「住まひがら」と応じて反論し、取り澄ました中納言の言動をいわば茶化したのではないか。語構成としてみれば、「から」は接尾語で、「ものの『本質的なありさま』を意味する体言を構成したと思はれる」（阪倉篤義氏『語構成の研究』三七三頁）ものであって、「山カラ」「神カラ」「ハラカラ」「ヤカラ」などの語のように造語されていく。当然「住まひがら」もその中に入ってこよう。心通う仲なればこそ、このようなあけっぴろげな応酬が可能になってくる。その見事なやりとりに機知を読みとることは必ずしも不適切なこととは思えない。

同音両義語の反復

巻四（一七）「道中、中納言は唐后との秘事を姫君に語る」に、中納言が吉野姫君に語ることば。

そのゆかりと思ひわび、たづね出でたてまつりしなれば、かたみにそのゆかりとおぼせ。思ひ聞こゆるなり。かの御かたみの児のはべるところになむ、おはしますべければ、はるかなる御かたみとなむおぼすべきぞ」と、長き夜すがら聞こえ明かし給ふに、（三三六・三三七頁）

ここでは中納言のひとまとまりの会話文の中に「かたみに」と「御かたみ」という語が連鎖するように用いられていることが注目されよう。

吉野姫君を京に連れ出す中宿りで、中納言は吉野姫君の姉にあたる唐后への思いを告白する。この問わず語りは、唐土での体験を述べながら、じつは吉野姫君への思いを秘めた語りではあった。右の引用文の直前には、「いとどしき涙はひとつに流れあひぬるも、かたみにいとあはれになつかし」とあり、中納言と吉野姫君とは互いに心が通い合う仲だということを記している。つまり、地の文に「かたみにいとあはれになつかし」とあり、中納言の会話文中に「かたみにそのゆかりと」、「かの御かたみの」、「はるかなる御かたみと」と連続して「かたみ」を繰り返していることになる。もちろん両語が各々「片身」、「形見」から発するという自ずからなる意味上の相違はある。しかしこのあたりの中納言の会話の中に同音の語を繰り返し連呼させるような仕儀をとらせることが、作者のまた仕組んだ機知になるのではないかと思える。そう思えてきたのは、巻四の引用文よりもう少し後にある吉野姫君と中納言との歌の贈答の場面で、吉野姫君が「見も果てで別れやしなむと思ふかなかたみにか

かるかたみと思ふに」という歌をよむ場面があり（三六七頁）、そのことが契機となっている。「かたみ」が「形見」と「互いに」との掛詞となることは和歌の修辞法であり、ひろく知られていることである（例えば最近のものでは、神作光一氏編『八代集掛詞一覧』にも掛詞の用例が多く引いてある）。「かたみにかかるかたみ」とはまさに「かたみ」の両義を効果的に、かつ韻律的にも戯歌風に詠み込む修辞法ではないか。効果的に用いていることには異論のないことであろうが、戯歌風という点には異論もあろう。それこそが特殊な会話としての機能をもつ和歌の効果的な用い方であるとも解せよう。ただ引用文での用法に関してのみ言うならば、「かたみ」は「ゆかり」と同等の価値を有する重要な鍵語である。中納言の言葉には、「かたみに（オ互イニ）」唐后の「かたみ（形見トシテノ若君）」を見守っていきたいと間接的な愛情告白をしているとも理解されるのである。重要な語を「互いに」という副詞から抽象的な「形見」という語へ繋いでいく語り口は見過ごされやすいことのようではあるが、中納言の巧みな機知と捉えていいのではないかと思う。このあとに二人が交わす贈答歌に「夢のゆかり」が中心に据えられていることから、「かたみ」はまさに「ゆかり」を引き出す語としても機能していたのである。

式部卿宮の反応

さきに引用した松尾聡氏の可笑味に関する論考中に『『中納言と式部卿宮』との間に交わされた唯一の可笑味」として引かれているのは、巻四（二三）の「式部卿宮来訪。中納言を羨み、女性談義」の項で、式部卿宮が中納言の行動を聖人君子なのは表面だけではないのかと言ったのに対して、中納言はこれを肯定し、「そは聖ぞ、した（中身）は凡夫なるぞ」（三五二頁）と軽くいなした箇所である。松尾氏は「大体ある和かさをもつた機智で」はあるが、源氏物語に比して格段の見劣りがすると述べておられる。巻三での中納言の帰朝報告に対して「さる

人々を見置きて、われならば帰らざらまし」(二六八頁)とも言って羨ましがることもあったように、式部卿宮は相手が中納言であれば存分に軽口がたたけるのであろう。またそのような親しい間柄であったのだろう。ここでも式部卿宮は「さもありぬべきあたり聞けど、また近劣りするぞや」(三五三・三五四頁)と諧謔とも滑稽とも思える発言をしている。このあたりの記述までも含めて可笑味とみることはできるように思う。

衛門督北の方の容貌

今井源衛氏は源氏物語のユーモアの諸相について具体的に個々の例を説かれた中に、人物の外形と心の滑稽さの点に触れ、「道化の役割を完璧に果」たしている末摘花を典型的な例としてあげておられる(『源氏物語への招待』九五〜九七頁)。浜松にはこれに相当する人物がいないように思われるものの、巻五(六)「帰途、衛門督先妻宅を垣間見て感慨深し」の箇所で、中納言が「築地のくづれより明けぐれの霧のまぎれ」(三九二頁)から衛門督の北の方のわびしい暮らしぶりを垣間見る条での北の方の容貌描写が、あるいはこれに適うように読みとれるのではあるまいか。

ほのぼのと見ゆる人ざま、細やかにいやしかるらむとは見えぬものから、面長にいと白うなどあるべかめりと見ゆるに、思ひよそへ寄りたる人の御おもかげに、たとしへなう、つゆばかりかよひたるところなかりけり。(三九二頁)

衛門督の北の方は「思ひよそへ寄りたる人」である吉野姫君とは全く似通っていることはなかったとある。上品

で面長で色白な様子が「つゆばかりかよひたるところなかりけり」によって全く逆効果として作用し、衛門督に捨てられるのももっともだと中納言に妙な合点をさえ付加しているのである。ただ、これをたんなる滑稽と判断するにはいささかの抵抗感はある。このあとに中納言は、自分なら捨てたりしないだろうとしきりに同情していて、むしろあわれな女性の落魄した姿とみることもできそうであるからである。しかし、そうだからこそよけいに衛門督の北の方の容貌が気になってくるのである。「たとしへなう、つゆばかり」という全面否定の背景に末摘花の扱いに通うものを読みとり、それをあえて朧化させた記述ではないかと考える。

他の平安末期物語に比して浜松中納言物語の表現はあまりに深みがないと言われている。源氏物語に親しんでいる者にとってその評は十分すぎるほど適切なものではあろう。しかし、子細に文言を眺めてみ、また視点を異にしてみるならば、案外思いがけない記述にでくわすのではなかろうか。宮下清計氏や松尾聡氏、池田利夫氏らによって深められた注釈作業に学び、さらに最近の諸論考を参考にしつつ読み継いでいかねばならない。

（「浜松中納言物語注釈覚書」・「相愛国文」第十六号・平成十五年三月）

第三節　「もろこし」・「からくに」

一　問題の所在

唐土にまで舞台を拡げたことで特色のある浜松中納言物語は、語句の使用にも他の物語にはない傾向が見出せる。近時、諸作品の語彙索引が相次いで出版され、語彙を検索し対照することがずいぶん容易になった。試みに一々の語彙についてみたところ、異郷唐土を示す語が興味ある傾向を示していることに気がついた。即ち、記録類に散見する「唐国」に相当するかと思われる「からくに」がこの物語に限って多く見出せるのである。例えば巻五に次のような文がある。吉野姫君が何者かによって攫われ中納言の前から姿を消したとき、彼は唐后への思慕の情を慰めるせめてもの形代としての姫君までもいなくなったことに大きな動揺を覚えた。

1　「唐国の御ことは、世を経、日を隔つれど、心およばぬ心地するに、このなぐさめばかりに、こよなく思ひさまされつる御かたみさへ、今はわが身に絶えぬるぞかしと思ふかなしさは、命も堪へぬきはまで思ひまどはるれども、（三八五頁）

中納言は心落ち着かず、何とかしてこの姫君を奪還したいと思うのである。

2　かくもろこしにても、この世にても、このひとつゆかりに、かうのみいみじう心を乱り、なげきわぶべき契りのありけるも、かつはうらめしうおぼし知られて、（三八七頁）

いま私に傍線を施した箇所に注目してみよう。2は、「この世」即ち日本に対するに「もろこし」を使っているのであるが、1では、「世を経」を「国を異にし」[1]と訳しても、また、「毎日毎日経過して」[2]とみても、それは日本でのことを意味しており、それに対する異郷は「唐国」なのであって、唐后を暗示する語句として「唐国の御こと」という表現をしているのである。ごく接近した叙述において、同じ異郷を表すのに、一方で「唐国」といい、他方で「もろこし」とすることに、私は少からぬ興味をもった。というのは、

ア　中国を舞台にした物語であればこそ、その名称には注意を払ったことであろうこと[3]
イ　「からくに」という語は他の物語作品には用例が少ないこと[4]
ウ　「からくに」には、たんに地名を表す以外の意味が含まれているように思われること

などが考えられるからである。

例えば、アについて、中納言にとって永遠の女性である唐后がいかなる呼称で物語に登場しているか、『新註』の付録「巻巻の登場人物とその系譜」に従って挙げると次のとおりである。[5]

母后・玉ひかる女・后・宮・女・賢き人・河陽県の后・そくさんの后・河陽県の御あたり・春の夜の月影に

見し人・春の夜の夢に見し人・唐土の后・姉后・御女・唐の第三の大臣の女・唐の后・唐国の御方「玉ひかる女」「春の夜の……」などは、物語の流れに沿ってみれば具体性を伴った呼称であると分かるし、「河陽県の」「そくさんの」というのは、彼女の籠もった場所の蜀山を冠していると理解できる。ところが、同じ国を指しながら、「唐土の」「唐の」「唐国の」と、異なった名称を用いているのはなぜか。恣意的な使い分けであれば、何ら問題にするには及ばないが、用例をみるかぎりにおいては、どうも何らかの意図があるように思われてくるのである。それは何なのか、本節はその憶測を出発点として、浜松中納言物語を読む度に疑問として生じた一語を理解しておくためのメモを纏めたものである。ただ、「唐国」を「もろこし」と読み、「唐土」を「からくに」と読むかもしれないということも考えられるが、小松茂美氏の『校本　浜松中納言物語』に依り諸本の仮名表記の有無を調べると、巻五の「唐国」二例以外は、右のような読みは見当たらず、この二例も「からくに」とみていいと思われるので、一応、その危惧は解消される。もっとも、このような語彙考証では、校本以外のより原本に近いと思われる本文を想定しないという前提条件が付いているものでもある。

二　「もろこし」と「からくに」

手近にある辞書類では、中国を指す語として、「から」「からくに」「とう」「とうど」「とうごく」「もろこし」などを挙げ、先の二例については、もとは朝鮮を指していたとの説明もあり、他もほぼ同様な見解が示されている。用例からみても、そのことはまったく相応しく、例えば、『和字正濫通妨抄　四』の「てうせん　朝鮮」の項に、「からとは高麗を指し、もろこしとは中華を指へシ」(6) と注して、万葉学者としての契沖の理解が窺われ、

また少し後の小山田与清は『松屋叢話』で、「加羅は一ツ国ノ名より三韓の総名《スベナ》にも、漢地の名にもめぐらしいひ、もろこしは諸越の字によりて設けし和訓《ミクニコトバ》なるに、これも漢地の総名にもめぐらしいふ」(7)と、二語互いの発生は異なるものの、後に同じ国を指す語になったことを説いているがごときである。そのような本来異なっていた語が、どのようにして同一化していったかについては、語源とも関連する興味ある問題であるが、こと平安時代を中心とする物語作品には、与清のいう「和訓」のみが用いられ、「からくに」はあまり見当たらないのである。

時代は下るが、一遍上人の後継者であった他阿の歌集、「他阿上人家集」の歌を引いてみる。

カラクニハモロコシト云名ノミ有テ　マタ見ヌ方ハ面景ソナキ(8)

上句を見るかぎり、少なくとも他阿上人には「カラクニ」「モロコシ」の二語が同様の意味合いをもって受け取られていたことを示していよう。

そこで、この二語が平安時代の作品にはどのように表現されているのか、まず、池田亀鑑氏編『源氏物語事典』をみておこう。

もろこし　唐〔地名〕　十七例。通常、「唐」の字があてられるが、『源氏物語』およびそれ以前の例では、必ずしも国号としての「唐」と限定されていない。国号と関係なく、中国を指す。場合によっては中国以外の大陸諸国をも指す。「から」が主として渡来の文物についていうに対し、「もろこし」は主として国土につ

いていう。（以下省略）

からくに　唐国（地名）　二例。（用例省略＝中西ニョル）「からくに」は「から」におなじ。任那の中の一国よりおこって、平安時代には中国を指すことが多い。

大体において、平安時代の物語作品には「からくに」の用例は少なく、源氏物語にも僅かに次の二例あるのみである。

荒海の怒れる魚のすがた、唐国のはげしき獣の形、目に見えぬ鬼の顔などのおどろおどろしく作りたる物は、（帚木巻・①一四六頁）

唐国に名を残しける人よりも行く方しられぬ家ゐをやせむ（須磨巻・②一七八頁）

前者は万葉集やそれを承けている拾遺集に依っており、後者は、例えば紫明抄が「楚屈原をいふ」[9]と記しているように、「からくに」を用いた語句はその背後に何らかの含みをもたせた表現になっており、つねに土地そのものを指す「もろこし」の使われ方とは異なっている。しかも、この二例は男性の会話文や歌であって、他の作品にごく僅かしか見られぬ例も男性の言葉として使われているのが殆んどである。

ところが、浜松中納言物語では、「からくに」の用例は多く、もちろん「もろこし」も多い。以下、用例を見ながら検討を加えよう。

三　浜松中納言物語の用例

		もろこし	からくに
の	の(御)事	5	3
	の(御)方	0	2
	の御文	2	0
	の后	3	4
	の皇子	1	0
	ソノ他	4	3
に		10	1
にて(も)		5	1
より		3	1
まで		5	0
など		2	0
と		0	1
なり		1	0
計		41	16

＊池田利夫氏の『浜松中納言物語総索引』による。
＊「と」は「からくにといふ物語」（一五四頁）で、対象外とはなろう。

まず、使われている表面上の形態、即ち、どういう助詞・助動詞で受けられているかをみると、上の表のとおりである。この表から次のようなことが考えられないだろうか。

○「もろこし」は種々な使われ方があり、「からくに」よりも使いやすい語であった。

○「からくに」の「の」に接続している用例数は、「もろこし」のそれとはやや開きがある。これは、「からくに」に特別なニュアンスがあるためではないか。

○「もろこし」は「に」につく場合が「からくに」に比べて多く、源氏物語と同様、土地そのものを示す語ではないか。

以上のような推測を用意し、論を進めてみる。

（ア）「もろこし」について

3　もろこしの温嶺といふところに、七月上の十日におはしまし着きぬ。（三一頁）

巻一の冒頭近く、中納言の一行が渡唐する場面の例で、明らかに土地そのものを指しているのであるが、また、「もろこし」「からくに」を通じて、巻一唯一の用例でもある。異国を舞台にして物語の感興の中心をなしている巻一の用例が僅かに一例であるのは、あるいは当然であるべく[10]、日本に場面が移ってはじめて異郷として把握もでき、また過去の回想を現在の状況をもとに展開させて懐かしむこの物語の構成からみても諾うことができよう。

4　もろこしにても、心深ういみじかりし御思ひにまぎれず、この世の恋しき御なげきには、げにはたぐひなかりし人の御ことなれば、　（一三八頁）

筑紫に着いて大君（尼姫君）の出家したことを聞いた中納言は、異国の女性（唐后）への思慕と彼女へのそれとを思い合わせ、それでもいちずに大君を慕っていた自分を意識する場面である。ここでも「もろこし」は、土地を指しているのである。以下、多くの用例がこれと同様、『源氏物語事典』の説明のとおりであるため、引用を省略するが、ただ、「もろこしの（御）事」などの用例については検討しておく必要があると考える。

5　都には、みな青葉になりにし花の梢、いま盛りに開け、散り残れるも、風に知らせむ、惜しげに見えわたさるるに、もろこしのことのみおぼしやられて、　（一九九頁）

6　こなたに、と召したれば、（中略）近くさぶらふ人もなきほどなれば、例のもろこしのこと言ひ出でさせ給ひて、　（二六三頁）

7　この世にこれよりまさる人あらじとおぼゆるにつけても、かつ見つつ、あかず口惜しき御思ひ、もろこし

の御ことにも劣り給はず。（三二三頁）

8　「夜な夜なもろこしの御ことの、つゆもまどろめば夢に見えつつ、あやしう心騒ぎのみしておぼえつるに、かかる声をなむ、今宵聞きつる。（三六三頁）

9　消えも入りぬべくわびしと思ひ給へるも、げにことわりと思ひかへされなどして、もろこしのことを思ひこがれ尽くしては、（四四七頁）

右の五例の「もろこしの（御）事」は、「もろこし」が前にあげた意のように理解できるとしても、「の（御）事」がつくことによって、土地以外の含みのある表現になっている。即ち、5・6は異国での風景や趣深い話を意味し、7・8・9は唐后を指していると理解できるのである。そのうち、後者は、同様な発想で用いられているかにみえる唐后を表現する「からくに（の事）」と比較するときの問題点となろう。ただ、「からくに」の方が、中納言の唐后に対する直線的な思慕の情を表現する場合に用いられているらしいことに比べ、この三例は次の点で各々相違するところがあるように思われる。

まず、7は、吉野姫君に心のすべてを預けて帰京した中納言の目に尼姫君もまたすばらしい容姿に映ったため、どうすることもできぬ唐后への思いにも劣らぬくらい残念なことだと思う場面で、「もろこしの御事」は、いわば比較の材料として引き合いに出されているのである。次に、8は、唐后の空中唱声のことを彼女の異父妹である吉野姫君に告げるところで、「もろこしの御事」は恋慕し続ける唐后を指すとも考えられるが、中納言と皇后との恋愛の具体的なことについては吉野姫君は知っておらず、たんなる女性としてしか理解されていない語句であろう。9は、右の例と同じく唐后のことを強く憧れるところではあるものの、7と同趣の比較場面であり、直

後に、「あはれにもつらうもありけるひとつゆかりの契りかな」とあることから、吉野姫君の「ゆかり」としての「もろこしのこと」が表現されていると考えられよう。

唐后のことを暗示する語句でありながらも、中納言自らが直線的に恋い慕う場合の表現ではないように思われ、微妙なズレを生じているように読みとれるのである。というのは、「からくに」の用例と比較したとき、「もろこし」との用法に相異なった語感を認め得ると考えるからである。そこでもう少し用例を挙げておく。

10　君はひとへにうちおこなひ給ひて、今宵夢に、もろこしの后の見え給へりければ、片つかたの心にはおぼしやりつつ、おこなひ暮らし給ひけるに、（二〇五・二〇六頁）

「君」とは唐后の母である尼君のことであって、我が子、「もろこしの后」の夢を見たために仏道修行に専念する一方で、世俗的な恩愛の道をもしきりに思う場面である。

11　この三年ばかりは、まづ、この御祈りをのみ先に立てて念じ給ふ夢に、いとたふとげなる僧の来て、「もろこしの后の、夜昼、わが親のおはすらむありさまを、え聞き知らぬかなしさをなげき給ひて、（二二六頁）

中納言がみ吉野を訪れたことは、尼君にとって望外の幸せであった。尼君のその日の夢に僧が現れ、唐后の縁につながる者としての男を暗示するという場面で、「もろこしの后の」以下は夢告げの言葉故、内容は母子でなけ

ればわからないところでもある。

12　夢に見しやうに、仏の御方便かぎりなう、もろこしの后のまことのかたみにこそものし給ひけれと、あはれにかなしくおぼし知られて、　（二九四頁）

中納言の手厚い看護に、尼君は病の床に臥しながら僧の夢告げの正しかったことを思い合わせる場面で、内容的には11を承けているのである。

以上の三例は、唐后の母である尼君が夢の中で我が子を思うという設定で共通しており、親子の情愛を表現する場面に用いられているとみられる。ついでながら、類例を示し、傍証としよう。

巻三の冒頭のあたり、中納言が唐后の手紙を携えて渡唐経験のある聖に会い、何故み吉野に分け入ったかを尋ねる箇所で、「もろこしの三の宮の御母后、『しかじかの聖に御消息聞こえしを、いかがなりにけむ。（中略）かならずたづね聞こえよ』とのたまはせて、御消息伝へ給へるを」（二〇〇・二〇一頁）という記述がある。この「もろこしの三の宮の御母后」という表現は、秘すべき思いを抱いている我が胸中を悟られては困ると配慮した中納言の言葉であると同時に、初対面である人物に的確に人物を把握させるものである。即ち、この場合は明らかに、「三の宮」は唐后の子供であり親子関係を示しているとみられ、先の三例と同類として扱えるのである。

このように検討を進めてきた結果、「もろこし」は次のような場合に用いられていると考えられるのではないか。

○　土地を指す名称として使われることが多い。

○　「の（御）事」を付して含みをもたせ、唐后を表現することがある。しかし、中納言自身の直線的な恋慕を表現しない。

○　親子関係を表す場合に使われることがある。

（イ）「からくに」について

それでは、一方の「からくに」はいかがであろうか。本節の中心はこの語の分析にあるため、一々の用例につき煩を厭わず説明を付し検討しておこう。ただ、「唐国といふ物語」（三二頁）の一例は除外しておく。

13　京に遣はい給ひし人、帰り参りて、唐国よりたてまつり給へりけるものどもに、わが御こころざしも多く添へて、こまやかに、使ひ給ふべきものどもなどたてまつり給ふ。（二一七頁）

唐后が日本にいる母にあてて書いた手紙を持ちみ吉野に入った中納言は、渡唐僧の手引きにより母に会うことができた。尼となっていた母は殊の外喜んで、中納言は彼女たちの世話をしようと思う。母尼君としみじみした会話をした夕暮れ、京に遣っていた使が帰ってきたので種々の土産を尼君に献上するという場面である。「唐国……」と「わが御こころざし」は対照して表現されているとみられ、「唐国」は土地を指すよりも、『大系』の頭注のように唐后その人を指すとみた方が妥当であろう。

14　「今めかしからぬ身のありさまにはべらねば、何のゆゑ、たれをたづね聞こえさせたるなど、問はず語りし出づべき人もはべらず。またいみじうとも、唐国のかたざまに、露ばかりあだあだしう、うしろめたき心にもはべらず。（二一九・二二〇頁）

13の例に引き続いている場面で、中納言が帰京を前にして尼君に細やかな配慮を示すところである。母尼君に忠誠を誓うべく、「よろづ心やすくおぼしものせさせ給へ」とも言い添えているのであるが、「唐国のかたざま」とは、他の者が聞いても何者であるかは捉え難く、秘密が保たれねばならない唐后を意味している。

15　わがひとつ心にもてはなれ、なびきたる恨めしさを、唐国の一夜ばかりの契りのほどは、心にも入らず、（二三九頁）

衛門督の妻となってしまった大弐女に中納言がその背信を責める箇所であるが、『大系』の頭注で「唐国の……入らず」には脱文があろうかとして、補注でも「から（辛）く云々」の誤写などかと説かれるように、疑問のあるところでもある。中村真一郎氏[11]もここを口語訳の対象から除かれてもいて、ここでは一応除外しておこう。

16　口惜しう胸いたき心地せさせ給へど、色にも出ださせ給はず、ただ唐国のことを、鳥となりても、ただ今ひとたびに飛び行かまほしげにおぼしめいたるを、（二六八・二六九頁）

式部卿宮を前にして中納言が、「ただ人ひとりの御事を、心にしみておぼゆるままに」（二六七頁）語る場面である。もちろん「人ひとり」とは唐后である。したがって、「唐国のこと」とは唐后を意味する語句であり、先に検討した「もろこしのこと」と比較すれば、中納言の心のあり様の異なることが明らかになろう。鳥となって飛んで行きたい場所は、また、「ただ今も鳥になりて、かの世に飛び行きて」（一九二頁）とあるように、「かの世」であり、日本とは切り離されたまったくの異郷である。それだけに、中納言にとっては感情が昂揚してくるのは当然なのであろう。

17　唐国の御ことは忘るる折なければ、吉野の山を心にかけ給へれど、よろづにまぎらはしき御身なれば、（二七五頁）

この例は、中納言が再びみ吉野の尼君を訪れるところで、16の例と同様、唐后を表している。

18　今や今やと、唐国の御かたみとも思ひ給ふに、いとどしき秋の夕べ、かすかに霧りわたるほど、いひ知らずめでたう清らかにて、立ち寄り給へるは、（二七六頁）

尼君は中納言の来訪を、我が子である唐后を思い出すよすがとして心待ちにする場面で、17に接続するところである。「唐国の御かたみ」は、もちろん唐后をしのぶ形代という意味で中納言を指すのであるから、「唐国」は唐后を暗示していよう。ただこれが今までの例のように、中納言の秘めたる恋人を示す「からくに」ではなく、母

尼君からの思いであることは異例である。中納言をわが子の形身とみる例は、少し後に、「もろこしの后のまことのかたみ」（二九四頁）とあり、両語が同じ用法として使われているため、よけいに処理が困難になると思われるが、後者は夢告げという他動的な契機があったればこそであったのに比べ、18の例は尼君自身の意志によって、秘すべき過去の人物を暗に示しているとみられ、その意味においては、中納言の唐后に対する心情と通うのである。

19　唐国にて后の弾き給ひし、ふたたび聞きしよりほかは、をさをさ耳馴れざりしものの声を、深き山の末にて、澄める月にほのかに聞きつけたるは、（二八三頁）

唐后の異父妹である吉野姫君の後見を尼君から依頼された中納言は吉野姫君と歌を交わす。その時、彼女はすばらしい琴の音に合わせて返歌をして、中納言は唐后のあり様を思い合わせるところである。この場面の例は、土地そのものを指しているとみてよく、その意味では「もろこし」と等しい使用法ではある。ただ、すぐあとに、唐后を「命も尽きぬばかり思ひ出で聞こゆる人」（二八三頁）と表現し、彼女の琴の音に「御声などを、ほのかに聞きつけ聞こえたらむ心地」（二八三頁）を感じたという箇所などから、このあたり、即ち、巻三から巻四への移行に伴って、中納言の思慕の対象は唐后から吉野姫君へ確実に傾斜してゆくことを考え合わせるならば、注目すべき用例かと思われる。

20　唐国の桐生の岡の松風の吹きしに似たる声を聞くかな（二八四頁）

19に続いて、中納言の唐后に対する慕情を詠んだ歌である。「桐生の岡」とは不詳であるが、[12]地名を指すことは明らかであるから、この場合も19と同様、土地そのものを示している。

21　千々に分かるる御心も、唐国の御方をだに思ひつづけたちぬれば、よろづも忘れ、などいまひとたび見たてまつるべき契りのなかりけむ。　（三五九頁）

唐后への思いはどんな女性よりも強くなってゆくが、正月十日頃より毎夜、唐后の病臥する夢を見るようになるという場面である。例えば、「宮の御方」（三四三頁）、「大将の御方」（三四九頁）と表されているように、「唐国の御方」は中国の貴婦人を意味し、それが唐后を指していることは明らかである。

22　この人なからましかば、かぎりあるべき身と言ひながら、唐国にかぎりなき思ひをとどめ、わが世に浅からぬ寄るべとうち頼み聞こえさせて帰り来し大将の君は、そむき果て給ひにし恨み、　（三六九頁）

唐后の死を空中唱声によって知り得た中納言は沈み込んでしまう。その態度に心動かされた吉野姫君は中納言への心を次第に開いてゆき、中納言も彼女への好意を寄せはじめる条、「我が世」の大将の君（尼姫君）と「からくに」の唐后とを対照させて叙述され、そのいずれもが、忘れる間とてないものの、眼前の吉野姫君に慰められる中納言の心境を描いているのである。『新註』、『大系』、いずれの頭注も「からくに」を唐后であると明記していることは注目すべきであろう。

23　唐国の御ことは、世を経、日を隔つれど、心およばぬ心地するに、このなぐさめばかりに、こよなく思ひさまされつる御かたみさへ、（三八五頁）

吉野姫君の失跡を知った後の中納言の虚脱感を述べるところで、17と同じ語句であり意味も同然である。「御かたみ」についても、18と変わらない。

以上、十一例について概観してきた結果、15を除いた十例について、その用いられている用法によって分類すると、大よそ次のようになろう。

○「からくに」が土地を指している例　二例（19・20）

○「からくに」が単独、または何らかの語句を補って唐后を示している例　八例（13・14・15・16・17・18・21・22・23）

このことから、ほとんどの用例が土地を指し、「の事」を付して唐后を示す例が若干ある「もろこし」と、「からくに」との用法の相違が明らかになるであろう。地の文中に用いられている六例（13・16・17・18・19・21）、心中語に二例（22・23）、会話文に一例（14）、それに和歌に一例（20）の中で、13と18を除いた八例が中納言の語として、または中納言の心情の説明として用いられているのであり、その点から言えば、「からくに」は土地そのものを指すよりも、何か別様のニュアンスが作者の側に意図されているように思われるのである。先に「もろこ

しの后」は親子関係を示すと述べたが、一方の「唐国の后」を検討してみると、その違いは歴然としてくるのではないか。即ち、四例（三〇三頁・三四九頁・四三〇頁・四四四頁）のいずれもが、唐后に対する中納言の直接的（あるいは直線的）思慕を示す場合に用いられ、現実に身近にいる尼姫君や吉野姫君を前に比較対照してなお「唐国の后」への強い愛着心を含む語であることが認められるのである。

このように、「からくに」について検討してきた結果、おおよそ次のようにまとめられようか。

○「からくに」だけで唐后を示すことがある。

○「の（御）事」などの語を補っても唐后を表す。

○中納言の直線的な恋慕を表現する。

○秘められた人物や恋愛といった意味合いをもっている。

（ウ）結　語

以上のそれぞれの考察から、二語の使用法の比較でとくに異なっているのを、若干の異例を除いて大局的にみると、次の三点にまとめられる。

一「もろこし」は土地を表すが、「からくに」は唐后を表す。

二「もろこし」は親子関係を表すが、「からくに」は恋人関係を表す。

三「もろこし」は男女に関係なく用いられるが、「からくに」は男性の側の語である。

四　今後の課題

さて、このような相違が認められたならば、それは何故に生じたのかが問われねばならないであろう。いま、そのことに触れる余裕はなく、以て今後の課題としておきたいのだが、「からくに」という物語作品には稀な語に対する作者の受容のあり方が基底にあることだけは、まず確かであろう。「からくに」は和歌でこそ頻繁に用いられてはいるものの、散文の作品には少なく、稀にあっても男性の使用する語として用いられている例が多い。(13)「漢・和の認識」という視点から、宇津保物語や源氏物語の物語構造を解明する一手段として、「もろこし」「からくに」の語彙使用を検討された中島尚氏(14)は、次のように述べておられる。

わたくしはこの現象（宇津保物語は、漢に対する国風の意識、人間の捉え方が源氏物語に比べて希薄であること。＝中西注）を、漢詩文の織りなす世界にいわば文章道的文学観のような形で身をおいていた階層の持った文学表現、つまり男性官人の文学、（中略）それと、その精華を理解・会得しつつおのがじし生活基盤に物を考え、虚構の糸をつむいでいった女性の文学表現との相違ではあるまいかと思うのである。

これを浜松中納言物語の「もろこし」「からくに」に適用させてみるならばどうだろう。女性の文学表現の虚構の中で、異国を舞台とするところに趣向の中心があるこの物語では、一般的に用いられている「もろこし」を設定することがいわば「和」の世界であり、「からくに」に、中納言という限定された男性に関連する秘密の人物を背景に持たせる「漢」の世界を構築していたとみて、その二語を使い分けていたと考えられはしないだろうか。

作者は日唐にまたがる物語を構想していったとき、異郷を語の面で二元的に捉える方法を用いたのではなかろうか。(15)

注

(1)『新註国文学叢書』(以下、『新註』と略称)の頭注(三四五頁)による。

(2)『日本古典文学大系』(以下『大系』と略称)の頭注による。

(3)例えば、この物語には三十二例(『源氏物語大成　索引篇』)の「ひのもと」があり、「作者の持っている日本という意識は明確なものである」(今井卓爾氏『物語文学史の研究　後期物語』一〇四頁)ことも考え合わせるべきであろう。

(4)ちなみに、いくつかの用例を示す。

源氏物語　　二例(省略)

狭衣物語　　二例(うち物語名　一例)

唐国までも尋ねまほしげに思し騒ぐめる御祈りの験にや(『日本古典文学大系』四〇六頁)

とりかへばや物語　　三例(うち朝鮮を意味する例　一例)

はかなくかき鳴らしたまふ琴の音も、唐国の本体おぼえて、(鈴木弘道先生『校注とりかへばや物語』五二頁)

この世近き方はなく、唐国の心地、ものすく〳〵しう、(同書六一頁)

大鏡　　一例

よつぎがいはく、「むかし、からくにゝ、孔子と申ものしりのたまひけるやう侍り、(『日本古典文学大系』二二八頁)

なお、中世の作品ではあるが、唐物語に三例あり、池田利夫氏『日中比較文学の基礎研究　翻訳説話とその典拠』に題号に関連して触れられている。(七八頁)

(5)巻毎に分けておられるのを、重複を避けて全部一括してみた。なお、「唐の后」とあるのは不審である。

(6)『契沖全集』第十巻・五八七頁。

(7)『日本随筆大成』第二期・巻二・五三頁。

(8)『私家集大成』中世Ⅲ・2・一三九。

(9)玉上琢彌氏編『紫明抄 河海抄』六五頁。

(10)この二語に代わる語は「この世」である。

(11)日本の古典6『王朝物語集Ⅱ』所収の現代語訳、一三三頁。

(12)日本の「きりふの岡」は歌枕である。近江国にあると伝えるが定かではない。ただ、大津市上田上《かみたなかみ》桐生町がその名を伝えているのかも知れず、丘陵地帯ではある。仮に、近江国の桐生(切生・切府等)の岡であるならば、「からくにの」は吉野に冠される枕詞「もろこしの」と同様な意味合いで用いられたものとも考えられ、発展すべき問題を含んでいると思われる。

(13)ちなみに『新編国歌大観』のCD―ROM及び『私家集大成』の索引(初句のみ)で調べると次のとおりである。

『新編国歌大観』

もろこしの……203　からくにの……95
もろこしも……45　からくにに……38
もろこしに……14　からくには……2
もろこしは……8
もろこしへ……4
もろこしと……2

『私家集大成』

もろこし……79(1・10・16・10・9・12・21)
からくに……26(5・7・8・3・2・0・1)(括弧の中の数字は中古Ⅰ~中世Ⅴの順である)

(14)「うつほ物語から源氏物語へ――漢と和と――」(『国語と国文学』昭和五十二年十一月特集号のち、『平安中期物語文学研究』に所収。二一八頁)。

(15)拙稿「日唐の綾なす異郷――浜松中納言物語」(『国文学解釈と鑑賞』平成十八年五月号)参照。

(『浜松中納言物語の研究』所収)

第四節　「日本」・「ひのもと」

一　問題の所在

浜松中納言物語の題名については松尾聡氏(1)の詳細・緻密な考証による「題名考」に従うことが最適である。これによると、本来の題名は「御津の浜松」であり、その依拠したものは万葉集歌、山上憶良が故郷を偲んで詠んだ歌、

63　いざ子ども早く大和《やまと》へ大伴《おほとも》の御津《みつ》の浜松待ち恋ひぬらむ(2)

であるということである。これを承けている物語での箇所は次のとおりである。

〈大君ト馴染ンデスグニコノヨウナ遠イ唐土ニ渡ッタ私〈中納言〉ノコトヲ大君ハドノヨウニオ思イデアロウカト思ウト悲シクテ〉うつつにもせきやる方なくて、

日本《ひのもと》の御津の浜松こよひこそわれを恋ふらし夢に見えつれ

「今は」と別《わか》れしあかつき、忍びあへずおぼしたりしけしきもらうたげなりしなど思ひ出づるに、

（五三頁）

これによると、「御津の浜松」とは主人公中納言の恋人であり、渡唐する前に契りまで結んだ女性である大君を指すことは明らかである。彼女が日本にいて自分のことを慕っているらしい、今夜自分の夢枕に通うて来たからという歌を詠む。彼の地にあって自らの心を繋ぐ恋しい女性を象徴する語として、同様な意味合いで用いられている万葉集歌の語句を印象深く捉えていた作者が物語中の歌として採用したものであろう。万葉集歌の題詞は、「山上臣憶良《やまのうえのおみおくら》大唐《もろこし》にある時、本郷《くに》を憶ひて作る歌」とあり、「御津の浜松」は日本にいる憶良の親しい者を思っての語であると解せるからである。澤瀉久孝氏は『万葉集注釈』において、

　「本郷」は日本をさす。「憶」は念也とも記也とも注されてゐて、深く心に刻まれてゐる思ひである。日本にありし日を追憶し、帰心しきりなる心である。(3)

と述べておられる。したがって、浜松中納言物語の作者は、少なくともこの箇所においては、「御津の浜松」の語句とそれに付随するところの恋人の心象、彼の地より故郷日本を思うという浪漫的夢幻的心象を万葉集歌(63)から形成したのではないかと思われる。また、この歌については、「海外にあっての作は集中本歌(63ノ歌=中西注)が唯一の例で、後に安倍仲麻呂が明州で月を見て詠んだという『あまの原ふりさけみれば春日なる三笠の山に出でし月かも』(『古今集』巻九、『土佐日記』は、初句『青海原』)と共に貴重な作である」(4)と述べられるように、趣向の面でも大いに注目された歌であった。

ところで、該歌上二句について現代の諸注釈書は「ハヤクヤマトヘ」と訓むのであるが、『校本　萬葉集』には次のように示されている。

去来《イサ》子等《コトモ》早《ハヤ》日本辺《ヒノモトヘ》大伴乃《オホトモノ》御津乃《ミツノ》浜松《ハママツ》待恋《マチコヒ》奴《ヌ》良《ラ》武《ム》

訓　類、漢字ノ右ニ墨「又ハヤクヤマトヘ」アリ。

諸説　京、漢字ノ左ニ赭「ハヤクヤマトヘ」アリ。代初、「ハヤクヤマトヘ」。略、「ハヤモヤマトヘ」、古、「ハヤヤマトヘニ」[5]

これによると、万葉集歌（63）の訓は近時の研究での「早くやまとへ」が通説として認められているにしても、一方に「ハヤヒノモトヘ」の訓があり、この訓みを採る例も多いことがわかるのである。ちなみに、『国歌大観（正・続）』で両方の訓みをもつ句を調べると、前者は一首もなく、後者は三首見出せる。万葉歌とまったく同じ新古今集一首以外に、続古今集（7）[6]、新葉集（1244）[7]の三首である。このことから、少なくとも中世においては「はやひのもとへ」と訓んでいたとみる方が、「はやくやまとへ」の訓みを採っていたとみるよりも自然なのであろう。もっとも浜松中納言物語の作者がどう訓んでいたかは不詳というより他ないが、しかし、題名と目されるような歌に「ひのもとの御津の浜松」としていることから判断すれば、あるいは「ひのもと」説の方を採っていたとみてもいいように思われる。

異郷を舞台にした作品が本国をどのような呼称で示すかは少なからぬ問題を孕んでいよう。作中人物を通して自分の現在いる空間をいかなる言葉によって捉えるのかということは、ひとり作者の地理的認識を探るようすがに

なるだけでなく、物語の発想それ自体に関わる課題になり得るものでもあると考える。作者は「ひのもとの……」と歌に詠んでいる。が、それでは中納言にとっての本国は「ひのもと」のみなのであろうか。まずこのような問いを設けることから検討をはじめよう。

二　物語本文での「日本」

巻一、物語の冒頭近くに国名が示されている。

いとおもしろくて、人の家ども多くて、日本の人過ぎ給ふとて、家々の人出でて見さわぐさまどもいとめづらし。（三二・三三頁）

この「日本」は「ひのもと」と読むべきか、あるいは「にほん」なのか、また「やまと」なのか判然としない。ところが少し後にも同様の漢字表記が見える。

日本《ひのもと》のてんふ渡いて関を入るるに、中納言ひきつくろひて、いみじく用意し給へるかたちありさま、（三二・三三頁）

『日本古典文学大系』では「日本」の本文右傍に「(ひのもと)」と注し、かつ頭注に「漢字書きされているから、あるいはニホンとよむべきか」と慎重な配慮が施されている。そこで、池田利夫氏編『浜松中納言物語総索引』

を見ると、そこには「ひのもと」の項に三十三例[8]が示されている。これらの用例を小松茂美氏『校本　浜松中納言物語』（以下、『校本』と略称する）で検討してみるとおおよそ次のことがわかった。

①『校本』底本が漢字表記で諸本間に異同のない例　二十一例
（『校本』底本等にはないが、他の諸本に「日本」と漢字表記されている一例を含む）
②『校本』底本が漢字表記で、「にほん」「に本」の異文がある例　二例
③『校本』底本が漢字表記で、「日のもと」「ひのもと」の異文がある例　二例
④『校本』底本が「ひのもと」「日のもと」で、「日本」の異文がある例　五例
⑤『校本』底本が「ひのもと」「日のもと」で、異文がない例　二例
（漢字仮名の異同はこの場合、採らない）
⑥『校本』底本が「ひのもと」で、「ひともと」という本文になっている例　一例

以上のことから、「日本」も「日の本」も同様に一括して「ひのもと」として扱うことについて、少なくとも浜松中納言物語においては疑問を抱かざるを得ない。まして、①②③の漢字表記で伝わっている例のすべてが巻一に集中している事実をみるならば、作品の素材を構築する語彙自体にある種の意識があったのではないかと考えたいのである。とくに①②については諸伝本が「にほん」と訓んでいた可能性が濃く[9]、それは、例えば、唐土に着いた中納言を見る人の感嘆の言葉であったり、河陽県で美しい女性を見た時の中納言の感想であったり、唐后の素姓を述べる作者の地の文であったり、また、第三皇子の言葉であったりするが、それらに共通していること

は、要するに基盤は唐土にあり、その視点は日本を大いに意識しているところに置いているのである。会話をしたり、思ったり、説明する主体は異なるものの、日本を明確に意識したうえで用いられている語であり、そのことは物語の展開されている舞台が異郷であり、両国を相互に対照しつつ浪漫的情緒を誘う要因として強調すべく設定された語であったと理解したいのである。

ただここで注意しなければならないことは、浜松中納言物語の諸伝本が近世初期までしか遡り得ないことによる本文上の信頼性である。諸伝本について詳しい調査をされた松尾聡氏は、「諸伝本の本文に於て、まず一往信じてよいのはその本文が諸伝本を通じて一致している部分のみであ[10]」ると述べられ、また、池田利夫氏も、現存諸本が共通祖本から出ていることについて、「偶然の欠損と、それを糊塗する意改本文をかなり残しはするものの、全体的に、原型をかなりとどめているとも言えるであろう[11]」と説かれている。したがって、諸本間に揺れがない限り、ほぼ原型に近い本文とみて取り扱ってもよいのであろう。そこで松尾氏はE類本（池田氏の分類では乙類第四種）について、「E類本文は、校合用本としての資格は無いものとして全く捨て去られるか、或は極めて厳重なる条件のもとに、参考本文としての、そのわずかなる用をつとめるにとどめらるるかでなければならないのである[12]」と述べられていることも併せ考えるべきだろう。というのは、③についての二例、及び④の五例中二例についてはE類本に見える異文である点で、あまり重視しなくてもよいことが分かるからである。また、⑥については和歌の例で、『日本古典文学大系』で古今集の「紫のひともとゆえに」を引いたものとして注されるように、「ひともと」として扱うのがよいと考えられるので、これも対象外となろう。

これらのことを考慮したうえで再度整理してみると、諸本の多くが漢字表記である例は二十五例、仮名表記である例は七例ということになる。

池田亀鑑氏は『古典の批判的処置に関する研究』（第二部）で、「漢字を仮名に、仮名を漢字に改めるといふ種類の変更となると、これはかへって意識的になされる場合が多いのである[13]」と述べ、意識的な改竄がなされる例を説かれている。ところが、①〜⑥の諸例を見ると、そのほとんどは諸本に異同がなく、④についても漢字二字の場合に中にある「の」を脱落させて書く慣習によっているものかと判断される。これらのことから、右の表記区分の数字はたんなる分類の域を超え、明確な識別意識に依拠した結果であろうと思われる。

以下、その推測に従って検討してみる。

三　「日本」「ひのもと」の考察

「日本」「ひのもと」の各巻における用例の分布をみると、「日本」は二十五例全部が巻一に集中し、「ひのもと」は七例中五例が巻一、二例が巻二にあることから、いずれも唐土を舞台にしているために用いられた語であることは了解されよう。いまそれらがどのように使用されているかを分類し整理してみると次の表のようになる。

分類＼語	日本	ひのもと
地の文	10	3
和歌	0	2
手紙文	0	2
心中語	6	0
会話文	9	0
計	25	7

上の表で分かることは、「日本」が地の文と会話文、心中語として用いられているのに対し、「ひのもと」が和歌、手紙文、地の文と異なった領域で用いられているということである。

「ひのもと」についてみれば、和歌二例はいずれも中納言の歌、手紙文は巻二での二例であって、唐后が日本の母にあてた文面に用いられているものである[14]。唐后はもともと日本の女性で、つねづね母親を恋しく思ってもいるのだから、特別な気負った意識もなく、親しい気持ちをこめて手紙

をしたためたことであろう。和歌そのものも日本的なものであることをも考え合わせると、「ひのもと」は作者にとって抵抗感のある語ではなかったように思われる。地の文の二例は次のとおりである。

三日といふ夜さり、長里といふところは、日本の西の京なり、そこへおはして、（七三頁）

かなしうながめ出でて、おこなひつ［づけ給ふにヵ］、日本の中納言参り給へるとて、宮の御消息取り入れたり。（八四頁）

前者は山陰の女に指示された長里へ中納言が出かける場面で、その長里という土地を読者のイメージに結びつけるべく挿入した語句として用いられている。人里離れた閑寂の地としての長里は読者にはおそらく馴染みの薄い場所であったのだろう、作者は読者の心象形成に最適な場所として「西の京」を付したものと思われる。これと同様なかたちで、「未央宮といふところは、日本にとりては、冷泉院などいふところのやうなり。池十三有て」（九四頁）と示される「日本」の例があるが、この方は公的な場所であり、「にとりては」とあらたまった表現がなされ、また「冷泉院などいふ所」と婉曲的な表現を用いているのに対して、「西の京なり」と断定的に述べることは、読者に的確な心象を与え得るのに効果的であると判断したためであろう。

後者の例は、蜀山に入った唐后を訪ねて中納言が第三皇子の手紙を携えて行く条である。「中納言」に冠される場合は、「日本の」が三例、「ひのもと」が二例で、前者は五の君や唐后の会話文中の例であることから、いわば純粋の異国人の用いた例という点で共通点がある。ところが「日の本の」の他の一例は唐后が中納言のことを心配する箇所（五二頁）であり、先に掲げた例もまた、中納言の父の転生である第三皇子が唐后に送った手紙で

あることから、いずれも日本人同志の配慮や伝達の場面に用いられていることが分かる。

このようにごく大ざっぱにみただけでも両語の区分はあるように思える。すなわち、「日本」には改まった意識、異国人としての判断が明確に含まれているのに対し、「ひのもと」は私的な場面で、日本人としての意識が濃く反映されている語であると考えられるのである。そこで、次にこの推測を「日本」の用例を検討することによって補っておきたい。

まず初めに会話文の例を示す。

みづからは日本の人にてなむはべりし。この中納言、前の世の子にてはべりき。（四九頁）

第三皇子が自分の前世を唐后に明かす箇所である。第三皇子にとっては極秘のことであり、唐后を驚かすに十分なことでもあった。「日本の人」とは、現に今いる唐土の人ではなく、また他のいかなる国の人でもないとする意識に支えられた言葉ではなかっただろうか。

人の心いと恐ろしくて、日本へ帰さじ、など思ふ心つきなば、こと乱れなむ。（五六頁）

第三皇子が中納言へ忠告する条で、客観的に見れば親と子の、しかも日本人同志の会話ではあるが、中納言をわが娘の許に通わそうとする一の大臣の思惑に対して厳にいましめている父親としての言葉であると考えるなら、「日本へ帰さじ……」と言うのは、その背後に唐土にとどまることの危険性を明確に意識していることになるで

あろう。

唐后と中納言との間にできた若君についての夢告げの場面で、「これはこの世の人にてあるべからず。日本のかためなり。ただとく渡し給へ」（一一一頁）も右と同様に考えられよう。

このように会話の場面はさまざまであるが、いずれも明確に唐土を意識している場面で用いられている点が共通事項として確認できるのである。このような事項は地の文、心中語についても言える。

かほかたち、身の才すぐれたりければ、この国と日本に言ひ通はさるることありけり。選びの使ひにて、日本へ渡りたるなりけり。（四二・四三頁）

唐后の素姓を説明するところで、父である秦の親王の経歴について触れる箇所である。「この国」とは唐土のことで、作者が唐土の側に立っていることが納得されるだろうし、「日本へ」も起点として唐土が設定されていることは明らかであろう。ちなみに、「日本」「ひのもと」に下接する助詞を分類すれば上の表のとおりである。

方向性、場所を指示する助詞「に」「へ」の使用頻度の格差は、「日本」の意味合いを考えるうえで参考となるだろう。

	日本	ひのもと
の	13	6
は	1	0
に	8	1
へ	2	0
なり	1	0

この人（＝中納言・中西注）、めづらしう聞きも見もおどろくことなくてやみぬるが、日本に帰りて思ひ出でむが、はづかしかるべきかな、と、起き臥しおぼしめして、（九三頁）

帰朝近くなった中納言のことを思う唐帝の心中描写である。唐帝の心中語に「日本」は三例あり、「ひのもと」の使用例は無く、また、心中表現と目される例文で中納言に「日本」を用いさせている例も三例あるが、いずれも唐土に基盤を置きながら故国を対照させようとする意識が明確である。

　したがって、このようにみてくれば、先の分類表にも見られるとおり、「日本」と「ひのもと」とが異なった領域を担っていることが、たんなる本文異同ということではなく、その語が選択された必然性なり意図によっているものであろうと推測することが、ほぼ妥当性をもち得るのではなかろうか。

四　周辺文学作品による考察

　浜松中納言物語とほぼ同時代の作品である今昔物語集にも「日本」は多く用いられている。『古典文学大系』、『古典文学全集』、『古典集成』などの現行の活字本に拠るかぎりでは、一例の「ひのもと」[15]（巻十六・第十九話）以外はすべて漢字表記で、当時の読みを復元するべく注が施されている『古典文学全集』では「にほん」「にっぽん」の両方があって、「ひのもと」とはされていない。[16]これによれば、「日本」の今昔物語集における通常の読み方は「にほん」もしくは「にっぽん」であり、これは今昔物語集の作者群を含むところの文学圏ではごく一般的

巻＼語	日本	日本国	日本の国
11	21	3	2
12	1	1	0
13	0	2	0
14	0	1	0
15	0	0	0
16	4	0	0
17	0	1	0
19	2	1	1
20	2	0	0
22	0	0	0
23	0	0	0
24	3	0	0
25	0	0	0
26	0	0	2
27	0	0	0
28	0	0	0
29	0	0	0
30	0	0	0
31	0	0	0

（馬淵和夫氏監修『今昔物語集文節索引』による）

な呼称であったと理解できよう。今昔物語集における用例は前のとおりである。ただし、巻一から巻十までは用例がないので省いた。

用例数の多い巻十一についてみると、「日本」二十一例すべてが第四話から第十二話の間にあって、それらに共通するのは、例えば「道照和尚《わじよう》亙《わたリテ》レ唐《ニ》伝《ヘテ》二法相《ヲ》一還《かへリ》来《きたル》語《こと》」（第四話）、「弘法大師亙《わたり》レ唐《ニ》伝《つたへ》二真言教《ノおしへヲ》一帰来《ル》語《こと》」（第九話）、「智証大師亙《リ》レ唐《ニ》伝《つたへテ》二顕密《ノ》法《ヲ》一帰《リ》来《ル》語《こと》」（第十二話）のように、日本の僧が唐に渡り仏法を会得して帰国する話をしているのである。また、その他の数例についても、「日本ノ遣唐使」（巻十六・第一話）、「日本ニ送テ長谷ノ観音ニ奉ル」（巻十六・第十九話）、「震旦モ過テ、日本ノ境ノ海ニシテ」（巻二十・第一話）、「宋ニ渡テモ被用テ可有クハ、日本ニ有テモ何ニカハセム」（巻二十四・第二十二話）のように、他の国、とくに唐（宋）を意識している語に集中して用いられていることが分かる。

次に、浜松中納言物語と趣向を同じくする宇津保物語と松浦宮物語に触れておく。

宇津保物語の用例を、前田家本を底本にした『宇津保物語　本文と索引　索引編』によると、「にほん」四例（うち「にほんこく」二例）、「にほんこくわう」一例、「ひのもと」十例、「ひのもとのくに」四例、「ひのもとのひと」一例で、用例のほとんどが俊蔭巻に集中していることが分かる。ただ、「にほん」「ひのもと」両語の識別について『索引編』自体も厳密ではないようで、例えば、「にほん」「にほんこく」については底本も漢字表記となっているが、「ひのもと」についても十例中七例まで漢字表記であったり、また、底本では「日本の衆生」（二例）、「日本衆生」（一例）、「日の本の衆生」（一例）とあるのを、いずれも「ひのもと」として採っておられることに、用例数のうえでやや不安を抱かせる点がある。そもそも宇津保物語の本文からしてなお検討の余地も多く、例えば、『古典文学大系』、『古典全書』、『角川文庫』、『校注古典叢書』で照合するかぎりにおいても本文の異同が生

じている。[17] このため、宇津保物語の諸例は、少なくとも当面の課題を考えるうえで参考とするには、必ずしも相応しいものとはいえないようである。

松浦宮物語については、「日本」の語は用例がなく、「ひのもと」が一例、それに「わこく」が二例ある。萩谷朴氏[18]は中国史書における用例をあげて、「倭国」は旧称、「日本」は新称であると説かれ、次のように述べておられる。

五代以前の編纂にかかる史書には倭国、五代以後の編纂にかかる史書には日本を用いるのが普通となっていたことが知られる。すなわち、倭国が旧称であり、日本が新称であるが、この物語の作者が唐の世界を描こうとして引用参照した『唐書』、殊に『旧唐書』に、倭国・日本両称が併用されていることは面白い。もっとも、定家の生きた時代即ちこの作品の成立した頃には、中国においても、日本の呼称が普通に用いられていたものと思われる。

ここで注目されるのは、「日本」が中国の史書類にあること、そして、定家の生きた時代では一般的な呼称であったと述べられている点である。そのことは、「日本」を物語の中に用いることが中国の史書の反映であり、歴史を記録するための名称であって、それが男性用語として理解されていた一面を示すものとみなされていることでもあろう。『日本国語大辞典』「にほん」の項には、殿暦や中右記の例が引かれてもいるのである。そもそも「日本」とは中国の側から東方の国を指した名称であって、例えば、「国外にも存在を示そうとした」ために国号としての「日本」を冠した「日本書紀」[19]のように、語自体が発生史的にも対中国意識を内包していたことをおさ

えておくことは重要であろう。

「にほん」の用例は以上みてきたような性格のため、多くの用例は見受けられないものの、大鏡（五例、なお、「にほんこく」＝一例）、とりかへばや物語（二例）、平家物語（「にっぽん」二十例、「にっぽんごく」十六例。金田一春彦氏他編『平家物語総索引』による）などに用いられている。

とりかへばや物語の二例[20]については、その用例から判断するかぎり、浜松中納言物語と同趣の用いられ方で、いずれも吉野宮の経歴を述べる箇所、唐の人の心中語として用いられている。

今昔物語集といい、大鏡、平家物語といい、編者、作者に擬せられる人たちはいずれも男性である。先にも触れた記録類なども また男性のものであったことをも念頭に置いて、源氏物語をはじめ多くの平安女性のものした物語作品に用例が見当たらないことをみれば、「にほん」はまず女性には馴染みの薄い語であったはずで、同時代において同内容を表した「やまと」「ひのもと」などは和語として定着し、和歌や物語にも広く用いられているのである。

このようにみてくれば、自ずから「にほん」「にっぽん」と「ひのもと」とは用いられ方において大きな隔りがあると理解でき、それは浜松中納言物語においても例外ではないはずである。

いま、以上の検討を要約して記しておこう。

にほん――改まった場合。公的な記録類などに用いる。男性的な語。対中国意識は明確な語。

ひのもと――私的な場合。和歌などに用いる。女性的な語。対中国意識は弱い語。

五　概　括

以上のように推論を展開させてくれば、浜松中納言物語における「日本」の用例の多さは巻一に集中しているとはいえ、否、むしろそうであるからこそ大きな問題を内包していると言えるだろう。「日本」は対唐土をつねに意識の背後に担った語であると同時に、他の物語作品には稀有な語でもあった。そのような語をつねに意識の裡にとどめておくことによってこそ、異郷を舞台として展開させる物語の方法の基盤があり、構想の視点こそがあり得たのではなかろうか。換言すれば、「日本」という語を用いることによって逆照射される異郷をつねに物語の場として獲得してゆくことが浜松中納言物語の一方法であったのである。

異郷を捉える一般的な呼称として「もろこし」があり、浜松中納言物語でも多く用いられる一方で、「からくに」という、これまた物語作品にはあまり用いられていない語を用いることによって、その両語に異なった領域を担わせているらしいことが分かったのであるが（本書第二章第三節参照）、このことと発想は同趣のものといえるのではあるまいか。「もろこし」は土地や親子関係などを示すときに用いられ、男女の性別を越えて一般的呼称として用いられているが、「からくに」は唐后やそれに付随する恋人関係を示すときに用いられ、男性、とくに中納言の秘密事を述べるときに用いられているのであって、いわば、「もろこし」が一般的領域、「からくに」が男性的、特殊領域を各々分担していたとみられるのである。

したがってごく単純にまとめて対応させてみるならば、「もろこし」に相当するのが「ひのもと」、「からくに」に相当するのが「日本」というようになり、このような二元的な捉え方が本国と異国とにおいてなされていたと考えられるのである。それは一に作者の語彙選択によるものではあるが、その意識裡には新しい内容の物語、宇

津保物語や源氏物語などには見られなかった異郷の話を素材の中心に捉えて構想してゆこうとする姿勢があったと考えられるのである。

注

（1）松尾聡氏『平安時代物語論考』所収。四三一〜四四二頁。
（2）『日本古典文学大系』四一頁。
（3）澤瀉久孝氏『万葉集注釈　巻第一』三九二頁。
（4）桜井満氏訳注『現代語訳　対照　万葉集（上）』四四六・四四七頁。
（5）『校本　萬葉集　二』二〇〇・二〇一頁。なお、『校本　萬葉集　十一新増補』七七頁によると、夫木和歌抄（第二十六・歌枕名寄・第十三モ同ジ）の歌、及び新古今集（八九八）を示している。
（6）大伴のみつの浜松かすむなりはや日の本に春やきぬらむ（続古今集・巻一・春上）。
（7）曇らじと思ふ心よおなじくばはや日のもとの光ともなれ（新葉集・巻十八・雑下）。
（8）『浜松中納言物語総索引』の底本は宮下清計氏校註『新註国文学叢書』の本文であって、これには三十二例しかないが、国会図書館本で対照された一例が「本文異同索引」に加えられている。
（9）「日本」を万葉集のように「やまと」と読む可能性は、この物語に「大和の国」を表す語として一例用いられているだけであることから、まずは無いものと思われる。ただし、歌語として「日本」を「やまと」と詠んでいたのではないかとみる考えはある。そうすると、また別途考慮せねばならないだろう。
（10）「伝本考——本文批判の方法の実例を示すための——」（『平安時代物語論考』四四九・四五〇頁）。
（11）池田利夫氏編『浜松中納言物語（一）〜（五）』（笠間影印叢刊）解題・一九頁。
（12）注（10）に同じ。四五九頁。
（13）「第二部　国文学に於ける文献批判の方法論」三六四頁。
（14）一八七・一八八頁に見える二例。
（15）「此ノ国ヨリ東ニ遥ニ去テ、日ノ本ト云フ国有アリ」（『日本古典文学大系』（三）・四六二頁）。

(16)『日本古典文学全集』・(一)・凡例「本文のよみ方を示すために、平仮名の傍訓を付した。この傍訓は、もし当時仮名で書くとしたらならばこう書いたであろうと校訂者が再構した仮名づかいで付してある。」(五六頁)。

(17) 河野多麻氏著『うつほ物語伝本の研究』によると、その「第二部　本文批判」の「俊蔭巻　甲I　九系流系書入イ本の異文検討」の中に、「(7) 漢字の宛方と漢字の訓み」の項を設けて、「23　日本《ひのもと》の国に（阿修羅詞）（四〇11)」「24 日本《ひのもと》よりコノ山をたづぬる……（俊蔭詞）（四〇16)」について各々の異同を示された後、23については「初め仮名（ハ）（＝ひのもとの国・中西注）であったのか、漢字（ニ）（＝日本国・中西注）であって（ハ）のやうに訓ませたものかわかりません。当時国内では漢学者以外は『にほん』（岡）とはいはなかったでせうが阿修羅の詞としては可能です」、24についても、「日本は音で『にほん』、訓で『ひのもと』と言ったらうと推定出来ますが、阿修羅の詞三例は原典では漢字書で訓みは読者にまかせたものか、『ひのもと』のつもりか、初めから仮名書『ひのもと』であったか不明です」（四五三頁）と、「にほん」「ひのもと」について諸本の綿密な研究をふまえて慎重なお考えを述べておられる。

(18) 角川文庫『松浦宮物語』補注八五、二五一頁。

(19)『日本古典文学大系　日本書紀　上』解説、六頁。

(20)「日本《ほん》の人あまた渡《わた》り来《き》ぬ。わが国《くに（ゝ）》にもかしこき人多《おほ》かれど、道々《みち（〳〵）》の才《（さへ）》、かばかりかしこき人なかりき」

「この国《くに》は知《し》らず、日本《にほん》にてお《（を）》のづから、女御、后《きさき》、帝《（御かど）》の御むすめをはじめて見《み》しに」

（二例とも、鈴木弘道先生『校注とりかへばや物語』五〇頁）

（『浜松中納言物語の研究』所収）

第五節　「わうかくしやう」（巻一）試注

一　「わうかくしやう」は人名か

浜松中納言物語の本文について最初に本格的な注釈を施したのは、昭和二十六年に刊行された宮下清計氏の校註による『新註国文学叢書』（以下、『新註』と略称）であった。本書は「きわめて誠実な態度で多くの不審を明らかにせられた画期的な業績で」[1]あり、これを受けてさらに精緻さを加えた『日本古典文学大系』（以下、『大系』と略称）が刊行され、この物語の問題箇所のほとんどが解明されたといってよい。しかしながら、なかには両書に共通して「不詳」とされ後日の検討に委ねられているところも皆無ではない。巻一にみえる次の箇所もその一つである。

日本のてんふ渡いて関を入るるに、中納言ひきつくろひて、いみじく用意し給へるかたちありさま、光るやうに見ゆるを、この国の人々めづらかに見たてまつりおどろきて、めでたてまつることかぎりなし。昔のわうかくしやうのゐける高層に、中納言のおはしましどころ、心ことに玉をみがき、かかやくばかりにしつらひて据ゑたてまつる。（三一・三二頁）

ここにみえる「わうかくしやう」について『新註』は「人名。不詳」とし、『大系』も「人名。不詳。東北大本・大阪府立図書館本・丹鶴本など『わうかうしやう』と注されたため、この箇所は人名と思われるものの、いかなる歴史上の人物かを特定し得ないまま、「わうかくしやう」なる人物がいたと伝えられる高層に中納言が落ち着いた、と読み取っているのである。『新編日本古典文学全集』の頭注にも、「『わうかうしやう』とする異文もある。いずれにせよ歴史上著名な人物で、書聖の王羲之（王逸少）か『文選』登楼賦で名高い王粲（王仲宣）か」（三三頁）という、あくまでも人名という考えを前提とした注を施している。物語中の異郷の人物がほぼ特定され、本朝でもよく知られている故事を背景にしているのに対し、この「わうかくしやう」なる人物だけが不詳というのは、物語を読み進めるうえで何とももどかしい感じがするのである。碩学が総力をあげても該当する人物が究明されないということこそ不審というべきであろう。それではここで視点を変え、人名という先入観を捨てて本文に向きあえばいかなる読みが可能になるのだろうか。そして、それが一応、そのようにも考え得ると仮定すれば、先に示したあたりをどう吟味すればいいのか、ということから拙著『浜松中納言物語全注釈』では次のように要点のみを述べておいた。

「わうかくしやう」は、諸注は人名とみているが、そうではなく、「留学生（るがくしやう）」と理解すべきである。「かうそう」は「高層」と解することが妥当であろう。『日本国語大辞典』はこの例を引いている。

（一二一・一二三頁）

そこで本節ではこのような注を導くに至った経緯について述べておきたい。

二　「わうかくしやう」は「留学生」か

従来、「わうかくしやう」は人名として処理されてきた。「昔の」とあるためか、或いは「わうかくしやう」なる字音が人名に通うかのような感を抱かせるためか、ともかく人名であろうとみて、該当する故事、事例を探索するけれども芳しい結果は得られず、結局、不詳とするより他なかったのであった。そこでこれを人名と捉えず、普通名詞として解する方が解決が早いのではないかと考えるようになり、その目で前後の文を再検討すると案外、納得のゆくようなことがありそうに思われたのである。

そう考えるようになった契機は、兵庫県立神戸高等学校所蔵本に、次のような傍注が施されていることにあった。

わ《りカ》うかく《うイ》しやうのゐけるかうそ《さカ》うに
留学生　河荘

つまり、この本文に傍注を付した人物は「わうかくしやう」を人名とは受け取らず、「留学生」という一般的な語として理解しているのである。神戸高校本は奥書によると三人がそれぞれ施注しているのであるが、(2)写真版では誰の施注であるかを特定できなかった。しかしながら、ともかくもこの箇所を人名と理解しない読みがかつてあったことは注意すべきである。

遣隋使、遣唐使一行の中には異国文化を吸収する重要な役割を荷った留学生と称される一群の人物がいて、彼

らの日本文化に貢献した功績が多大であったことは日中文化交流史上の周知の事実である。唐土を舞台とした物語作者の念頭に彼らのイメージがまったく浮かばなかったとは言い難いのではあるまいか。

　ところで、物語本文のこの箇所の異同は『校本　浜松中納言物語』によると次のとおりである。

　わうかくしやうの――わうかうしやうのⒷ忍Ⓔ教Ⓕ育由百丹――かくしやうのⒸ鶯[3]

なおこの他に松井簡治氏旧蔵静嘉堂文庫蔵本の「りうかくしやう」という本文も付加できる。[4]「留学生」という観点でみると、鶯谷主人旧蔵本や松井簡治氏旧蔵本にもその痕跡を伝えているかに思われるが、そもそも平安時代の文学作品に用例がほとんど見当たらない語であるために、慎重な検討が必要である。ただし、類似の例としてはとりかへばや物語の次の語をあげることができよう。

　むかしはうとくさうとて十二年に一ともろこしにさるへき人わたしつかはしてかのくにのさえならはされけり[5]

この「うとくさう」は『とりかへばや物語　本文と校異』の「校異」によると次のごとくである。

　うとくさう――うかくさう（書岡内村藤島平〔うノ右傍ニ「るカ」、左傍ニ「留学生」〕）――うくさう（鈴〔うノ右傍下ニかヲ補入〕）

これによると、「平」として示されている平出本とりかへばや物語の筆写者あるいは施注者は、この箇所を「留学生」と読んでいたことがわかる。また、東山人芳磨筆本とりかへばや物語は「遊《う》学生《がくさう》」と頭注を付し、(6) 岡本保孝は「うとくさう」とする物語本文に「有徳僧」の文字を推定したうえで、「故事可尋」と注している。(7) これについて鈴木弘道先生は次のように述べておられる。

> これ（「遊学生」ノ頭注＝中西注）は、あるいは「遊学僧」かも知れないが、いずれにしても、保孝は、A本（保孝ガ注釈ノ底本トシテ使用シタ本＝中西注）の誤写に気づかずに「有徳僧」の文字を推定したのであろう。「十二年に一ど、もろこしに……」は、浜松中納言物語巻の一に、
>
> 　いにしへは十二年を過してのみこそ返けれ、五年をだに過し給へ
>
> とあるのと類似し、遣隋使や遣唐使のことと関係があるかも知れないが、明らかでなく、後考を俟つことにする。(8)

「十二年」は必ずしも史実と一致するわけではない。しかし、「十二年の山籠り」などとも通底する長期間を表す一種の単位かとも思われ、とりかへばや物語と浜松中納言物語とは「十二年」の事情はまったく一致しているとはいえないものの、遣唐使などのイメージを社会的な背景と考えることは、「うとくさう」が「留学生」と解せる可能性をもっているところから、自然な推測であろう。

それでは「留学生」を当時どのように発音していたのだろうか。古辞書の類には見受けられず、現行の国語辞典、漢和辞典などには「りゅうがく」はある。しかし、例えば「色葉字類抄」（黒川本）の「る」の項の頭文字に

「留」が掲げられているように、「留学」は「るがく」と読むのが穏当なのである。国語辞典や古語辞典は「るがくしやう」(8)をまったく無視しているかのようであるが、歴史学の分野ではほとんど常識的な用語であった。例えば、「遍照発揮性霊集」巻五の「福州の観察使に請ふて入京する啓」の冒頭に「日本国《やまとのくに》の留学《るがく》の沙門《しやもん》空海啓《まう》さく」(9)とあったり、「入唐求法巡礼行記」の第一章、承和五年（八三八）六月廿四日の条、「大使は始めて観音菩薩を画き、請益《しやうやく》・留学《るがく》の法師は相共に読経して」(10)とあり、これについての「補注」にも「入唐した一般の留《る》学生に、学問生・請益生の二種があった」と特に読みについてのルビが見えている。佐伯有清氏も『最後の遣唐使』で、「飽田麻呂が正六位上を授けられたことがみえる。その肩書に入唐留学生《にっとうるがくしょう》とある」(11)とわざわざルビを施しておられるのである。

「留学生」は「ルガクショウ」と読み、歴史的仮名遣いでは「るがくしやう」と表記したのである。したがって、とりかへばや物語の一部の写本に記される「うかくさう」の異文は読みにかなり近い表記をとどめているとみられるのであるが、浜松中納言物語の場合はいかがであろう。

近世期を遡る写本がなく、しかも現存写本がほぼ同一の系統に属する以上、校訂や改訂を思い切って導入してもよい場合が、ときにはあるのではないかと思われ、「るかくしやう」が「わうかくしやう」と誤写される可能性が皆無か否かを検討してみる必要があろう。つまり、「る」が「わう」と二字に写される可能性である。池田亀鑑氏の示された「混同を生じやすい可能性の著しいと思はれる」例のうち、無意識になされた単字から複字への誤写例には、「は——にて」「け——おほ」「え——こん」などと共に「る」が「かる」となる例がみえるが、(12)「わう」となる例は示されていない。しかしここに示された例がすべてであるのでないことはもちろんのことで、「留」の草仮名も他の字に転写される可能性があり、複字になることも推測されるし、あるいは「る」を「王」

の草仮名の「わ」と誤写したことから「わう」と転化していったと考えることもできよう。転写のある時点から「昔の」という語と舞台が唐土であることとから人名を想起するという思い込みが、歴史的な事実を圧倒してしまい、それが本文として、定着していったのではないかと考えるのである。

三　「かうそう」のイメージ

中納言は唐の都に着いて「かうそう」に旅装を解き、父の転生である第三皇子に会える日を待っていた。「かうそう」は次の三箇所にみえる。

(1)　前掲例文　（三三頁）

(2)　八月十日余日、中納言のおはする高層のまへの前栽、ことにおもしろく見渡せば、（三六頁）

(3)　花盛りいとおもしろきに、かかやくばかりしつつ、中納言のおはする高層にまうで給へり。（五七頁）

(2)(3)は「中納言のおはする」という同じ修飾句があり、敬語が用いられているのに対し、(1)は「昔のわうかくしやうのゐける」と、時代を過去に設定し、敬語もない。つまり、「わうかくしやう」については敬語意識がなく、「昔の」とあることから、中納言の時代よりもさらに古い時代の人を指しているのである。そこでまず、「昔」という語についてみておこう。

『古語大辞典』（小学館）の「いにしへ」の項の「語誌」によると、「いにしへ」が「話し手の経験の中の過去を表わす用法」であるのに対し、「むかし」は「話し手の経験にとらわれない過去」を示すといわれる。例えば、

西晋の潘岳について両語の使用法をみるに、巻一、中納言を見た唐の大臣は「いにしへ、河陽県に住みける潘岳こそは、わが世にたぐひなきかたち」(三四頁)と同国人としての表現をし、帰朝後、帝に在唐報告をする中納言は「昔、河陽県にはべりけむ潘岳といひはべりける人などこそ」(二六七頁)と異邦人としての言い方をしているところからも、「語誌」の示す説明の範疇で納得がゆく。たしかに物語中、四例ある「いにしへ」は、いずれも会話文中にあり、自分たちに直接つながる過去を語るときに用いられており、二十八例ある「むかし」は多様な用法がなされている。ただ唐土の故事については、例えば次のように「むかし」を用いて叙述されているのが目につく。

みな人心をひとつになして、楊貴妃といふ昔のためし引き出でぬべかりけるを、(四五頁)

昔、上陽宮にながめけむ人のやうに、このところに閉ぢられて(五一頁)

「昔、花を興じける人の、この桃の木のあらむところまでと行きければ、(五五頁)

昔このところに住みける王子猷といふ人の、月の明かかりける夜、(六五頁)

このようにみてくると「昔のわうかくしやう」とは異郷での過去の一時点のことを指しているのであり、右の四例に共通している何らかの拠るべき伝承をもっていたのではないかと思われるのである。ただその伝承に該当することとして然るべき人名が特定できないかぎりは、これをひとまず人名の枠を超えて「留学生」と解しておくことにも矛盾はきたさないであろう。

遣唐留学生は中央政府の許可の後入京し、学問・技術・芸術などの研究を志して、主として長安で長期間学ん

だといわれる。遣隋使や遣唐使の初・中期は長期間であったが、遣唐使の後期には一、二年の短期留学になっている歴史的事実から、中納言の三年間という在唐期間は、物語に「いにしへは十二年を過ごしてのみこそ帰りけれ」（九〇頁）とあることも併せ考えるならば、遣唐使の末期的事象を反映しているともいえよう。[13]

石川徹氏は『浜松中納言物語』の虚構の方法とその創造[14]」と題する論文で、従来、浜松中納言物語作者の唐土に関する知識は欠如しており、描写も不正確でいい加減なものとされてきたが、決してそうではなく、孝標女は漢学の家に生まれており、兄の一人、定義は大学頭・文章博士・大内記などを歴任し、ここから和漢朗詠集・白氏文集その他の手ほどきを受けていたろうとして、「作者は唐土の地理も少しは心得ていたらしいし、少なくとも、『浜松』執筆にあたって、兄などに尋ねて、あまり甚だしい誤りを犯さないように気をつけたであろうと考える方が自然であろう」と述べておられる。加えて、須田哲夫氏の論文「浜松中納言物語に於ける作者の唐知識論[15]」を引いて、この須田論文が考証している中納言が中国に着いてから唐の都へ至るまでの道順は正確であり、作者は「全然でたらめで書いたのではないらし」く、「作者の手法は、リアリスティックだったと思われる」とも述べられた。この石川説は浜松中納言物語を大局的に把えられた卓見であり、従うべき見解であると思う。となれば、中納言が異郷で初めて寛ぐ場所もまた重要な場として注意深く描かれたものと考えることも自然な理解である。

それでは「高層」とはいかなる所を指すのであろうか。例えばまず、「吉備大臣入唐絵巻」の冒頭近く、選ばれて遣唐留学生となった吉備真備が入唐後、才学のすばらしさ故に楼上に幽閉される図を想起するであろう。「吉備大臣物語」に「日本国ノツカヒタウライロウニノホセテスヘシム[16]」とあるところである。歓迎される遣唐使とは異なるものの、異邦人を迎えるべき何らかの宿泊設備があったこと、それがまず入唐後の重要な場面とし

て意識されていたことが理解されるのである。吉備真備説話は、彼の薨後、仲麻呂の死も伝えられ「二人の数奇な運命劇が奈良朝末~平安初頭のころの人々に深い感動を与えたころから、吉備大臣入唐説話として醸成されきたったもの」(17)であり、話の内容から「いかにも平安朝における博士家などに伝えられた伝説」(18)とみられることから、作者もこの説話は兄などを通して十分に馴染んでいたはずである。入唐直後の楼のイメージは物語の場面設定に何らかの関わりがあったのではなかったかと思われる。

遣唐使たち一行が長安で落ち着く所は、詳細な記録が無く明らかではないが、木宮泰彦氏(19)によると、外宅、すなわち鴻臚寺の客賓宿泊所である四方館であろうとされる。その他の外国使節用の宿泊所である礼賓館にも滞まったといわれるが、諸記録にも見える外宅が一般的であり、広く知られていたものであろう。ただそれがどのような建造物であったかは不詳である。

作者は遣唐留学生の宿泊所を思い浮かべ、中国建築の大きな特色(20)といわれる塗装した建造物を想定していたのではあるまいか。

四　「てんふ」は「竹符」か

「わうかくしやうのゐける高層」を「留学生の居ける高層」と読むことは、従来の読みを一歩進めて、彼此の異郷間に横たわる濃密な歴史的背景が用語を通して物語上に姿を表していると理解することになるものである。そう考えるならば、留学生という公式使節を想定することになり、これは同時に、少し前の記述の「日本のてんふ」とある「てんふ」にも推測が及ぶように思われる。

『大系』頭注は『『てんふ』は不詳。通行証か」として、補注で「伝符をあてる説があるが、伝符は伝馬を徴発

するために下付する太政官符であるから、当りそうもない」（四四一頁）と述べておられる。いま、遣唐使を念頭に置きながら改めてこの語に対したとき、「竹符（ちくふ）」の誤写と見ることを一案として提出することも、まったくの暴論ではないと考えるようになった。

例えば、「遍照発揮性霊集」に収める「大使福州の観察使に与ふるが為の書」に「又竹符銅奨は本姧詐に備へたり」とある「竹符」について『大系』頭注には「竹で作ったわりふ。遣唐使の身分を証明するもの。ここでは日本の皇帝から唐の皇帝への勅書をいう」（二六八頁）とある。[21]この他にも「竹符」は次のように用いられている。

その孫、その甥、ことごとく竹符を裂く。（平家物語・巻四・牒状）[22]

多田満仲より下野守義朝にいたるまで七代は、みな諸国の竹符に名をかけ、

（曾我物語・巻一・惟喬・惟仁の位あらそひの事）[23]

異郷の公式の場で用いられる身分証明書を意味する竹符を、中納言が用いたと表現することは、先に触れたこの物語の作者を取りまく環境のしからしめたところとみてもいいのではないだろうか。

竹符（古くは竹使符）とは「秦漢時代の皇帝から郡太守もしくは藩国王に、任命と同時にその一片を下附しておいて、それ以後の中央から使者派遣による皇帝の命令伝達、とくに出兵（兵庫を開いて武器を取り出すこと）命令の伝達などの場合には、皇帝の手許に残されている他の一片を使者が携行して、命令の真偽を立証する手段とされたものであり、したがってそれは君臣関係を基調として地方統治が実施される場合に、その行政機構の場で機能するもの[24]」であり、中国の政治機構に習った日本の場合、用語も日本の国情に合致した使用がなされるのは

自然の趨勢であろう。したがって、「竹符をさく」という用語が国司に任じられる意を帯びてくるのである。

作者は中納言一行が唐土の都に入る場面を描くにあたって、何らかの事務的な手続きを必要と考えて「竹符」なる語を用いたのである。そもそも「符」とは「牒」と同様、唐代公文書の制式の一つで、符は省から州、州から県に下すものといわれ、[25]「てんふ」も何らかの公式文書を指すものとして捉えられていたはずであろう。この直前に、中納言一行が函谷関にさしかかって唐土の人々が迎えに来るところを「唐国といふ物語に絵にしるしたる同じことなり」（三二頁）というように、日本と唐土との対照を際立たせる意識が確実に働いていたのである。作者は周辺にいた人々から、唐土に関する地理的知識などと共に、それに伴う儀式、慣行なども聞き知っていたのではないかと推測され、それ故あえて一歩踏み込んだ憶説を提出しておいたのである。隋に対しては国際外交上の慣例をよくのみこめなかったために国書が遣わされたことがあったが、遣唐使関係にはそのようなことはまったく無く、「正式の国書を提出しなくとも遣唐使の入京が許されていたのであ[26]」ったと述べられた山田英雄氏の説を考え合わせるならば、遣唐使よりもさらに古い時代の国書を想起したのではなく、より身近に聞き及んでいた「竹符」なる語を、本来の意を拡げて転用したものと考えることができるように思われる。

五　概　括

中納言が初めて異郷の京に入り、官吏を前にした様子を「光るやうに見ゆる」（三三頁）と述べている。これは人物を形容する語句の至上のもので、物語のなかにも多くの用例がみえる。また、中納言の招かれた居所は「かかやくばかりにしつらひて」（三三頁）あったという。「かかやく」も人物に対する同種の賛辞である。「ひかり」「かかやく」を神話の系譜を引く物語主人公の神秘的、超人的な光彩美を表す語と把えられた藤田加

代氏[27]の説もあり、それにさらに貴族生活の現実や仏教思想の浸潤を映出している多彩な語義のあることを指摘された河添房江氏の論文[28]もある。両氏の検討によって明らかになることは源氏物語の語義についての厳密な使用法であり、それが浜松中納言物語には必ずしも忠実に継承されていないことである。語義については、なる程源氏物語ほどの深みはないだろう。しかし、そうだからこそ、源氏物語には見られなかったより新しい素材と発想とをよりどころにしていたともいえよう。浜松中納言物語はその好例である。

以上、不詳とされてきた「わうかくしやう」を「留学生」と読みとれると仮定し、作者像を念頭に置きながらこのあたりの本文の再吟味を試みた。久下晴康氏の編になる『浜松中納言物語』の頭注においても『大系』とほぼ同じ指摘がなされており、近年の『新編日本古典文学全集』に至っても同様な注解で、依然として不詳のままであるのは隔靴掻痒の感を免れ得ない。もちろん、ここに述べたことはあくまでも仮定を核としてしだいに著者の内にとどめ難くなったささやかな試みの注に過ぎず、唐土での「わうかくしやう」なる人物が特定され明らかにされた日にはこの論が雲散霧消すべきものであることは言を俟たない。

注

（1）『日本古典文学大系　浜松中納言物語』解説、一四〇頁。

（2）松尾聡氏が旧兵庫県立神戸第一高等女学校蔵本として調査報告されている本である（『平安時代物語論考』四七八〜四八〇頁）。本書は清水浜臣、伊藤光中、岩下貞融による三色の注があるという。なお、池田利夫氏は「浜松中納言物語伝本系統試論」（鶴見女子大学紀要・第十号・昭和四十七年三月、のち、『更級日記　浜松中納言物語攷』に所収）において、山岸徳平氏の紹介によって本書を調査された旨、記してあるが、著者は写真版で見ることができた。

（3）小松茂美氏編『校本　浜松中納言物語』六頁。

（4）松井簡治氏旧蔵静嘉堂文庫蔵本では直前の「奉ることかきりなし」の「り」、直後の「かゝやくはかりに」の「り」

と同じ字であると判読できるので「りうかくしやう」とみる。
（5）鈴木弘道先生編『とりかへばや物語　本文と校異』一四〇頁。
（6）鈴木弘道先生『湲明本　とりかへばや』六六頁。
（7）岡本保孝「取替ばや物語考」（鈴木弘道先生『とりかへばや物語　校註編解題編』四一六頁）。
（8）鈴木弘道先生『とりかへばや物語　校註編解題編』四一七頁。
（9）『日本古典文学大系』二七〇頁。
（10）東洋文庫『入唐求法巡礼行記1』五頁。
（11）『講談社現代新書』三六頁。
（12）池田亀鑑氏『古典の批判的処置に関する研究』第二部「国文学に於ける文献批判の方法論」四三〇頁。
（13）森克己氏『遣唐使』に「初期は三十八年・二十五年といった超長期留学者のあることが目立っている。（中略）同様に中期もまた十七年の留学者が三名にも上り、殆ど全部が長期留学者のみである。（中略）しかるに末期になると、留学の様相が初期・中期とはすっかり変わって一、二年の短期留学者が多く、長くても九年程度で十年を越えるものは殆どない」（一一六頁）とある。
（14）笹淵友一氏編『物語と小説――平安朝から近代まで――』所収。のち、『王朝小説論』に所収。
（15）「文学・語学」第五号。のち、『平安朝文学の展開――方法論の探究を含めて――』に所収。
（16）日本絵巻大成『吉備大臣入唐絵巻』所収、大東急記念文庫本。
（17・18）蔵中進氏『唐大和上東征伝の研究』四二〇頁。
（19）木宮泰彦氏『日華文化交流史』一〇〇～一〇二頁。
（20）藤島亥治郎氏『日本の建築』三〇・三一頁。
（21）これについては西嶋定生氏の批判がある（「遣唐使と国書」、茂在寅男氏他三氏『遣唐使　研究と史料』所収）。西嶋氏は、この「竹符」は「印書」の意で用いられ、「公印を捺した貢品の目録」の意で用いられているとされる（五二頁）。
（22）『日本古典集成（上）』三三五頁。
（23）『日本古典文学大系』五四頁。
（24）注（21）に同じ。五一・五二頁。

(25)　注（10）に同じ。五七頁。
(26)　山田英雄氏『日本古代史攷』所収「日・唐・羅・渤間の国書について」一五四頁。
(27)　藤田加代氏『「にほふ」と「かほる」』所収「『ひかり』『かかやく』主人公」。
(28)　「源氏物語の『ひかり』『ひかる』『かかやく』」（『国語語彙史の研究』六・所収）。

（『平安末期物語攷』所収）

第三章　浜松中納言物語研究史

第一節　宣長・春村の浜松中納言物語研究

一　浜松中納言物語研究の初期

物語の享受には大別して二つの方法があるといわれる。物語の個々の場面や状況に沈溺し、それを楽しみとする、女性読者のとる方法と、男性の、物語を客観視し研究的に捉える方法とである。(1)

源氏物語は作品成立当初から多くの読者の支持を受け、また、源氏物語より後に成立した寝覚物語や浜松中納言物語、とりかへばや物語なども、無名草子を見るかぎりにおいては好評を博していた作品であったことがわかる。(2)それが、源氏物語の方はより一層の隆盛をみ、古典学の主流となっていったのに対し、源氏物語以後に成った物語作品の多くは、いつの頃からか文学史の片隅に押しやられてしまい、例えば、新しい儒学思想の興隆によって慶長年間（一五九六〜一六一五）頃より古典学の中に加えられていった徒然草(3)のような目にも合うこともなく、享受されることなく永い沈黙を、ごく最近まで保ってきたのである。それは作品に内在する脆弱性によるものかもしれない。しかしながら、一部の人々の間には、これらのいわば恵まれない作品を好み、かつ研究の対象とした人もいるにはいたのである。彼らの研究とはどのようなものであったのか、その跡を丹念に辿ることによって、部分的な誤りや錯覚を犯しつつも、作品をより正確に読みとろうとする努力がその中に含まれているのではないか、そしてそれらは今日的な課題を孕んではいないか、検証し追求してみようと思う。

いま、表題のごとく、物語を浜松中納言物語だけに限ってみることにする。浜松中納言物語の研究史を知るためには、鈴木弘道先生の『平安末期物語研究史 寝覚編 浜松編』が最も適当である。この書は、研究史を第一期江戸時代以前、第二期明治・大正時代～第二次世界大戦ごろ、第三期第二次世界大戦～昭和四十七年ごろというように三分されていて、その第一期として、源氏一品経、和歌色葉集、無名草子、後百番歌合、明月記、御物本更級日記奥書、八雲御抄、風葉和歌集、河海抄、弄花抄、細流抄、岷江入楚、湖月抄、権中納言実材卿母集、石上助識篇、古物語類字鈔、古ものがたり目録、物語書名寄、物語書目備考、浜松中納言物語系譜が挙げられている。これらのうち、先に述べた客観視しようとする作業のうちのほとんどがまことに片々たる扱いにしかすぎず、取るに足りないのに比べて、本居宣長の石上助識篇、黒川春村の古物語類字鈔、岡本保孝の浜松中納言物語系譜は、僅かながらも作品の内部に迫ろうとする姿勢が窺えるのである。そこで、本節ではこの三編のうち、前二書について浜松中納言物語研究の初期のあり方をみておこう。

この三書は研究のごく初期に属するものとはいいながら、それぞれに異なった主題のもとに考察がなされ、しかも、今日の研究の基礎が具体的なかたちで示され、かつ今日の研究の主要な部分がこれらの延長線上に展開されているともいえるのである。すなわち、石上助識篇では語彙論、古物語類字鈔では散逸首巻論、浜松中納言物語系譜では人物論を中心に据えて述べられていて、語彙、語法の考察も、散逸首巻論という構想に関わる考察も、人物論も、やがては作品の内容や作者、時代の考証に深く結びついてゆく基礎的な研究であるといえよう。その意味でこの三書がどのように考察を展開させているかを見ておくことは、たんに先人の轍を見極めるだけにとどまらず、そこにすぐれて今日的な課題が存在していることをも知り得るはずである。

二　宣長の「石上助識篇」について

「石上助識篇」は明和二年（一七六五・宣長三十六歳）冬から天明元年（一七八一・宣長五十二歳）にわたって記された随筆であり、その中に浜松中納言物語に関する一項が収められている。彼の「学業日録」によると、安永十年（一七八一）の記事の中に宇治拾遺物語や日本紀と並んでこの物語名があり[4]、書名が括弧でくくられている。これは謄写本を作成したという印で、同年三月十四日に宣長が校合を終えた旨の識語を有する春庭謄写本四冊も本居宣長記念館に蔵されている[5]。また、同年同月の書簡（田中道麻呂宛）にもこの物語に触れるところがあることから、宣長が浜松中納言物語に関心を抱いていた時期は安永十（天明元）年頃であったといえよう。

いま、『本居宣長全集』第十三巻「本居宣長随筆」の解題に従って、その時期を含む頃に書かれた随筆を起筆順に記すと、「石上雑抄」（明和六年〈一七六九〉、七年～安永十年頃）、「抄録」（明和八年〈一七七一〉～天明五年〈一七八五〉）、「飯高随筆」（安永元年〈一七七二〉～寛政五年〈一七九三〉）、「抄録」（安永九年〈一七八〇〉～寛政五年頃）で、そこに示された諸々の書名だけでも彼の知識欲がこの上なく旺盛であったことがわかるのである。しかも、天明六年（一七八六）に「古事記伝」上巻の完成をみる頃は、彼の読書が極めて多岐にわたっており、ことに中古中世の歴史、日記、諸記録等を読破していることは注目され、中でもとくに、明和・安永年間（一七六四～八一）に書かれた随筆「松乃落葉」には、「宣長の古語や国史に対する関心が著しく高まり、しだいにその国学の方法が成立して行く過程が窺われると共に、その知的関心が極めて広い範囲にわたっている[6]」ことが読みとれるのである。そのような知識欲の一部分を満足させたものが浜松中納言物語であったとみることはできよう。

宣長は次のように述べている。

浜松中納言物語四巻〈但し巻数は後の人のわけたる物かいかゝしりかたし〉
中納言なる人、唐にわたりてかしこにてよめる歌に
〽ひのもとのみつのはま松こよひこそ我をこふらしゆめに見えつれ、
此歌より浜松中納言とはいふなるへし、

（四〇三・四〇四頁）(7)

物語が四巻であることについては、宣長は余り関心を示してはいない。これは次項に述べる黒川春村及び岡本保孝とは大きく違う点である。宣長は、いきなり題名について語っている。題名についてその拠り所となった歌を挙げることは誰しも異論のないところである。ただ、この歌から導くことのできる題名は、「浜松中納言」ではなくて「みつの浜松」なのであって、「みつの浜松」から「浜松中納言物語」に題名が転化してゆくことについての何らかの考証があっても然るべきかと思われる。この随筆の上欄にも「はま松中納言物語」と記すように、宣長の頃には、一般的に「浜松中納言物語」と呼ばれていたことを考慮に入れたうえで、なお、無名草子、後百番歌合、明月記、源氏一品経、御物本更級日記奥書等には「みつの浜松」とあるところから、両者の齟齬に関する若干の札記があっても然るべきではなかったかと思うのである。

このように、大宣長に対して不遜にもねだるのは、この物語の題名について変遷過程を詳細に論究された松尾聡氏の「題名考」(8)という論文を知っているからである。松尾氏は「ひのもとのみつのはま松……」の歌を挙げ、これによって「みつの浜松」が題名とされるのは極めて自然ではあるが、この歌によって「浜松中納言物語」と

呼ばれることは、室町中期以降、「浜松の物語」「浜松物語」を正称として考えたことによる後世の誤称であろうと述べられた。つまり、「浜松」と「中納言」とが結びつく物語の内的必然性はないとの見解なのであり、従うべき説であると思われる。したがって、このことから宣長の興味のあり様が、少なくとも物語の巻数や題名、あるいは物語の内容に深く立ち入るものではなかったのではないかと推測できるようである。宣長の手にした物語の題簽が偶然、「浜松中納言（物語）」であったためか、そこから物語の題名の依拠した歌を宣長が即座に指摘してしまったことを惜しまざるを得ない。

項目	源氏	狭衣	寝覚	とりかへばや	枕
かみさび	0	0	0	0	0
みつわぐむ	1	0	0	0	0
乳あゆる	0	0	1	0	0
おほろけ	40	27	8	4	7
筆のさきら	1	0	0	0	0
さいまぐれたる	0	0	0	0	1
ほげつき	0	0	0	0	0
百歩の外	2	0	1	0	0
よしののあなたにみよしのと云処	0	0	0	0	0
終日（ひめもす）	0	0	0	0	0
大姉（おほあね）	0	0	0	0	0

（源氏物語―『源氏物語大成』索引篇・狭衣物語―『狭衣物語語彙索引』・寝覚―『夜の寝覚総索引』・とりかへばや―『とりかへばや物語総索引』・枕―『枕草子総索引』）

彼は物語の内容よりもそこに用いられている表現形式に関心を寄せている。いま、随筆の上欄に掲げられた項目[9]について、他の物語の用例をも併せて一覧表にすれば上の表のとおりである。

このうち、「さいまぐれたる」と「ほげつき」との間に「卅四字ある歌」が挙げられている。いま、和歌の文字数の多さに言及している例をあげれば、例えば定家の「詠歌一体」には「文字の余る事」として古今集や新古今集の例を示しており[10]、時代は下るが、宗祇の「吾妻問答」にも具体的な語句を挙げて字余りになってゆくことを述べていること[11]から、殊に目新しいものではないようにも思われる。宣長

はおそらく一読してこの字余りの歌に気付き、それを書き留めたということからして、和歌にも注意していることがわかる。

ともかく、この表で明らかなとおり、宣長の主たる関心は稀少な語彙に対してものであることが明らかになる。例えば、「みつわぐむ」について、

○　月影のうかへる水わくむ迄にあはれいくよをなかめきぬらん、〔ミツワグムヲタチ入クリ〕

として原文を引用してその中に覚え書を記したり、「乳あゆる」のように、原文の下に「チアユルハ乳ノタル事也、乳母ニモトムルヲ云リ」という注を記したりする例もあるがそういうものの無い例も多く、原文のみの引用にとどめている。その内訳は、十一例中、巻一　五例、巻二　四例、巻三　二例となっている。巻四を読まなかったとは思われないが、何か偏りがある点は否めないであろう。しかし、それがどういう理由であるかは不詳である。

ところで、ここで注目されることがある。それは上欄に「よしののあなたのみよしのと云処」とし、原文引用にも、「○　よし野のあなたに、みよし野といふところに、」とほぼ同文を引いている箇所である。これは「みよし野」という語もさることながら、その背後にあるところの発想に注目して取り挙げたものと理解したいのである。「吉野」「み吉野」なら多く歌にも詠われ、また彼自身も歌として詠んでおり、また土地自体にも親近感があったことであろう。また、古今集、巻十九「もろこしの吉野の山にこもるともおくれむと思ふ我ならなくに」（一〇四九）は、「現実にありえない遠方を仮想して、非合理的地名を結びつけた」(12)と注される発想を基底にして

いて、古今著聞集、巻二（釈教第二）の「四二　貞崇禅師金峰山神変に就いて述ぶる事」の冒頭箇所「吏部王《ノ》記《ニ》曰《ク》、貞崇禅師述《ベテ》二金峰山《ノ》神返《ヲ》一云《イハク》、古老相《ヒ》二伝《フ》之《ヲ》一。昔漢土有《ニ》二金峰山一……」(13)を宣長は引用して、彼の随筆「群書摘抄」の上欄に「唐ノヨシノ山」(14)と記している。このように、「唐の吉野山」という語句にも関心を持っていたことが窺える。ところが、そのような宣長にとって「吉野の奥のみ吉野」というのは実に新鮮な語句であり、しかもそこを現実に物語の主要な舞台として設定するという、その想像力に目を見張ったのではないだろうかと思われるのである。

物語の素材のうちで地理的素材の占める役割は決して小さいものではない。源氏物語の宇治を舞台にしているところを一般に「宇治十帖」と呼びならわしているのをみても、たんに物語展開の便宜的な場所としてだけではなく、物語の主題そのものに大きく関与しているものと考える。秋山虔氏は源氏物語の宇治について、「ここに宇治という山里が環境として構えられたのはそうした出世間的な人間関係をえがきはじめるのに屈竟の風土でそれがあったからにほかなるまい」(15)と述べられている。したがって、その意味からも「み吉野」を考えることは重要な課題になり得ると思う。いずれ、機を改めて考えてみたいが、いま、宣長のある偏りをもった読みに沿うてその想像力を刺激したと思われる一端を述べておこう。

「み吉野」はどのような所として描かれているか、物語中から該当記述を抽出してまとめてみるとおよそ次のようになる。

○　鳥の音が聞こえない、または聞こえても世の常とは異なる土地。

○　世の常の人を相容れない奥深い山間の土地。

○木深くて滝があり、四方の山を覆う風の音は荒涼としている。

これと、物語に描かれた唐土の描写とを比較してみると、部分的に類似するところはあるものの、「み吉野」のイメージの方が具体的である。もちろん具体的とはいっても作者が実際にその土地を見物したもののようではなく、観念的な表現に依拠しての範囲内ではある。そもそも、「み吉野」が多く見られるのは、万葉集、古今集、後撰集の和歌集であって、いわば歌語として定着した地名でもあったのである。そのような地名をこの物語では主要な舞台として具体化した。しかも、吉野のさらに奥なる土地として設定し、そこに新しい人物吉野姫君を設定し、やがてこの人物が物語の中心に据わってゆくのである。宣長はこの展開に興味をもったのであろう。

三　春村の「古物語類字鈔」について

物語や歌集・注釈書等五十にわたる書物から三百二十二の物語名を抜き出し、アイウエオ順に並べ、資料及び考証を記す「古物語類字鈔」には、浜松中納言物語は「二三〇　△　浜まつ物語」（△は欠巻があることを示す）とあり、「此物語の古名は、御津浜松と号せり。美部に、委しくいふをみるべし」[16]（一一二頁）として、「美部」に詳しい考察を述べている。

まず、御物本更級日記奥書、後百番歌合の歌員数、明月記の記事、八雲御抄の記事を記し、そのあと、風葉集所載歌の部立と詠者を記している。

風葉集春上（はまゝつの中納言）　春下（帥宮中君）　夏（中納言）　秋上（中納言）　冬（中納言）　又

（よみ人しらず）　又（帥宮中君）　別（東宮）　又（中納言二首）　又（山の僧上のはゝ）　又（もろこしの宰相）　旅（中納言二首）　哀傷（左大将の女）　恋二（中納言二首）　同四（大弐女）　又（もろこしの大臣五君）　雑一（中納言）　同二（中納言三首）　又（一のおとど五君）　又（みかど）　同三（宰相中将）　又（帥宮中君）　又（河陽県后）

ところがこの紹介には若干の間違いがある。山の僧正の母の歌の次に「又（中納言）」、恋二の「中納言二首」は「中納言、河陽県后」に改めねばならないところであり、また、「帥宮中君」は「帥宮中宮」とせねばならぬはずである。春村の記載法は、物語に見られる順に記してゆくのではなく、部立順に詠者ごとに総括しているようである。

しかも、冬部の「よみ人しらず」の歌も、あとの雑三（帥宮中宮）の詞書を見れば詠者は中納言であると判断できる[17]にもかかわらず、そうしていないことは、詞書を一切無視しているのではないかとも思われるのである。

次に無名草子の評言を引いているが、浜松中納言物語評言全てではなく総評に該当する箇所を引いていることは物語全体の位置づけを明確にする意味で有効と考えた処置であったろう。続いて春村自らの見解が入っている。

按に、此物語を、浜松とのみ、号して、本名は、みつの浜松なる事をば、しらぬ人も、ありげなりかし。されば、群書一覧にも、浜松物語、作者詳ならず、といへり。孝標朝臣の女の、作なるよしは、上件に、見えたるが如し。　（一二一頁）

宣長の直感による題名考とは異なり、本来の題名を記したうえで、当時の通称であった「浜松」とは浜松中納言物語である旨を記している。もちろん尾崎雅嘉の群書一覧が誤っていたためでもあるが、着実な考証を付しているといえよう。

以上は断片的な考察や資料を羅列した箇所であるが、以下、散逸首巻について体系だった論述がみられる。その論拠は三つある。

①　現存本巻一は発端と思われない。
②　後百番歌合二十九番と三十番の右歌は現存本に見えず、渡唐前と渡唐後の歌である。
③　風葉集所載の二十八首中九首は現存本には見えない。

①についてはとくに述べていない。「まことは、五巻のものなりし、さまなり」という断定的口調を考慮すれば、「今本の、はじめの文、発端とも聞えぬ」と述べることは自然でもあろう。②はあとでも触れるが、近年の散逸首巻についての有益な論考もここを起点としているのである。なお、後百番歌合には十五首あるとするが、詞書に注目していれば二十一番、二十八番の詞書中にも各々一首ずつ含まれていて、結局は十七首ということになることに気付いたはずであろう。しかも、物語と全く合致しているものは五首のみであり、他は一部分、一句が異なっているのであるが、そのようなことについては春村はこだわっていないようである。

③についても若干の誤りが見られる。春村は現存本に見える十九首の内訳を、巻一　十首、巻二　四首、巻三　二首、巻四　三首としているが、実際は巻四は四首あり、総数は二十九首であるから現存本に見えぬ歌は、やは

り九首ということになるのである。

ところで、②についての問題の二首であるが、これについては、「今本は、中納言、もろこしに、行つかるゝところより、見ゆるを（歌員百五首あり）[18]此二首は、夫よりも、まへかたに係れり」と述べるように、その推論のとおりである。春村は首巻の内容そのものにのみ興味があり、「首巻は、闕けてみえねど、上件の、端書（後百番歌合、風葉集ヲ指ス＝中西注）どもにて、おろ〳〵、おもふきは、しられたりかし」と言い、歌によってのみの内容想定を考えているようである。したがってここでは散逸首巻の内容のみが主題となっているので、今日的な課題はないのであるが、最後に湖月抄に、この物語の「並一帖」の存在を指摘していることを取りあげて、次のように記していることは注意される。

春村曰、浜松に並ある事、いまだ考へず。尋ぬべし。（一一二頁）

これは、多くの物語を紹介するという性質をもっている書物であったために、「並の巻」について述べる余裕がなく、敢えて後日の課題として残したものであり、おそらく彼の意識裡には考究すべきテーマとしてあっただろうと思われる。この問題は、後百番歌合の配列のあり方が巻順になっていることから、巻一と巻二との間に二十九番と三十番の二首があるために、この事実に注目して散逸首巻についてのすぐれた論考[19]が書かれたことと相俟って、未だ明らかにされていないのである。

以上のように、浜松中納言物語の研究史上、ごく初期に属する宣長と春村の研究について概観した。宣長の

「石上助識篇」における語彙論、春村の「古物語類字鈔」における散逸首巻論は共に総じて概括的であり、ときには誤りを含むものではあったけれども、今日に至る浜松中納言物語研究史の長い道程からみれば、初めて学問的な立場からの読み込みが示された点で特筆されるべきであり、しかも、今日もなお考究され続けねばならない課題を示してもいたのである。

注

(1) 今井源衛氏「享受の問題」(学燈社版『源氏物語必携』)五一頁。
(2) 寝覚物語・浜松中納言物語・とりかへばや物語の評言はかなり詳しく好意的である。
(3) 伊藤博之氏『徒然草入門』一六頁。
(4) 筑摩書房版『本居宣長全集』第十六巻、六五九・六六〇頁。
(5) 注(4)に同じ。第十三巻・解題、二八頁。
(6) 注(4)に同じ。第十三巻・解題、一四・一五頁。なお、西本寮子氏は、とりかへばや物語の書写、校合に比べて浜松中納言物語に対する宣長の関心が大きかったことに触れておられる(「『とりかへはや』蓬萊氏本系統の伝本をめぐる考察――本居宣長の奥書を起点として――」・「国文学攷」第一七八号・平成十五年六月)。
(7) 注(4)に同じ。第十三巻の頁数を示す。
(8) 「書誌学」(昭和十二年一月)、後『平安時代物語論考』に所収。
(9) 表記はカタカナと漢字であるが、いまひらがなにしておいた。
(10) 三弥井書店版『歌論集　①』所収「詠歌一体」(甲本)三六一頁。
(11) 日本古典文学大系『連歌論集　俳論集』二三四頁。
(12) 日本古典文学全集『古今和歌集』三九〇頁。
(13) 日本古典文学大系『古今著聞集』七九頁。
(14) 注(4)に同じ。第十三巻・二六六頁。

(15)『源氏物語の世界』二四六頁。
(16) 横山重・巨橋頼三両氏編『物語艸子目録』の頁数を示す。以下、古物語類字鈔は本書を使用する。
(17) 詞書は、「中納言『よし野の山の雪のふかさを』申してはへりけるかへし　はま松の帥宮中宮」とある（中野荘次・藤井隆両氏著『増訂校本風葉和歌集』による）。
(18) 正確には百六首である。どの歌を一首落としたのかは不詳。なお、歌に注目していたはずの春村がこのような誤りを犯してもいることは興味深い。
(19) 高谷美恵子氏「『浜松中納言物語』散佚首巻の考察――定家の読み方と並の巻の関係――」（「中世文芸」第三十八号）、松本弘子氏「『浜松中納言物語』の原作形態に関する考察――『拾遺百番歌合』・『河海抄』をめぐって――」（「お茶の水女子大学人文科学紀要」第二十一巻第三号）、伊井春樹氏「浜松中納言物語散逸部分の構想」（「中古文学」第四号、のち『源氏物語論考』に所収）、池田利夫氏「浜松中納言物語の構想をめぐりて」（「鶴見女子大学紀要」第八号、のち、『更級日記　浜松中納言物語攷』に所収）などである。なお、松本、池田両氏の論文は『日本文学研究資料叢書　平安朝物語Ⅳ』にも収められている。

（『浜松中納言物語の研究』所収）

第二節　岡本保孝「浜松中納言物語系譜」考
――人物系譜を中心に――

一　岡本保孝の浜松中納言物語研究

況斎岡本保孝（寛政九年〈一七九七〉七月二十九日～明治十一年四月五日）[1]の国学・漢字に関する浩瀚な著述は、「岡本況斎雑著」二百二十六冊、「況斎叢書」八十冊に収められているが、その多くは未翻刻である。その中で浜松中納言物語についての研究、「浜松中納言物語系譜」（以下「系譜」と略称する）は夙に翻刻紹介され研究者の目に触れているはずであるが、これ自体を検討の対象にした研究はいまだにない。ただ全般に亙っての紹介を兼ねた言及は、小松茂美氏[2]、鈴木弘道先生[3]によってなされている。

まず小松氏は、全体の構成について触れたあと、「なかんずく、作中登場人物の血縁関係を系図化した業績は、この物語の研究史上見逃しがたいものがある」[4]と評価された。また、鈴木先生は「系譜」のうち風葉集までを叙述に沿って解説され、「以下は、系図・主要記事の時節・現存本所載和歌の一部などをあげているが、やはり問題点もあるようである」と述べられた。[5]前者の積極的評価は本節での考察を支える基礎であり、後者の指摘は本節で具体的検討を試みる指針となったものである。

ところで、『国書総目録』によると、「系譜」は写本三本、活字二種が掲げられている。静嘉堂文庫蔵自筆本

（以下、自筆本と略称する）、国会図書館蔵況斎叢書所収本（以下、国会本と略称する）、京都大学附属図書館蔵況斎叢書所収本（以下、京大本と略称する）の写本三本、国会本を底本にして昭和四年に国文学註釈叢書（第十二巻）に翻刻されたもの（以下、註釈本と略称する）と『校本　浜松中納言物語』（資料編）に註釈本を再録しているもの（以下、校本本と略称する）の二種、計五本である。なお他に、松井簡治氏旧蔵静嘉堂文庫蔵浜松中納言物語の花巻冒頭にも収められている（以下、松井本と略称する）。自筆本が現存しているのであるから、一般的にはこれに依る検討が妥当であると思われるのであるが、(6)従来は国会本に依った活字本で読まれていたため、少々の誤解を受けているようである。自筆本によって諸本、とくに活字本の誤りを補訂できる箇所が数箇所あるからである。例えば、「み吉野の僧」についての「年六十バカリ」の注記は自筆本のみであり、「中納言母君」の注記としてある「男モ七八人大納言中納言なとにてあり」（自筆本）の位置が、自筆本では正確な位置である「一の大臣」の子供たちのところにあったり、末尾の風葉集所載和歌一覧の箇所では諸本二十三首の初五を示すが、自筆本では二十五首を示しているのである。(7)そこで本節では、自筆本の「系譜」に依って浜松中納言物語研究史上初めて試みられた人物系譜について考察しておきたい。なお、松尾聰氏(8)によると、物語の末巻、すなわち巻五は享禄・天文（一五二八～一五五五）頃は存在していたが、それ以降、天文・慶長年間（一五三二～一六一五）に影をひそめたといわれ、本居宣長も黒川春村も、(9)そして保孝自身も末巻を見ずに検討を展開せざるを得なかったことは、ある限界性を有していることになる。それを前提としての作業ではある。

二　人物系譜の概要

「系譜」とする題号にも示されるとおり、ここでは物語中の人物系譜を作成するところに研究の眼目があり、

小松氏の指摘にもあるように研究史上でもこの箇所がとくに注目されるところであった。物語を読解するうえで人物の出自・動静などを把握しておくことは必須事項であり、それは物語を読み終えた時点以降に完成されるものである。その意味で「系譜」は巻数及び丁数を克明に記し今後の参考に供しようとしている点を見るだけでも、研究史上評価されねばならぬ業績といえよう。

まず概観しての特徴は、系譜の本来的な性格でもある男性を基軸とした構成をとっていること、そのために物語中に重要な役割を担う河陽県后、大君（尼姫君）、吉野姫君などの女性は抑制した提出になっていること、第三皇子や式部卿宮も簡単に扱われていて、系譜的興味のあるところは密に、そうでないところは粗に扱われていることなどが窺われ、また同じ保孝の手に成る「取替ばや物語考」での系譜は人物関係を連続した形で示しているのに対して、「系譜」では、あるいは未完成かとも思われるような何らかの共通する事項によって一人もしくは数人の集団ごとにまとめた記述法を採っていることも特徴的である。いま、この見通しに従って人物を分類すると次のようになろう。

Ⅰ　中納言　Ⅱ　唐の人物（唐帝・女王の君・宰相等）　Ⅲ　式部卿宮周辺の人物（中君・み吉野の僧・兵衛督等）　Ⅳ　姫君をもつ人物（帥宮・上野宮・秦の親王・一の大臣等）　Ⅴ　中納言周辺の人物（母・北の方等）
Ⅵ　地方官（大弐・筑前守等）　Ⅶ　左大将と帝　Ⅷ　女房・乳母・その他の女性

もっともこの分類はあくまで形式的な試案にすぎず、以下の考察を進める便宜的処置ではある。というのは、各人物について施される注記にも大別して五類あるようであり、分類して検討を加えるのに好都合であるという理

由にとどまるからである。中納言の項を必要な箇所のみを例として示してみよう。

中納言
　源氏　巻三　五十九ウ
　父ハ生をかへてもろこしにて三ノ宮トキコユルコレナリ
　七月十日から国に付給ふ
　中将　巻二　中納言ノコト歟又中納言ノ誤歟
　こみやうせ(10)〈ぬる〉給ひぬるとみしほとの心きバものやハ覚（え）　巻四　十五ウ
　此こみやトイフハタレヲサスニカ母君ハ存生ナリ〈父宮ノコトカサテハ□〉
├ちこ姫君
└男　君

中納言の下に記す「源氏」「父ハ生をかへ……」は中納言の人物を説明する注記である。これらと、次に記される「七月十日……」以下の記事とは本質的な相違はないが、前者は形式的にみて、例えば源氏物語古系図で人名の下に略伝が記されるのに類似しているのに対して、後者は人物に関する一般的注記であるとみて、一応分割して処理し、前者を①、後者を②とする。また、前者のうち「源氏」については巻数と丁数が記されているように、物語本文から直接抽出された注であり、「父ハ生をかへ……」は物語本文に依りながらも保孝自身が纏めた記事である。前者をa、後者をbとする。「中将」について「中納言ノコト歟……」のように人物人名についての単純な疑問をc、同じ疑問でも中納言の項の末尾に記される「此こみやトイフハ……」のように保孝自身の言葉で立ち入った疑問が示される箇所がある。これをdとし、以上のいずれにも属さぬ注記をeとする。いま注記の内訳を該当するもののみを数字で示すと次のようになる。

Ⅰ　①　a2・b3　②　a5・b4・c1・d1
Ⅱ　①　a2・b3　②　a2・b3
Ⅲ　①　b1　②　a1・b4・d1
Ⅳ　①　a12・b13　②　b1
Ⅴ　①　a3・b3　②　a3・b6
Ⅵ　①　a1・b3
Ⅶ　①　a1・b7・d1・e1
Ⅷ　①　b2　②　b3・c1・d1

Ⅰ・Ⅳ・Ⅴに注記が多いのは系譜的にも人物的にも保孝がより強い関心を示しているところと思われ、逆にあまり関心が示されていないⅥ・Ⅷには注記の少ないことがわかる。

三　人物系譜の注記及び考証の検討

「系譜」に見られる人物注記の内訳は先のとおりである。aやbが多いのは蓋し当然とも言うべく、系譜を作成するに際し本文を参照しつつ考察を加えたり、また巻数・丁数を記し本文を引用して客観性を目指している姿勢によるのであろう。各々の注記は大旨妥当な見解であるが、ただc・dは保孝が疑問として残したところである。そこで以下、c・d及び末尾に記された比較的長文の考証について述べておこう。

Ａ．「中納言」の項、「中将」の注記について

先に例として引いた箇所で、巻二にある本文が中納言を中将と称するか、中納言の誤りかというのである。巻二の箇所とは、帰京した中納言が母と再会した後、尼姫君に逢うために宰相の君を呼び寄せる条、『校本　浜松中納言物語』には「中将しやうしのもとにさいしやうの君をめしいてゝあひ給へり」（二七五頁）とあるところを指している。「中将」とは明らかに中納言を意味していて何の問題もないようであるが、右の文の直前にも「中将」が見られ、それは別の人物である。すなわち、中納言が帰国するに際し唐后との間にできた若君を秘かに引き取る任務を帯び筑紫に派遣された人物、中将の乳母が、『日本古典文学大系』では十行前、『新註国文学叢書』では六行前に「中将」として出ているのである。保孝はこの両者を的確に判断したうえで、前者の「中将」を「中納言ノ誤歟」と誤写説を付加したものである。いかにも保孝の判断、疑問は妥当というべきであろう。ちなみに、『丹鶴叢書本』は、「中将」の箇所に傍注として「一本将ナシ」とあり、[11]「中障子」と解せるように本文を校訂している。『日本古典文学大系』の底本も「中しやうしのもとに」とあり、「中障子《しやうじ》のもとに」と翻刻されている。この点、異同を何ら示していない『校本』は訂正されるべきであると思われる。

Ｂ　「中納言」の項、「こみやトイフハタレヲサスニカ」について

巻四の本文、「故宮亡《こう》せ給ぬると見しほどの心ぎは、物《もの》やはおぼえし」（三三七頁）[12]を引き、この「故宮」について疑問を付している。保孝は「故宮」とは中納言の亡父であろうと推測し、「父君ハ宮ナルヨシモミエネト父ハ宮ニテ……」と述べている。保孝が見たと思われる四巻本には、直接父についての叙述はなく、主に散逸首巻に描かれていたと思われる。また、巻五に「故式部卿宮」（四三一頁）と明確に示されるものの保孝の目には触

れてないはずである。「こみや」の用語例は巻三、巻四、巻五に各一例ある。巻三は上野宮（唐后の母の父）を指しているので、保孝が注目したのはこの残された一例ということになる。風葉集にも「こみや」は見えない。したがって、このような中で妥当な注を記しているのは保孝の読みが正確であったことを示す箇所であるだろう。保孝の疑問はまずは妥当な見解になり得たのであった。

C　「式部卿宮□」の項について

□を国会本、京大本は「母」とし、国会本に依ったはずの註釈本、校本本は「女」とする。また自筆本にもっとも近い松井本は[13]「式部卿宮」とのみあって、諸本に異同がある。これは自筆本が曖昧な表記になっているために生じたものであると思われる。一見、自筆本は「式部卿宮母」に読めるのであるが、他の箇所の「母」と比較してみると余りに丸味を帯びた字になり、中の二つの点のうち上のみでは下は空白になっている。しかも、仮に「母」と読めたとしても「中納言ノ北方トキコユ」という注記には合わなくなる。「式部卿宮」は物語では帝のただ一人の皇子について用いられるのがほとんどであり、その母といえば中宮を指すことになるからである。そこで国会本や京大本が「母」としたのは文字の形を見ての直感に基づいた結果で、註釈本は直後の注記を参照して、多少の無理を承知で「女」と読んだのであろうと推測できる。私見に従えば、この不詳の一字はまず「上」と書いて、その上から丸印で消していると判断される。松井本の表記はこの意味で傍証になろう。示される人物名で、この次が「式部卿宮」でその次が「式部卿宮上」である。前者の注記に「巻三 五十九ゥ」とあり、後者に「巻三 五十四ォ」とあるが、後者とほぼ同じ注記[14]が「式部卿宮□」の下に示され抹消されているのに対し、前者はそのまま残っている。このことから次のように推測できようか。「式部卿宮□」は一たん「式部卿宮上」と書かれ、人物

についての注記「中納言ノ北方トキコユ」以下を記し、巻数・丁数を付したが、これが式部卿宮に関するものと錯覚していることに気付いた保孝は、「上」を抹消し、改めて宮の人名を次に掲げた。そこで「巻三 五十四ォ」という「式部卿宮上」に関する丁数を消したのである。「式部卿宮□」の巻数を示す冒頭「巻一」の左肩に右下りの斜線が見えるのは、先の勘違いに気付いたときに付されたものではなかったろうか。

さて、「式部卿宮上」を「中納言ノ北方」とする見解は何に依るのであろうか。「系譜」の二丁後に「中納言北方二人」とする項目の下に割注形式で「一人ハ式部卿宮上　一人ハ大将姫君」としていることから考えると、保孝は大君（尼姫君）と中君二人が共に中納言の妻であったと理解していたようである。あるいは寝覚物語の権中納言（男主人公）と大君、中君（女主人公）のような場合を想起していたのかもしれないが、中納言が大君・中君二人と結ばれていたとする記述はない。仮に考えられるとすれば散逸首巻である。しかし、これは臆測の域を出ず、一応、保孝の思い込みのズレから起こった記事といえよう。ただ、まったくの失考とは言い難いことを保孝のために付しておく。それは、巻四、左大将邸の造営の際に式部卿宮の北の方（中君）が中納言邸に移る条で、中納言が彼女を見て「宮の御方（中君＝中西注）は紅梅どもにその色のをり物、梅の小袿、見そめし春の夕暮よりは、いとこよなうおとなび給けり」（三六七頁）と思う箇所がある。「見そめし春の夕暮」とは『大系』の頭注には「（中納言が）はじめて見た」と示されているが、「見そむ」にはたんにはじめて見るという意の他に、源氏物語の多くの用例[15]のように、「はじめて会って、深い関心を寄せるようになる。また、はじめて男女の契りを結ぶ」（『岩波古語辞典』）の意があり、いまこの方の意を採るならば、散逸首巻の内容、とくに中納言と左大将の娘たちの動静に関心を抱いていた保孝の想像力によって拾いあげられた箇所であったかもしれない。現存本にはない中納言と中君との恋愛を夫婦関係にまで拡大解釈したのではあるまいか。しかも、保孝の読みは散逸首巻の内

容が推測の範囲に留まっている今日、まったくの誤解とは言い難いのである。

D　「大将」とその子「衛門督」「姫君」の系譜について

「系譜」には次のようにある。

大将　中納言北方ノ父ナリ
　　　御子供アルヨシ　巻二　卅三ウ
　　　（年三十五六　巻三　卅五オ）
　　　此所ノ文詳ならす

├衛門督　中納言ノをちナリ　巻三　卅三ウ
　　　　年三十五六　巻三　卅五オ　巻三　四十ウにもをち
　　　　（のさま）とハなけれとそのさまみゆ

└姫　君　即式部卿宮ノ上ナラン
　　　　巻三　六十七ウ　おとひめ君トアルハ中納言ノ北方
　　　　アマ姫君ノ妹ノコト歟

ここは「大将」の把握が曖昧であるために二様の相互矛盾する系譜となってしまっている。すなわち、左大将とみれば「大将」の注記は妥当であるが「衛門督」には続かない。大将の大殿とみれば「衛門督」には続くものの、その注記は適当ではない。

そもそも「大将」という名称が出てくるのは左大将を指す場合がほとんどで、「大将の大臣」は物語では二例（巻三・二九一頁、巻五・三九六頁）で、四巻本しか見ていない保孝にとっては実質は一例である。仮に、「大将」＝大将の大臣とすれば、巻三の記述を根拠としてこの項の系図が作られたことになる。

大上のおほい殿、風をこり給て悩み給へば、大将殿のうへ、みなわたり給へるに、衛門の督、夕暮にまぎれ

出でゝ、……

（二九一頁）

大将の大殿の風邪見舞いに子供である大将殿の上や衛門督などが集まるのである。『大系』では「大将殿のうへ」を「大将・殿の上」と分解する読み方をも示されているが、いずれにしてもこの文から推して「大将」「衛門督」を結びつけたのであろうと思われる。一例のみで判断していると考えられるが、「系譜」中の「大将」全用例が左大将を指しているのであるから、「大将の大殿」と断わらなかった保孝の不注意とみなさざるを得ない。一方、「大将」＝左大将とすれば、中納言の帰朝を京で迎える条、「御をぢたち、大将殿、御子ども、またしたしう語らひきこえ給し上達部、殿上人は、皆さるべきかぎり、御迎へにおはしむかひたり」（二四〇頁）とある「大将殿」やその「御子ども」を考えねばならない。ところが、左大将には大君・中君以外の子供がいると明記されている箇所は右の記事以外にはない。「御子供アルヨシ」とはこれに依っていて、そのために「此所ノ文詳ならす」と注したのであろう。

このようなことから、互いに撞着をきたす系譜把握ということになり、他はほぼ妥当な見解を示している「系譜」の中にあって、この失考が際立っているとみられるのである。しかもそれは後の「考証」に影響を及ぼしてもいるのである。

なお、「姫君」については、「式部卿の上」とあることから、左大将の娘、尼姫君の妹中君を指すことは明らかであり、その場合、「大将」は左大将とみなければならない。もちろん、衛門督と兄妹の関係ではない。

E　「中将内侍」の注記について

「中将内侍」の注記は、「巻四　三オ　与少将内侍蓋一人（中恐少）中将少将必一誤」とある。「一人」のところ、諸本では「二人」とするが、誤りであろう。物語には「中将内侍」は二例あるが、示された丁数[16]からみて次の箇所を指すものと思われる。

月のゆく衛たづねし中将の内侍は、うちの御方にもかけてさぶらふ人なれば、物がたりのつゐでに、……　（三二七頁）

すなわち、「月のゆく衛たづねし」とは巻二の「西へゆく月のひかりを見てもまづ思やりきとしらずやありけん」（二五二頁）の歌を指していると判断し、その詠者である「少将の内侍」が巻四の「中将の内侍」と同一人物ではないかとの疑問である。巻二の「少将の内侍」を正しいとすれば巻四は本文として誤りである。巻四の「中将の内侍」について『大系』の補注では次のように述べられている。

巻二で「西へゆく月の光を云々」の歌をよんだ女房。そこでは「少将の内侍」とある。どちらかの誤りであろう。草体の「中」と「少」は誤写されることが多い。　（四八三頁）

『校本』で見るかぎり両者共に諸本間での異同はない。保孝は、「中恐少」としたものの、それが断定的に響くことを配慮してか、いったん抹消し、その下に、「与少将内侍蓋一人　中将少将必一誤」の二行を補入印を付し、

慎重な表現で注したのであろう。したがって、この箇所は本文異同への関心から出た注ではなく、「西へゆく」の詠者についての関心から、巻四の「中将内侍」と同一人物なることを記したものである。

F　「上の御めのとご」の注について

「上の御めのとご」の人物注記は次のようである。

上野宮姫君の御めのとこときこゆれと六十ちかくと有（大弐ノ妻の子ノ大あね尼とナレルアリコレ歟）ちと年寄すきたり考へし

この直前に「上野宮姫君乳母」とその子供、「大あね　女　女」の三人が示され、「大あね」には「尼トナレルヨシ」と注されている。この「大あね」を次に取りあげたのである。保孝の疑問は、上野宮姫君乳母の長女が「上の御乳母子の、六十近うなりて、ほうし尼なる」（巻四・三五九頁）と記されていることを、巻三に「乳母のむすめどもぞ、三人ばかりきたなげなくてありける」（二八二頁）として三人の女性が紹介されていることとが結びつくかどうかにあった。後者では、「さだすぎおとろへて、大姉は尼になりにき」とある。これが六十という年齢を明示している前者の文例にある人物を指すか否かを疑問視したのである。

上野宮姫君乳母は断片的に語られるが、おそらくは既に亡くなっていたと思われ、この子供たちも「さだすぎ」ていただろう。(17) 現在の注釈では何ら疑問とはしない所として、同一人物として扱っている箇所であるが、人物に注目した保孝の言わずもがなの注であったようである。

G 「考証」について

「承香殿女御」の項の後、九丁表後半から考証が記されている。

　中納言とのと大将殿とハしたしきうからなるへしたとへハ大将の北方と中納言の母君と兄弟か大将とのと中納言の母君と兄弟かなるへしされと疑しきハ大将の御子衛門督ハ中納言のをちなるよし巻三　卅三ウ　にみゆ

（以下略）

この比較的長文の考証はDで述べた、左大将・大将の大殿の混同から生じたものと考えられる。「中納言とのと大将殿とハしたしきうからなるへし」と述べる背景には、散逸首巻において左大将が中納言の母の許に通って采て再婚することを念頭に置いていないようである。あるいは、明確な理解があったとしても「たとへハ」以下の叙述に抵触する。また、「されと疑しきハ」とするのは「大将」を大将の大殿と解しているためである。したがって、「あま姫君ハ中納言のをハ也妻とせん事いかゝ」となり、以下の不審となって発展する。衛門督が中納言の叔父なら「大将」の子である尼姫君は当然、中納言の叔母となるのである。「御ゆかりむつひゆかしけなしとあるをみれハ親類の中にて又縁組するハゆかしけなしといふ事ときこゆ」と巻二の本文が引用され述べられているが、物語本文は一般論として記されているもの[18]であって、左大将が「ゆかしげなし」と思うのも中納言の母と結婚しているために、形式的には兄妹の結婚ということになるので、それを懸念したのである。

　それではなぜこのような錯覚を生じることになったのであろうか。それは、現存本では左大将が「殿・大将・大将殿」の呼称でしか登場しないため、大将の大殿との区別ができなかったことによっているのではないかと思

われる。「左大将」という呼称は散逸首巻にはあったはずである。げんに保孝が「系譜」冒頭に散逸首巻考証の一として現存本に見えない風葉集所載和歌を掲げた際、その五首目、「けふりけん」の詠者として示している「浜松左大将の娘」の「左大将」がまさにその人なのである。しかし、彼はそこに格別の注意を払わなかったらしく、人物系譜中でも「大将殿姫君」としてしか扱っていないのである。風葉集に一首しか出てこないこの女性に対する不注意もこの失考を招いた一因と考えられるのではあるまいか。「けふりけん」の歌は後百番歌合三十番右、大将姫君の歌としても採られていて、その詞書には「中納言もろこしにわたりてのち、さまざま思ひくだけて」とある。これを十分に吟味していたならば、あるいは新たな展開も期待できたのではないかと思われるのである。源氏物語乙女巻で、内大臣が夕霧と雲井雁の近親であることを理由に二人の恋愛に難色を示すことを引いてみたことも、結局は徒労であったと判断するより他ない。[19]

「又按するに大将の北方ハ中納言のあねなとにて巻三卅三ウにあるハをひ《甥》ノあやまりにハあらさるか……」の考察も同様に理解できる。中納言の姉が大将の北の方とすると、本文に「大将のおほいどのゝ衛門の督、中納言の御おぢぞかし」（二八八頁）とある「をぢ」は「甥」の誤りとみざるを得なくなり、尼姫君は姪となる。「姪を妻とするハ源氏の女三宮のことし」と、源氏と女三宮を引き合いに出すところには、保孝の教養の基盤に源氏物語が鮮やかに据わっていたことが示されていよう。

四　概　括

「系譜」は、まず続日本紀、源氏物語新釈、黒川春村説、風葉集を引いて現存本に見えない内容などへの考察があり、人物系譜、年立、風葉集所載和歌紹介の四分野に大別できる。本節では人物系譜のみについて述べたが、

他の三分野についても検討する余地はある（本章第三節参照）。

物語が四巻しか存在しないという制約の下にもかかわらず、丹念に登場人物を追求する保孝の良心的な態度は学ぶべきであろう。左大将の理解にやや正当性を欠いたのは、ある意味では止むを得ないことであり、また四巻のみで検討することの限界性をも示しているのは興味あることであった。

岡本保孝の学問は、漢籍二百余種、国典百五十種、仏典五十余種[20]という蔵書の数字からだけ見れば、漢学の方が主流ではあった。それにもかかわらず、平安末期の一物語にこのような読みをとどめていることは、やはり高く評価し注目することができるのである。

注

（1）森銑三氏他編『近世文芸家資料綜覧』による。「況斎」の「況」については、俗字「况」とする本も多い。

（2）『校本　浜松中納言物語』解説編Ⅲ・九七頁。

（3）『平安末期物語研究史　寝覚編浜松編』二九六〜二九八頁。

（4）注（2）と同書、九七頁。

（5）注（3）と同書、二九八頁。

（6）例えば、『未刊国文古注釈大系』に収められている保孝の業績（金葉集存疑、詞花集存疑等）は自筆本に依り、国会本を参照している。

（7）「古郷の」（散逸首巻）、「よのうさに」（巻一）の二首が国会本、京大本共に脱落している。以後、この二首を加えた検討が必要であろう。

ちなみに、これ以外の本章では触れ得ない自筆本と他本との異同の主要なものを列挙すると次のとおり。

○風葉集「いかはかり」についての注（「今本浜松巻一にいはく云々」）、自筆本は頭注とする。松井本以外の諸本は本文として扱う。松井本はなし。

○風葉集「あかつきハ」についての注（「此哥未考」）、自筆本は頭注とする。松井本以外の諸本は本文として扱う（このために従来いささか混乱があったが――例えば、『新註国文学叢書』解説、五八・五九頁――、これで氷解する）。松井本はなし。

○風葉集「おもひ出る」の歌の右肩に「雑二」の注記あり。松井本以外の諸本なし。

○人物系譜「帥宮」の頭注として「風葉集　中宮トアルハ云々」を記す。松井本以外の諸本は「帥宮」の左傍下に記す。松井本はなし。

○人物系譜「中納言北方二人」の下、「一人ハ式部卿宮上」を諸本では、「一人ハ式部宮」とする。

○同じ箇所、「大将殿姫君」の下、「巻一　廿二ウ　卅九ウ　五十七ウ　七十七オ　八十二ウ」と読めるが、松井本以外の諸本は「七十七オ　八十二ウ」を巻二の箇所に記す。松井本は丁数を記ざない。

○人物系譜「帝」の子「姫宮」の注、自筆本及び松井本は「をとこみこ」とするが、他の諸本は「をとこみや」とする。

○人物系譜「承香殿女御」の注末尾、「をひ《甥》ノあやまりにハ云々」の「をひ」を松井本は「をひ《姪》」とし、その他の諸本は「甥」と表記する。

○年立、巻三の「六月十日　四十八ウ」は自筆本と松井本のみあり。

(8)『日本古典文学大系』解説、一二五頁。

(9) 宣長「石上助識篇」・春村「古物語類字鈔」にも浜松中納言物語についての研究がある（本章第一節参照）。

(10)〈　〉は見せ消ち、（　）は挿入の箇所を示す。

(11)『新註国文学叢書』頭注は、「本文（丹鶴叢書本＝中西注）傍註に一本、将ナシとある。これによれば中障子となる。或は中納言の誤写か。今中納言と見ておく」（一九二頁）とする。ちなみに、『日本国語大辞典』「中障子」の項にはこの箇所が引かれている。以下『新註』と略称する。

(12)『日本古典文学大系』の頁数を示す。本節では浜松中納言物語は本書を使用する。以下『大系』と略称する。

(13) 国会本と京大本は字配りまでほぼ類似しているのに対し、松井本は脱落箇所もあるものの、自筆本をやや整理した形になっていて、本文的には良好と思われる箇所が多い。

(14)「五十四オ」の「オ」は「ウ」とも読める。そもそも「系譜」に示された巻数及び丁数は京都大学文学部国文学研究

室蔵岡本保孝書入本に依っているのである。この本は巻二・三・四の残欠本であるが、確認できる範囲では「系譜」の記事とすべて符合していて、人物名の右傍にある朱傍線は「系譜」の人物項目に該当していることがわかる。また、「系譜」に示された注とほぼ同趣のことが頭注として朱または墨で細書してある。そこで、「式部卿宮□」の下に記された巻・丁数の箇所を保孝書入本についてみると、すべて式部卿宮を指していることがわかり、このことから一つの推測を示してみたのである。

（15）浜松中納言物語にはこの一例しかないが、源氏物語では二十四例（『源氏物語大成』索引篇）あり、男女間の恋愛を示す意味に用いられる例は多い。

（16）「巻四三オ」とある。「系譜」にはこれより一丁半前にも「巻四二ウ」ともあるがこれは誤り。ちなみに注（14）で触れた保孝書入本の頭注は次のようである。

巻二四十八ウ少将の内侍といへる中宮の女房月のゆくへたつねし哥ありこの事なるへし中将ハ少将ノ誤歟少将ハ中将の誤歟今考へからす

（17）源氏物語で「さだすぎ」ていた女性として描かれるのは、北山の尼君、弁乳母などであり、前者は四十余歳、後者は六十余歳である。

（18）物語本文は次のとおり。

御ゆかりむつび、ゆかしげなしといふばかりこそあらめ、姫君のさて物し給はましも、くちおしからざらまし物を、ひたすらかたちをかへ給にし事、いとくちおしう心憂し。（二四一頁）

（19）後に五島美術館蔵古筆手鑑「毫戦筆陣」所収桂切として一首（『増訂校本風葉和歌集』一四一六）が加わり、風葉集での左大将女の歌は二首となった。

（20）『日本随筆大成』（第二期）第十一巻所収「難波江」解説。五、六頁。

（『浜松中納言物語の研究』所収）

第三節　岡本保孝「浜松中納言物語系譜」考
――人物系譜以外の箇所について――

一　「浜松中納言物語系譜」の構成

前節で見たとおり、「浜松中納言物語系譜」（以下「系譜」と略称する）は人物系譜が中心をなしているのであるが、それ以外の考証にも及んでいる。「系譜」の構成は概ね次のようになっている。

現存本にはない内容への考察
人物系譜
主要記事の時節（年立）
風葉和歌集所載和歌一覧

そこで本節では、人物系譜以外の三項について検討しておこう。

二　現存本にはない内容への考察

A　続日本紀の引用

続日本紀巻三十五、光仁天皇の宝亀九年（七七八）十一月の記述が引用されている。第十四次遣唐使の帰朝にあたる記述である。[1]

十一月五日に蘇州常熟県を出発した船は途中、悪天候によって漂流し、第四船は十一月十日に甑島に着き、第二船は十三日に薩摩国出水郡の海岸に、第一船は天草郡に漂着したということを記す条で、第一船の遭難の模様は判官大伴継人の上奏文でよく分かる。艫と舳に分断され各々漂着したが、その記述は次のようである。

判官大伴ノ宿祢継人。幷ニ前入唐ノ大使藤原ノ朝臣清河カ之女喜娘等卌一人ハ。乗テ㆓其ノ舳ニ㆒而着ク㆓肥後ノ国天草郡ニ㆒。継人等上奏ソ言ク。云云[2]

舳には判官大伴継人等四十一人が乗船していたが、その責任者は継人であっただろう。ところが、保孝の引いた続日本紀は彼を示さず「前入唐大使……」と喜娘からの本文を抜き出して引用している。もちろん保孝はこの前後の記事を見知っていたはずで、注の形で「上文云……」と簡略化しているのである。それにもかかわらず、主たる人物を除いて喜娘をまず示したところには何か意図があったのではなかろうかとも思われる。

浜松中納言物語に描かれる渡唐記述に遣唐使を想起することはごく自然なことではあろう。しかし、渡海するにあたってはつねに危険が伴っていて、遭難することもしばしばであった。季節風についての知識もなく造船技

術も進歩していない状態ではやむを得ないことであったろう。中納言が渡唐する巻一の冒頭、

恐ろしう、はるかに思ひやりし波の上なれど、荒き波風にもあはず、思ふかたの風なむことに吹き送る心地して、（三一頁）

であるとか、中納言が帰国する条、

筑紫におはし着くべきほど近くなりぬ、と聞き給ふ。（一二五頁）

という記述からは、航海に対する何らの具体的な記述もなく、むしろ順風満帆の様であったとしか思えない。作者は渡海することに一種の浪漫性を感じ、歴史的事実はただ観念的なものにすぎなかったのであろう。

そのことと、保孝が示した喜娘等四十一人が辛うじて日本に漂着した記述とはどのように整合するのであろうか。遣唐使に関する記事なら他にも多くある。その中からこの一項を抜き出し、喜娘を前面にもってきたのは何故かということは、やはり考えてもよさそうに思われるのである。

ところで、岡本保孝の物語研究の一に「取替ばや物語考」（以下、「考」と略称する）がある。(3) 平安末期物語についての考証でもあることから、まずは「系譜」との著述方法を比較してみることにする。両者の構成を対照させてみると次のようになる。

「考」

㈠　語句注解
㈡　古写本の師説等
㈢　古本と今本の考察
㈣　亡友蔵本の序跋紹介と考察
㈤　風葉集所載和歌
㈥　年　立
㈦　系　譜

「系　譜」

㈠　続日本紀引用
㈡　先人の説等
㈢　散逸首巻の考察
㈣　系　譜
㈤　年　立
㈥　風葉集所載和歌

全般的にみて「系譜」の方が簡略であるが、両者には共通の著述方法が見出せる。つまり、「考」の㈤以下と「系譜」の㈣以下とは、順序が異なっているだけでほぼ同様な事項について述べていて、それ以外の事項については保孝自身の興味ある問題の考察を展開しているという形式なのである。「考」では語句と古本、今本について、「系譜」では散逸首巻について、いわば物語の具体的な表現の中核への関心が考証の動機になっているようである。つまり、自身に関心のある物語内容への問題検討を先に示し、後に諸資料を示すという述べ方が両者に共通していると考えられる。

このようにみるならば、続日本紀の引用は、散逸首巻にあったはずの中納言の渡唐決意と趣向の点で何らかの関連ありと考えた保孝の処置であったかと思われる。以下、この推測によって一つの試案を記しておく。

藤原朝臣清河の渡唐、それに唐での活躍は遍く知られていて、また、阿倍仲麻呂との関連でも有名であった。

彼は結局、日本の土を再び踏むことなく彼地で没したのだが、そこで儲けた喜娘という娘が、父の故郷である日本に渡ったのである。喜娘についての詳しいことは不明であるが、おそらくは父の故国への思いにひかれ、あるいは継人などが先輩の遺児への同情を寄せての渡航であったろう。父への思慕による生命を賭しての渡航、それはあたかも浜松中納言物語において中納言が、亡父の転生している夢を見、噂にも聞いて居ても立ってもおられず、孝養の志を抱いて渡唐したことに類似しているかのようである。保孝は喜娘たちが漂着した記事の中に亡父への孝養の心を読みとって、それが浜松中納言物語の散逸首巻にある中納言の渡唐決意に通うものがあると判断して、これを劈頭に記したのではなかろうか。(4) 主たる人物であった大伴継人を省き、まず喜娘の名が出される記事は、このようにでも考えなければまことに唐突でもある。物語の趣向上の眼目の一である渡唐の一つの典拠として続日本紀の引用文を理解するにはあまりに抵抗がありすぎるように思われるからである。

B　新釈説引用

保孝は賀茂真淵の「源氏物語新釈」の蜻蛉巻の注を次のように引用している。

或説に、浜松物語の事といへど、定かに見ば、その語を引べきを、さもせぬは、おしはかりの事ならん。今、浜松物語てふ物の有は、いと後に書るもの也。古きは、たえし成るべし。

この引用の後に保孝自身の見解を付記する。

これは、蜻蛉の巻のはじめに、「物語の姫君の、人にぬすまれたらんあしたのやうなれば」と有所の湖月抄に、細流を引て、浜松にみゆるよしあるを、県居翁の弁ぜられたる也けり。(5)

賀茂真淵が主家田安家の姫君の仰せによって湖月抄に添削して献上したといわれる「源氏物語新釈」は、保孝にとって関心の深いものであったと思われる。というのは、彼自身が「新釈」の抄本一冊を文政十一年（一八二八）に書写し、(6)また彼の随筆「難波江巻五上」において「新釈」の成立についても詳細に触れているからである。(7)関心を抱いていた先人の説を引いたのであろう。ただ、引用に続く保孝の注記には、たんなる説明にとどまっていて、いささか釈然としない彼のもどかしさがあるように思われるのである。

真淵は細流抄の注を批判して推測の注であろうと述べている。このことは、実際の物語本文を見ておれば確実にそれを引用するはずだとする実証主義的な考え方を反映していると同時に、もし、仮に巻五が存在していたならこういう文になるはずだと示すのではないかと思われるのである。

『日本古典文学大系』の松尾聡氏の解説によると、(8)末巻は享禄・天文頃は伝わっていたが、それ以降、天文・慶長年間（一五三二〜一六一五）に影をひそめたといわれる。当然、真淵の頃には末巻は既に見当たらず、そのために「新釈」の注自体も隔靴搔痒の感を免れ難いものであった。したがって、それを承けた保孝も末巻を見ず、姫君が盗み出されるという趣向が現存本のどこにも見出せぬ不審を、「新釈」を引き解説することで後日の課題としたのではなかろうか。

C　音韻考證引用

黒川春村の「音韻考證」は文久二年（一八六二）頃の成立といわれていて、保孝はその時六十六歳である。保孝は「音韻考證」の中の分注を引いたのみで、「古物語類字抄にいふをみるべし」と然るべき研究を指定されながらもそれを見ていない。保孝が「古物語類字鈔」を通覧しておれば、いくつかの、しかも重大な過失は避けられたと思われる箇所もある。

「古物語類字鈔」は、更級日記奥書、後百番歌合、明月記、八雲御抄などの記録、風葉集、無名草子の該当箇所を引き、さらに散逸首巻への考察を展開している。そのうえで、結論として散逸首巻を含めて五巻であると述べている。たんなる資料の列挙に終わらず、自らの考察を述べていることは大いに注目されるところであるが、次の一項についてはまことに惜しむべきことであった。すなわち、風葉集（春下・一一五）(9)の詞書で、吉野姫君が吉野でのことを思い出して詠む歌の場面に不審を抱いて考えを巡らした挙句、「こは、もし今本四の巻の、うちなるべくや、とも思へど、さらに、それとおぼしきも、おもひよらねば、これ、はた首巻のうちなるべし(10)」と述べるにとどまったのである。末巻については考えが及ばなかったといえよう。この疑惑は、仮に保孝が見ておれば見逃すことはなかったであろう。宮下清計氏(11)は、「古物語類字鈔」と「系譜」とを比較されて、現存本にない風葉集所載歌をあげるところに一首の相違のあること、「系譜」に後百番歌合が採られてないことを根拠に、保孝は「古物語類字鈔」を見ていないと述べられた。おそらく保孝は、狩谷棭斎に国学を学んだ同門生である春村の業績のうち、自分に興味のあった「音韻考證」の方を見るにとどめ、それ以上の発展は得られなかったのである。

D　風葉集所載散逸首巻和歌掲出

散逸首巻にあったと思われる和歌の掲出であるから、当然、「古物語類字鈔」と重なり合う。いま、「系譜」に各々番号を付し、「古物語類字鈔」と比較すると次のようになる。

「系譜」	「古物語類字鈔」
(1)	(3)
(2)	(4)
(3)	(1)
(4)	(2)
(5)	(5)
(6)	(6)
(7)	(8)
(8)	・
(9)	(7)
・	「よし野より、いでゝ侍ける頃、花のちるを見て（浜松の帥宮中君）」

右の(1)(2)については、『増訂校本風葉和歌集』の解説[12]にあるように、(1)の詞書の直後から五首目の詞書までが諸本には欠けていて、京大本によって誤りが正された例であった。従って、(1)(2)は浜松中納言物語の歌ではなく、保

孝や春村の誤りは止むを得ぬことであった。

ところで、「系譜」に用いられた風葉集はどのような本であったのであろうか。

東北大学図書館蔵狩野氏旧蔵本の第三冊の奥に保孝自身の識語[13]がある。「況斎多佳識」として、風葉集の十八巻であること、十二巻までを戸川氏蔵本、十三巻以降を狩谷多佳女蔵本で写した旨の識語である。またその第一冊の見返しにも大野広城蔵本の巻数が二十巻であることへの注を記している[14]。このことから、保孝の利用した風葉集は狩野本であるかに思われるが、『増訂校本風葉和歌集』によって調べるかぎりでは、狩野本を使ったとみて整合する箇所は少ない。そこで、『増訂校本風葉和歌集』に収められた諸本について検討してみたが、結局妥当なものは見当たらなかった。詠者名表記は風葉集の一般的形式に従っていず、例えば最後の風葉集所載和歌一覧にしても、原則としては初句を出すことに徹しながら、離別（五四七）の歌については「おなし」までしか掲げなかったり、また欠脱させているものもあったりするように、保孝自身が本文異同ということについては必ずしも厳密な注意を払っていなかったのではないかと思われ、むしろ、狩野本の識語や注記から彼の関心が巻序とか人物の動静に向けられていたのであろうと思われるのである。

さて、ここに掲げられた九首についての考察が三箇所あるので、これらについてみておこう。

(3)の歌「いかばかり涙にくれて思ひ出でむ西に傾く月を見つつも」についての考察は現存本巻一（六六頁）の叙述に応じるものであることを指摘している。これは保孝の言うとおりであり、宮下清計氏[15]はこの指摘が彼の浜松中納言物語研究における唯一の見るべきものであるとさえ述べておられるように、散逸首巻への的確な把握であった。

次に、(8)の頭注にある「此歌未考」とする一文である。宮下氏は、「彼は此の歌を首巻中のものとすることに

対して不審を抱いて『未考』としたのであらう」と、⑼の歌への考察とされた。なるほどそう理解すれば、この一文は彼が末巻についての師説から示唆を受けてその一端を垣間見せたものとみられ、卓見につながったはずだと惜しむことができるものの、果して⑼への考察であったのだろうか。

いかにも、『国文学註釈叢書』（昭和四年刊）を見ると三一三頁の一行目にあって⑼に連なっていくように見えるが、自筆本を見ればこの疑問は直ちに氷解したはずであったし、また『国文学註釈叢書』の底本である国会図書館本では和歌に対して詞書は一字下げ、考察は二字下げて書かれていて、執筆する場合のごく一般的なあり方としては⑻の歌への考察であるとみられるのでもある。すなわち、歌の直後に考察を付するという⑶のような形式は、例えば「考」で風葉集歌を引いて「……トアリサテ此つらけれとノ歌ハ……」(16)とあるように、また⑶についても巻一の物語本文の引用の直後に「此歌の事なるべし」と記すように、先に歌を掲げてそれについての考察を述べる形式がこの場合にも適応されるのではなかろうか。

風葉集には諸本に「かをる大将」と詠者名を明記する⑻の歌（「あかつきは袖のみぬれし山里にね覚いかにと思ひやるかな」）もまた問題とするに足る歌なのである。⑻は、現存の源氏物語には含まれていない巣守の物語に関係する歌である。(17)巣守の物語は白造紙や諸本古系図等で研究されているが、その一資料が風葉集の四首で、⑻はその中の一首である。

しかしながら、なぜ保孝が源氏物語の歌を浜松中納言物語の歌と錯覚して引用したのかということになるとよくわからない。⑻のみ詠者名を記さぬのも異例であることから、あるいは源氏物語の未勘和歌のメモが混入したのだろうかとも推測できるが、結局は保孝自身の失考と言わざるを得ない。

最後に「師説」を引いて、総括的な考察が記されている。「師説」とは、静嘉堂文庫蔵松井氏旧蔵本浜松中納

言物語に収められた「系譜」の該当箇所には「浜臣説」とあるように、保孝の師清水浜臣の説である。[18]浜臣は現存本にはない首巻のみならず末尾の存在をも推測していることは卓見であった。この見解が、しかし、保孝において発展的に継承されなかったことは惜しむべきことであろう。(3)の歌についての考察で、今本には式部卿宮とあるのを風葉集詠者名「浜松の東宮」とすることへの疑問も師説への配慮があれば、別な形をとったであろうと思われるのである。

E　まとめ

四項目に分けて示されている考察はいずれも、現存本には見えぬ物語の趣向への関心から出たものであった。いわば全体の序にあたる箇所で、末尾にある年立や風葉集所載和歌一覧に応じる学問的興味の手控えとみられる。「系譜」は、その題名の示すとおり、主体は人物の系譜を示すところにあり、その前に注意すべき書誌的事項を述べたものである。

三　年立について

物語の時節と表す箇所を摘記している。いま、物語中の年月日及びそれに準ずる記事を網羅していると思われる広島女子大学国文学科浜松中納言物語読書会編『浜松中納言物語のしおり』[19]（昭和四十五年刊。以下、「しおり」と略称）との比較をすると次のとおりである。

○「系譜」と「しおり」との共通箇所　21[20]

○「しおり」にのみある記事　10
巻一　十月二日、九月晦日
巻二　つごもりがた、三月
巻三　ふかく霧わたる頃、たち花、六月十日のひ
巻四　九月十余日、二月ばかり、(七月)二十一日
○「系譜」にのみある記事　4
巻一　そのとしもかへりぬれば
巻二　冬の夜一夜
巻三　こよひは十五夜ぞかし
巻四　春秋はさても有けり

大体において両者とも、ほぼ年立作成に関する主要な記事を挙げているが、若干、「しおり」の方が詳細である。しかし、「しおり」のみにある記事には「系譜」のみにあるそれと比較して単独に時日を記すものではないことがみてとれよう。その意味で、「系譜」の年立は文章の叙述にも注意を払いつつ摘記されたことがわかる。

ともかく、示された記事の総数は、「系譜」二十八箇所、「しおり」三十二箇所であるから、まず大差はない。「系譜」で年立を作ることは、もちろん十分可能である。

四　風葉集所載和歌一覧

ここには二十五首の初句、あるいは歌の初めの一部分が風葉集の部立順に掲げられている。この一覧表について三つの疑問がある。

一つは、八首目「かさねけん」、九首目「から衣」の歌が現存本には見出せないこと。その二は、本来風葉集は物語別にはなっていないのに、浜松中納言物語の歌のみを集めて部立順に列記していること。最後に、解決がつかず今後に俟たねばならない疑問として、二十九首の風葉集所載浜松中納言物語和歌のうち、「系譜」にはすべてを収めていないこと、である。

最初の件については、前項で述べたように別の物語和歌であったことが書誌的に判明されたので解決する。したがって、二十五首とはいうものの、実質は二十三首の歌が掲出されていることになる。

次の疑問。これは保孝の「考」と比較してみると、風葉集から物語ごとに歌を抜き出すことはごく当然の作業であったことがわかる。ただ、大きく異なる点は「考」が詞書、詠者、和歌の全部を抜き出して記していることに対して、「系譜」がいかにも簡略であることである。たしかに保孝の手許には風葉集があり、それを見ながら書き写していったことが、「考」には歴然としている。ところが、「系譜」ではこの方法は踏襲されていず、しかもすべてを摘記すらしていない。これはどのように理解したらいいのであろうか。第三の問題と関連することであるので、併せてみておこう。

風葉集所載浜松中納言物語和歌二十九首中、二十三首しか「系譜」に収めなかったのは何故なのだろうかという問題であるが、しかしながらこれは即座には解答が得られないように思われる。

例えば、春下（一一五）としてある「ふるかとぞ」の歌が「系譜」には引かれていない。これは詞書と詠者名のみの本が多く、保孝もその一本を見たために引かなかったと考えることによって納得される。ただ、黒川春村は「古物語類字鈔」でこの詞書を吟味し現存本以外にあるとの考察を展開したことは前述したとおりである。それに比べると、保孝のこの詞書への吟味がいま一歩不足していたと思われ、ひいては風葉集に対する態度の相違が然らしめたかとも受け取れよう。

同様に書誌的な理由によるものとして、「系譜」が風葉集和歌を採らなかった離別（五三五）の「身にそへる」の例についても言えよう。一の(4)で触れたように、京大本のみにこの歌があり、ために「かさねけん」という別の歌（五三九）が示されたのであった。

また、後百番歌合三十番右と同歌の「うしとだに」（一四一六）が「系譜」に収められないことも、近時見出された桂切本断簡中の一首であることで納得される。

以上の三例はいずれも説明がつくが、残り五首についてはこのような納得のゆく説明ができないままなのである。(21) 外部的なところに原因が求められない以上、保孝自身の方法そのものに問題があったと考えざるを得ないが、簡略な掲載のし方から手控え的なものを想定し、保孝がこれに基づいて簡単なメモを順に並べたということとか、その手控え中の五首を不注意によって見落としたかという臆測の域を出ない考えを述べるより他に、今は用意がない。

五　概　括

以上、概観してきたように、保孝の研究は浜松中納言物語の初期の研究史のうちでは比較的総合的な見解を示

しているといえようし、また、当時は四巻という制約の下で可及的に調べ、巻数・丁数を表記している態度は良心的でさえある。左大将の位置付けに錯覚したのは、ある意味では止むを得ないことであり、また、四巻のみで見ることの限界性をも示しているのは興味深いことであった。おそらくは、人物の動静に注目しつつ丹念に手控えを重ねていったものであろう。

注

（1）遣唐使の派遣数は文献により異なる。いま、森克己氏『遣唐使』によった。
（2）『新訂増補国史大系　続日本紀』四四四頁。
（3）鈴木弘道先生「とりかへばや物語研究小史――第一期・第二期について――」（『立命館文学　和田繁二郎教授退職記念論集』所収）。のち、『平安末期物語研究』所収）で、「この物語につき初めて纏められた研究書として、研究史上特筆さるべきものと考えられる」と述べられている。
（4）ちなみに、巻一の冒頭は「孝養のこころざし深く思ひ立ちにし道なればにや、」（三一頁）と印象的な書き出しである。
（5）『校本　浜松中納言物語』資料編Ⅲ・一〇頁。
（6）池田亀鑑氏編『源氏物語事典』（下巻）所収「注釈書解題」中、「源氏物語新釈」の項に、「尊経閣文庫蔵本は一冊の抄本で、岡本保孝の筆と認められる。（中略）安寛が嘉卿の本を享和元年八月三日に校合したのを、保孝が更に写したのである。『新釈』『別記』『総考』の中から若干を抄出し、保孝の自案も加えている」（八五頁）と述べておられる。
（7）『日本随筆大成』（第Ⅱ期）第二十一巻所収「難波江」三六九頁。
（8）『日本古典文学大系』一二五頁。
（9）中野荘次・藤井隆両氏著『増訂校本風葉和歌集』の通し番号による。以下、風葉集は本書を使用する。
（10）横山重・巨橋頼三両氏編『物語艸子目録』所収、一二二頁。
（11）『新註国文学叢書　浜松中納言物語』所収「解説」五七～五九頁。
（12）二四頁。「みことかしこき」物語や「たなはたのつたへ」物語などの計四首が京大本によって補われた。

(13)　注(9)七頁に次のようにある。
　　風葉集廿巻今欠十九廿両巻蓋伝本／皆然也此本従巻一至巻十二影写戸／川氏所蔵古鈔本但欠巻十三以下故／以狩谷
　　多佳女挿架本補写／況斎多佳識
(14)　注(9)九頁に次のようにある。
　　群書一覧に載たる野村尚房の跋によれハ此集二十巻にして今十九二十の両巻ハ元闕なるを大野氏の本ハ釈教を第八巻となし離別を第九巻となし羇旅を第十巻となし哀傷以下是にならひて二巻おくれになりて雑二を第十九巻となし雑三を第二十巻とせりこれ大野氏の所作にしてかゝる伝本ハなき也初学の人まとふ事なかれ　たかしるす
なお、風葉集については、近年、名古屋国文学研究会によって諸本調査をもとに、校本・通釈・注釈を中心にした研究が進められていて(「風葉和歌集研究報」㈠〜㈢)、今後の成果が期待される。
(15)　注(11)に同じ。五九頁。
(16)　『国文注釈全書』一八五頁。
(17)　常磐井和子氏『源氏物語古系図の研究』によると、この歌は「几帳を隔てて一夜をあかした後の朝」に薫が巣守に贈ったもので、「すもりの出家後か又は出家決意後の二人の解逅のあとの詠であろう。」(二九七頁)とのことである。
(18)　注(7)と同書の解題に、「岡本保孝年譜」に付されている交友録が紹介されており、その中に、「教我者清狩二先生」(七頁)とある。「清」とは清水浜臣であり、「狩」とは狩谷棭斎のことである。
(19)　「年立」篇では、「本文をそのまま引用するのを原則とし」(「凡例」による)た時節が記され、「推定による場合」(同)をも括弧に入れて示されている。
(20)　このうち、「しおり」が「系譜」と同じ本文である例は十四例、異なった本文は七例である。
(21)　残りの五首(四二〇・八九七・一〇一〇・一二五七・一三八〇)を各々、A・B・C・D・Eとする。この五首の形式上の一致は部分的にある。例えば、A・B・Dは詠者名が記されていないこと、BとDは返歌であること、CとEは詠者名の頭に「おなし」とあることである。なお、考えるべき問題があろう。

(『浜松中納言物語の研究』所収)

第四節　「目録」・「類標」研究

一　索引としての「目録」・「類標」

重層性を誇る源氏物語研究史に比べると平安末期物語群のそれはまことに軽微であるといわねばなるまい。しかし、その事実は是認されるけれども、個々の業績についてみれば、時代思潮と密接に関わりながら真摯な研究は営まれてきてもいるのである。本節では浜松中納言物語の研究史のうち、その最も初期になされたものについて検討を加え、源氏物語研究の影響を受けつついかなる読みがなされたのかを究明するつもりである。

そもそも、浜松中納言物語自体の研究は少なく、鈴木弘道先生[1]の『平安末期物語研究史 寝覚編浜松編』を見ても、第一期（江戸時代以前）はまことに微々たるもので、物語の内容について正面から取り組んでいる研究は皆無に近く、示されているのは、高田（小山田）与清の「浜松中納言物語目録」、編者不明の「浜松中納言物語類語」・「浜松中納言物語類標」などの索引、黒川春村の「古物語類字鈔」、岡本保孝の「浜松中納言物語系譜」、本居宣長の「石上助識篇」や山岡浚明の「古ものがたり目録」、保孝の「物語書名寄」、伴直方の「物語書目備考」などの物語についての断片的記録と考察が付されているものである。このうち、語彙・語句を対象にしている「浜松中納言物語目録」（以下、「目録」と略称）、「浜松中納言物語類標」（以下、「類標」と略称）の索引二書について、その萌芽期の研究がいかなるものであったかを論述したい。いまこの二書に着目した理由は、一に研究史について全き

を期したいという思い、二に初歩的とはいいながらも見るべき点を評価したいという考え、三には研究史上に正当な位置づけをしておきたい、との願いがあったからに他ならない。

大野晋氏(2)は、江戸時代の国学者が平安朝女流作品を十分に読みとれない限界性を指摘されつつも次のように述べておられる。

だいたい、日本の古典文学が詳しい注釈によって理解されるようになったのは、江戸時代からであるといってもよいだろう。ことに、江戸時代以後になって、明らかに古典語が古典語としての位置を確立し、われわれの日常の生活から、かなり離れたものとなってきた。そこで、古典語は、研究を待って初めてわかるようになってきた。この江戸時代の日本の学問の先頭に立っていたのは、いわゆる国学者である。彼らは、学問的には、古い書物を集めてその本文を校合し、あるいはまた、その文法を調べ、あるいは文脈の流れを研究し、表記法を正しくすることに努めて、いわば、学問的な態度で作品に臨んでいった。

つまり国学者の古典語研究を俟っての古典文学読解があり、その成果の一が索引となっているのである。もちろん索引といっても文献学的方法の確立が前提としてあるために、現在の細分化された研究状況からみると当然、不十分なものも多い。前田富祺氏(3)は近代の索引史を概観して次のように述べておられる。

明治時代の『古事類苑』や『広文庫』は百科辞典的なものであるが、現在から見ると一種の索引としても利用できるものである。総合索引的なものとしては、太田為三郎編『日本随筆索引』（正・続）や松下大三郎

等編『国歌大観』『続国歌大観』などが、もっとも古いものとして挙げられよう。しかし語彙を集めた索引らしい索引が作られるようになったのは昭和になってからだと言うことが出来よう。索引が作られるためには本文の内容が正しく理解されていなければならない。底本に問題はあるにしても、そのような現代的な意味での文学作品の総索引としては、正宗敦夫編の『万葉集総索引』（昭和4年から昭和6年まで）を第一に挙げることができよう。

このように、索引作成についても遅々たる歩みの蓄積が前史として横たわっていたのである。しかし、現実に機械の力を借りずに索引を作るということは言うほど容易な作業ではない。私の母校（兵庫県立篠山鳳鳴高等学校）が所蔵する『史籍集覧』（明治十四年版）一揃いのうち、一方は「物集文庫」の蔵書印や朱傍線、朱による書き込み等によって『広文庫』編纂に使用されたものと思しく、欄外に朱で「あ」「い」などの頭文字が丸で囲まれて表記してある。当然、朱の傍線の施された文言などは『広文庫』の該当箇所に見える項目記事と多くが重なり、おそらくはこの頭文字を指標として、「朱点を加へて、且つ読み、且つ抄せし」(4)営為があったはずである。「物集文庫」旧蔵『史籍集覧』の随所に見られる夥しい書き込みと書物の傷から、物集高見翁を中心とした人々の並々ならぬ精進の様を想像することができるのである。(5)

ところで、国学者を中心としてなされた研究書を総覧するのに都合のよい関隆治氏編『国学者著述綜覧』の「書名索引」を見ると、「浜松中納言物語」を冠する研究書として小山田与清「群書捜索目録」所収の「浜松中納言物語目録」、岡本保孝の「浜松中納言物語系譜」、岸本由豆流の「浜松中納言物語考證」の三本が示されている。このうち、保孝の「系譜」については前節で詳細に論究したところであり、由豆流の「考證」は、野村八良氏が

『国学全史』下巻で、「(由豆流は)物語や歌集類に、考證と云う題名を以て、種々著述をしてゐるやうである。併し今日探索せられないものが多い[6]」と述べられるように、所在が確認されないためにいかんともし難い。与清の「群書捜索目録」については、このうち九十部四百五十冊は彰考館に入り、その大部分が東大にも複写してあったが、前者は戦災で、後者は関東大震災で、いずれも烏有に帰してしまった。ただ、転写本の一部を受け入れていた上野図書館(現、国立国会図書館)の蔵本が辛うじて災厄をまぬかれて現存し、その面影を伝えている[7]。『彰考館図書目録』に記載されている浜松中納言物語関係のものは「浜松中納言物語目録　一冊[8]」として記されているもの以外にはなく、またこれは東大と上野図書館両所にあったことから、現在国会図書館に蔵されている「目録」はとりもなおさず「群書捜索目録」中のものと考えていいのである。そこで、まず「目録」についての考察から始めよう。

二　「浜松中納言物語目録」について

「目録」は小山田与清の業績のなかでも最も力を注いだ索引編集の一成果であった。彼は索引に採る語句を次々と紙片に書き込んだうえで、自ら考案して作った類似函を用いて整理編集をしたという。「松屋筆記」巻三一一、「類似函の銘[9]」の項に次のようにある。

文化乙亥の年の三月ばかり了阿法師がまでこしをり何くれの物語のついでにいかで一万巻の書の中にそれはそこにこゝに見えたりと委くあきらめしらばやといひ出しにさらば心をあはせて抜書をこそせめとてやがて筆をおこしつ　されどかく書つめしはて〳〵はいとらうがはしくなりもて行てなほ見出んたよりよからじ

とていろはもじを母としてこれにたぐひをわけあてんとせしにその労おほかたならざればたやすく功をとぐべくもあらざりき

これによって「群書捜索目録」の編集意図、動機、方法、経緯などの概要が窺える。「群書捜索目録」編集事業に着手した文化十二年（一八一五）から記録され始めた与清の日記「擁書楼日記」を見ると、その編集の細々した様子は記されてはいないものの、右の引用記事を裏付ける記述が散見される。一例を示せば次のとおり。

（文化十二・八・十）　晴、了阿法師、瀬盤醒、瀬盤百樹などきたりて随筆目録を編輯す、(10)

（同・九・十）　晴、心ちのわづらはしさも、やゝおこたりぬれば、了阿法師、盤瀬醒、盤瀬百樹などともに、例の随筆目録の編輯せり、

（文化十三・五・二十六）　了阿法師まできて、三代実録、大八洲記などの抄録しつ、

（同六・六）　晴、了阿法師まできて、相ともに三代実録、旧本今昔物語などを抄録せり、

（同・六・七）　晴、片岡寛光まうできて、六帖を抄録す、

（文化十四・四・二十八）　今日宣胤卿記を抄録す、

（文政元・六・十七）　今日栄花物語の□類抄なりぬ。

このような記述から、与清が目録編集にずいぶん心を砕いていたことがわかる。「擁書楼日記」は文政三年（一八二〇）二月までの日録であり、この間に浜松を読んだことに触れる記事は見当たらない。「群書捜索目録」の

事業は天保十年（一八三九）まで続くのであるから、浜松の「目録」はあるいは文政三年以降に成ったものかも知れない。ともかくも与清の学問が円熟した頃に編まれたものの一つであることは間違いなく、彼の「松屋筆記」には「群書捜索目録」完成につき、大事業完遂の自信の程が特記されてもいる[11]のである。

　そもそも与清が索引を作るにあたっての意図は「それはそこにこゝに見えたりと委くあきらめし」るところにあり、いささかなりとも注意をひいた語句はそれらをすべて掲出し、丁数を付記したのである。浜松にも当然同じ方法で臨んだはずで、その具体例を巻一の冒頭で『日本古典文学大系』一頁分に相当する箇所を引いて、どのように「目録」に採られているかを示しておこう。傍線を施しているところが該当箇所である。

孝養の心ざし深く思ひ立ちにし道なればにや、[a]おそろしうはるかに思ひやりし波の上なれど、あらき波風にもあはず思ふかたの風なん、ことに吹きをくる心ちして、もろこしのうむれいといふ所に、七月上の十日におはしましつきぬ。そこを立ちて、[b1]かうしうといふ所に泊り給ふ。その泊、[c]入江の水うみにて、いと面白きにも、[b2]石山のおりの近江の海思ひ出られて、あはれに恋しき事かぎりなし。

　別れにし我ふる里の[d]にほの海にかげをならべし人ぞ恋しき

それによりこほうだうにつき給。いと面白くて、人の家ども多くて、日本の人過ぎ給とて、家〳〵の人出でゝ見さわぐさまどもいとめづらし。れきやうといふ所に船とめて、それより花山といふ山、峰高く谷深く、はげしき事かぎりなし。あはれに心ぼそく、

「蒼波路とをし雲千里」

と、うち誦じ給へるを、御供にわたる博士ども、涙をながして、

これらの傍線を見ることから「目録」の具体的な手法の一端が窺えよう。いま右に記号を付した箇所について触れておくと、例えばaは「お」の項に「おそろしうはるかに思ひ　一ノ一ォ」、b_1は「か」の項に「かうしうといふ所　唐也　一ノ一ォ」、b_2は「い」の項に「石山のをり　石山詣の折也　一ノ一ォウ」、cは「い」の項と「み」の項に重複して掲出されており、dは和歌に用いられた語として注目されたものである。ただ冒頭の「孝養の心ざし」は「ら」の項に「老養の心ざし　一ノ一ォ」とある。これは別に「け」の項に「けうやうの心　孝養　三ノ廿五ォ」とあることから、与清自身はこの語に注目していたはずであろうので、あるいは門人が整理する際に犯した誤りかと思われ、惜しむべき失考の一ではある。

このような作業で傍線を施した一箇所を機械的に一項と数えると、巻一は八六四項、巻二は二二二項、巻三は三一一項、巻四は二九五項の語句を掲出していることが確認され、a〜d四種の採録にあたって巻毎の偏りは見当たらない。なかでもとくに注目したいのはb_1・b_2のように、語句の下にその語句についての注を特記して作品を研究的に読みとろうとする姿勢をもっている形式のものである。これは一八三項あり、その注の施し方は次の四種に大別できる。[12]

(A)　疑問を注記するもの　（例）「いばへたるもの　いはへハすはへの誤歟」　七例

(B)　漢字を宛てるもの　（例）「いちと　一度」　七十六例

(C)　目的語や補助的語句を付するもの　（例）「いたゝきをさせ奉らん　餅を也」　四十三例

(D)　説明を施すもの　（例）右にあげたb_1・b_2の例　五十七例

(B)と(D)が多いが、(B)は漢字を宛て本文読解の便とならしめるものであって、注釈という点から見れば消極的な方法といえよう。これに対し、(D)のように物語文脈の中に分け入って注を施している態度は学問的良心のなせるわざとみてもよいのではあるまいか。次に例をあげる。

「よこ目せし　外を思はぬ也　四ノ四ウ」
「よこ〳〵なる　俗にドコソコト云々同　一ノ四十五オ」
「なけのおい人　一通りの老人　三ノ二オ」
「おほゐの物語　古物語也　四ノ卅七ウ」
「口つき　歌のよみさまを云　二ノ廿九オ」
「すゝ物のぐ　念珠仏具也　四ノ卅四ウ」

このような掲出の方法はその好例といえよう。与清は語句に対して自分なりの理解をおしすすめるべく心覚えや読解を細注のかたちで付しておいたものと思われ、それはとりもなおさず注釈の原点に相当する研究的な行為とみられるものなのである。読解の初歩的なあり様を示す施注といえよう。もっとも与清自身の注ではなく、彼の用いた本に既に施注されていたものをそのまま採っているのではないかとの懸念も皆無ではないが、しかし、索引として採用する際にことさら本文に加えて傍注までも採りあげること自体、与清の賛意を伴っているものとみるべきであろう。

結論めいた言い方をするならば、「目録」の細注こそ近世国学者の浜松についての読解・研究の状況を如実に

示しているものの一つと考えられるのである。

「目録」の語句採択は網羅的な態度であることは先に触れたが、そのために互いに接近した項に類似した語句を掲出していることがある。例えば、「ほろ〳〵となく」と「ほろ〳〵とうちなき」、「ちやうりといふ所」と「ちやうり」、「わりなう」と「わりなき」、「かいなで」と「かいなでの人」、「よしのゝ山」と「よしの山」などである。選択し整理することよりも、注意されるものはすべて新しい意識で掲げる方法をとっており、物語中に稀有な用例だけを対象とはしていないことがわかる。

いま大野晋氏の「平安時代和文脈系文学の基本語彙に関する二、三の問題[13]」に示された調査を基準にして「目録」との語彙の重なりを調べてみた。大野氏の調査は、竹取物語、伊勢物語、古今集、土佐日記、後撰集、枕草子、源氏物語、紫式部日記、更級日記の九作品の語彙索引を利用して編まれた宮島達夫氏の『古典対照語い表』と武藤宏子氏編『栄花物語語彙総索引』（武藤氏「栄花物語の語彙の研究」・「学習院大学国語国文学会誌」第七号の資料として作成されたもの）とを用いて、それら十作品に見られる各単語の使用度数を調査され、使用度数合計に対する使用率〇・一パーミル以上の語彙を網羅されたものである。これに相当する語彙は使用度数四十一以上の一三二一語で、「あり」の八三二五例を最高に、「を（緒）」の四十一例までがすべて示されている。この一覧表と「目録」の掲出語との重なりを調査した。その結果、五十八語は同じ単語（用言の場合は活用形の異なりを許容した）であることがわかった。大野氏の調査の使用度数の多いものから記す（下の数字は山本トシ氏の調査[14]による使用範囲を示す）。

よろづ（14）・わたる（16）・けはひ（12）・むすめ（13）・さすが（16）・はづかし（14）・おもしろし

⑮・おもひやる⑬・そう《僧》⑩・やむ⑯・みづから⑫・きちやう⑪・なつかし⑩・せうそこ⑫・をさなし⑬・うるはし⑬・かん《守》⑤・さかり⑩・ゆかし⑭・いささか⑭・ためし⑪・きよら⑪・うしろみ⑦・おほやけ⑪・むつかし⑫・おぼしのたまふ⑤・まいて⑮・みつく《見付》⑬・すまひ⑥・くち《口》⑩・ねんぶつ⑧・くま《隈》⑤・おとなぶ⑧・ふし《節》⑧・はや《早》し⑬・おぼろけ⑬・もてはなる⑤・おもひなす⑨・こころのどか⑨・せめて⑫・いひなす⑩・おぼしよる⑦・まろ⑬・せち⑫・いつしか⑩・てうど《調度》⑦・うつつ《現》⑫・せんざい⑪・けぢめ⑧・こぼる⑦・さだまる⑪・ひたぶる⑨・おのれ⑫・かた《片隅》は⑧・ききいる⑨・つくづくと⑪・ふで⑩・うちながむ⑩

これらは他の物語などにも多く用いられ、浜松において特別に注目されるような語でないように思われるものである。それを一々取りあげていることは、やはり内容と関わらせることで読解を試みるべきだということを与清が認定していたからではあるまいか。いわば平凡な語に視点を据えて文脈を把握しようと試みることは、それはそれで有効な読解方法と考えられるのである。例として、任意に「わたる」「けはひ」「むすめ」をとりあげてみる。

「わたる　御ともに――　一ノ二オ」は先に引用した冒頭箇所を指す。ここでは『日本古典文学大系』も「中納言のお供として海を渡ってきている」（一五三頁）と頭注を施されているように、具体的には中納言に従って日本から唐土へやって来ている学者たちであることに注意を喚起させたいとの意図があったようである。「わたる」は、浜松では場所を移る意味で用いられている例が多く、その中に日本と唐土との往来をいう場合に用いられることの

ある点が注目されるのである。また、「けはひ　けしき也　一ノ十二オ」は、河陽県に出かけた中納言が后の女房たちに歌を詠みかけ、女房の一人が「枯れでさはこの花やがてにほはなむ」（四二頁）と返歌をする様子を「（歌）と答へたるけはひ」（四二頁）と記すところを掲出している。「けはひ」の下に「けしき也」と注を施していることは、明らかに外面から判断できる状況には「けしき」を用いるのが通例であり、[15]「けはひ」を用いることについて注意を促すものであったのである。異国の者が歌を詠むことについて「けはひ」と記した作者の意図に注目したこととも重なって、本文の細部まで読解の手を及ぼそうとしていたのであろう。次に「むすめ　一ノ廿七オ」をみよう。中納言の評判を聞き知った唐土の娘をもつ大臣公卿たちが、自分の娘にぜひとも中納言を通わせたいと願う条で、後の展開、とりわけ一の大臣の五の君の物語に関連してくる語である。新しい物語の伏線となるべき語を指し示しているともいえよう。

したがって、「目録」はただ単に語彙・語句を採集したものと見るよりも、それを起点として物語本文の読解へと有機的に展開させていく指標群の集積としても評価できるように思われるのである。

また、「目録」には注意すべき項目がある。例えば読みについて、「天にあらばひよくの鳥とならん地にあらばれんりの枝とならん　一ノ六十二ウ　同ノ三オ」は「あ」の項に掲出されている。「天」を漢語音ではなく、「あめ（あま）」と訓読していることによっているのである。また、「花山といふ山　唐の地名　一ノ一ウ」を「は」の項に出している。これは、「花山」現存諸本ではすべて漢字表記になっているのを「はなやま」と読んで理解しているためで、与清の見た本も他本と同じく漢字表記であったならば、音読を避けようとした所為ととれよう。

語句ではなく、場面を要約して掲げるところがある。

(A)「尼の一向に髪剃る事　二ノ五ウ」
(B)「琴引て和歌を唱ひかくる事　三ノ七十七オ」
(C)「唐と日本の行かひ絶て久しく成し事　二ノ六十一オ」

これらは物語本文を直接に引くのではなく、場面や事柄を知的興味から総括して掲出しているものである。

(A)は「その君生れ給ひてのち、ひたぶるに頭おろして、法師のやうにおこなひて」(二〇四頁)に該当する。唐后の素姓についてみ吉野を訪れた中納言に向かって吉野聖が語る条、唐后の母が己の運命をはかなんで尼となり、その後に女子が生まれたものの愛執の煩悩離れ難く、我が子も養育しつつ「ひたぶるに……」という積極的な行動をとったのである。「目録」には「法師あま　髪剃りたる尼　四ノ四十四ウ」とあり、母尼君の様子に注意していたと思しく、この尋常ならざる行為は物語の中でも特異な状況として捉えられたためであろう。(16)

(B)は次の箇所を指している。

（姫君は）わりなうつつましうおぼしわづらひて、琴にて、
　奥山の木の間の月は見るままに心細さのまさりこそすれ
いとよう聞こえてかき鳴らし、几帳の下より、やをらつまをさし出でて止みぬ。　（二八三頁）

中納言の歌での問いに対して吉野姫君が地声で返歌するのを配慮して琴に合わせて返答する様子が、鄙びず立派な感じがするともいっているのである。中納言は吉野姫君の琴の音に唐后のそれを重ねて想い起こし、感慨深く

思うところである。物語の中で情趣深い光景であると同時に、琴に合わせて和歌を詠むことが珍しいためである。
(C)に該当するのは次の傍線箇所である。

> その世の人、この国に渡ること、絶えて久しうなりはべりにけるを、はじめて繁く見えはべるも、夜昼念じはべる仏の験となむなぐさめはべるも、いとなむかなしうこそ。　（一八九頁）

日本との往来が長らく無かったけれども、この頃久々に頻繁になったのは仏の恩によると感謝していることなどを、唐后が日本の母に宛てた手紙の中で述べている。物語上の設定としては、仏恩の効験が然らしめた日本と唐土との往来のほうが強調されるべきであったのであるが、与清はむしろ異朝との往来という叙述のみを興味の対象として特記したものと思われる。

いずれにせよ、(A)〜(C)は事項のかたちで掲出されているところに語句とは異なった興味から採りあげられていることがわかるのであり、それは同時に物語としてとくに注目されるべき内容や設定であったのである。

また、「目録」には物語本文に虚心に対しているところからくる読み誤りもある。

「一けの宮と申人　三ノ四オ」は物語本文では「おのづから聞かせ給ふやうもはべらむ。上野《かんつけ》の宮《みや》と申しし人」（二〇二頁）であり、「かんつけ」の「かん」を前の「はべらむ」に接続させて読みとってしまったことによって「つけの宮《みや》」が独立し、「つ」を「一」と判読したのであろう。「かんつけの国のかみ　四ノ廿三ウ」は別に一項採られてはいるが、この国名と同様であると気がつかなかったようである。

「はにといふものぬりたるやうに　一ノ十ウ」も同様である。「くちびるは丹《に》といふもの塗りたるやうに」（四〇頁）

という本文を「くちびる」で切り、以下を一まとめとして「は」の項に入れたためであり、「あかずかなしき恋のかたみと思ふにほひにまがへる心地するに」（八五頁）から、圏点部だけを取り出し、「ほ」を「は」と読んで扱っている例もある。このような例は他に数例見出すことができる。誤読として処理することもできようが、むしろ、何ものにも依らずに本文と対峙した間隙に生じた瑕瑾というべく、索引作成の際の試行錯誤を生々しく伝えているものとみるべきであろう。

なお、物語中の和歌で「目録」の対象となっているのは約四十首である。それらの多くは初句よりも第二句や四句、あるいは第二、三句を連続させたかたちで掲出され、しかもその半数以上が体言として取り出されているのが特徴となっている。

ところで、「目録」はいかなる本をもとにして成ったのであろうか。幸いに小松茂美氏の『校本　浜松中納言物語』（以下、『校本』と略称）があり、本文上問題にすることのできる箇所も数箇所あるために、彼此対照させて「目録」が依拠した本の検討が可能となるのである。いま次のように上段に「目録」の項目本文、下段に『校本』から必要項目を摘記し、そこでの略号を記してみた。

命のなかにこそ誠のひじりは無常菩提をとりけれ　四ノ三十七ゥ	いのちの中にてⒹ居・乃
さりのくやしてまひをしてふみをつくり　一ノ三十ゥ	さりのくやしてⒹ居・無・春
しなのみやこ　三ノ二十ゥ	しなの宮こ　Ⓓ無・春

とされといふ手　一ノ八十四ウ
ひたひ髪とよりかけ　一ノ十一オ
ひらきのいし　四ノ六十八ウ

まうやうけん　一ノ十六オ
身をかそへて　二ノ三十ウ

とされと　Ⓓ春
ひたいかみとよりかけ　Ⓓ乃
ひゝきのゐし　Ⓑ歌Ⓕ育・丹
ちひきのいし　Ⓒ荆Ⓔ浜・神・花・刈・和　ひゝきのいし　Ⓔ教・千
（右以外、『校本』底本ト同ジ「ひらきのいし」）
もうやうけん　Ⓒ松・浅　Ⓓ居・無
かへて　Ⓐ榊・藤・前・進・彰・小・琴　Ⓑ浦　Ⓒ荆　Ⓔ浜・神・教・花・千・刈　Ⓕ育・由・保
（右以外、『校本』底本ト同ジ「かそへて」）

この表から「目録」依拠本はもっとも多くの共通箇所があった『校本』のいうⒹ系統諸本に近い本であったと考えられるのである。

それでは現存のⒹ系統本の中に該当する本があるのであろうか。「目録」の示す丁数を手がかりに推測すると、巻一は約百五丁、巻二は約六十六丁、巻三は約七十八丁、巻四は約八十六丁の四冊本に依っていることが知れる。すなわち、巻一は「なかはなる月　琵琶ノ一　一ノ百五オ」（該当物語本文は一二一頁。以下、頁数のみ示す）のあること、巻二は「遊ばし　二ノ六十六オ」（一九四頁）、巻三は「きりふのをか　三ノ七十八オ」（二八四頁）、巻四は「入あひの鐘　四ノ八十六ウ」（三七六頁）とあり、これらが各巻の末尾近くの語句を採りあげていることから判断したものである。そこでこれらの丁数に符合するⒹ系統本を『校本』の「諸本解題」を参考にして照合してみると、一致する本は

結局一本もなかった。したがって、「目録」依拠本は少なくとも『校本』に採られた現存諸本には見出すことはできないのである。「目録」依拠本は、目下のところ不詳という他はないのであるが、ただ憶測を逞しくすれば、蔵書五万巻といわれた与清自身の擁書楼所蔵の浜松を用いたのではないか、あるいは屋代弘賢、岸本由豆流らとも書物を交換していたことから彼らの所蔵本を用いたのではないかとも思われる。

三　「浜松中納言物語類標」について

宮内庁書陵部に「物語類標」と題する写本がある。題簽には「物語類標」と記し、その下に「竹取住吉大和浜松伊勢落窪」と二段に小書されているとおり、六つの物語中にみられる語句を中心に五十音順に丁数とともに掲出したもので、前述の「目録」と同様の語句索引の類である。『国書総目録』（第八巻）の「叢書目録」によれば、「類標　㊢一七六巻一七九冊　宮書本」とある一連の類標群の一冊にあたる。そこでの名称は「竹取浜松住吉伊勢大和落窪物語類標」として示されている。このため各物語について、例えば、「竹取物語類標」とか「浜松中納言物語類標」というように、あたかも一書が独立してあるかのような記述をする参考書があり、研究史においてもそのような解説がなされているが、実際には六種の「物語類標」の一として扱うべきであろう。とくにこの一冊だけを対象として写しとっている本が他に三本もあることから、研究史的見地からも興味あることであり、平安時代の主要作品についての語句索引としてもいささかなりとも関心がもたれていたことは確かである。『国書総目録』の「物語六種類標」の項には写本として宮内庁書陵部の他に国立国会図書館、慶応義塾大学斯道文庫、東京大学附属図書館の三箇所に蔵されていると記されている。いまこれらの四本を比較検討するに、本文的にも根本的な相違はない。むしろ問題は「目録」と同様、そこに掲出された語句がどのような観点から抜き

出され、各物語の内容とどのように関わっているのか、あるいはどの程度の有効性があるのか、また研究史上の位置づけはどうか等についてこそ検討されるべきであると思われる。

まず、四本の概要について触れておこう。宮内庁書陵部蔵本（以下、宮書本と略称）は一丁表に内題として「物語　七種」と書き、その裏に六種の物語の略号についての説明と依拠した本を次のように記している。

竹　竹取物語流布印本
浜　浜松中納言物語
住　住吉物語類従本第三百十
伊　伊勢物語勢治（マヽ）臆断契沖自筆本
大　大和物語季今（マヽ）抄
落　落くほ物語

浜松と落窪物語は依拠本が明示されていない。とくに示す必要のないような本であったのか、あるいは失念の結果か不詳である。語句の掲出は、丁を改めて「阿」から順に上下二段に分け、竹取、浜松、住吉、伊勢、大和、落窪の順に列挙してその下に小さく物語の略号と巻数、丁数および表裏を記している。この形態は他の三本も同じであるが、他本に比べて宮書本の異なっているところは、五十音の項目を改める際、前項に続けて書かずに必ず丁を改めて次の丁の表から書きはじめていることであり、それがため掲出語句の少ない項目のところは余白が目立っている。これは宮書本が原本を再編集したことによる結果によるものと思しい。書陵部に蔵されている他

の類標の類を見ると、例えば「枕草子類標」の奥書には「右枕のさうし類標は池田常万侶か物せるなり、たゝし春曙抄を土代とせり　こは捜索のたよりよろしければはなるへし」とあったり、「土佐日記類標」のように「こはいと四度計なきふしともへみゆれと云々」と編纂過程を奥に記録しているものもあったり、「宇津保物語類標」のように弘化三年（一八四六）に大江章雄所蔵本を写した旨が記されたものもある。このように作品単位の類標を再編集して一揃いにしたものが書陵部に蔵されているのである。

宮書本の内題に「物語　七種」とある「七種」はおそらく「六種」の誤りであろう。あるいは宮書本の祖本の誤りかとも思えるが、国立国会図書館蔵本（以下、国会本と略称）の題簽に及んでいることも考えあわせ、興味あることである。表紙裏面左下隅に「花迺家文庫」の朱印記があり、裏面紙裏中央に「墨坂十一代主写蔵記」の印があることから、本書は天保（一八三〇〜四四）ごろの信州須坂藩主堀内蔵頭直格の蔵書であったことが明らかである。

国会本の題簽は「物語六種類標」とあるが、この「六」を「七」と右傍に改め、さらにそれを訂正して右傍上に「六」を記している。このことは宮書本、あるいはその祖本によって一旦「七種類標」と読んだ形跡を示している。げんに一丁表一行目に「物語　七種」とあり、宮書本と同様の内題となっているのである。内容を検して「六種」と改めたのか、あるいは後日に題簽に付記されたものかとも思われる。この題簽のうち、最初の二字「物語」は麗筆であるが、「六種類標」はそれとは別筆でやや粗雑に記されているからである。国会本と宮書本の相違点は目録の有無であり、目録のある国会本の方が整理された感が濃い。国会本は内題のすぐ下に「故榊原芳野納本」との長形印があることから、幕末から明治初期にかけての国学者で『古事類苑』の編纂にも携わった榊原琴洲の所蔵本であったことがわかる。

国会本を写したのが慶応義塾大学斯道文庫蔵本（以下、斯道本と略称）である。奥書は次のとおり。

右物語六種類標以帝国図書館蔵本写之

大正三年十二月十三日

浜野知三郎記

国会本と同様、一枚十行の便箋を用いているが、斯道本は「南鍋弐㊆製」のものである。一丁表に「麻生文庫」と「浜野文庫」の長形印がある。斯道文庫は昭和三十三年四月に麻生産業株式会社の社長麻生太賀吉氏の寄付によって設立された研究施設であることから、本書も当時の寄贈本かと思われる。奥書にある浜野知三郎氏は森鷗外に史伝資料を提供した人物として知られており、書物を検索するに便利な『日本叢書目録』（昭和二年刊）の著者としても知られ、また斯道文庫には彼の収集した特殊な書物も収められている。本文の状態はすべて国会本と同じで、とくに国会本と斯道本とは先述の目録が付されていることが注目される。

東京大学附属図書館蔵本（以下、東大本と略称）には目録がない。宮書本と国会本のいくつかの本文異同箇所を東大本に照らして調べてみると、そのうち殆どが宮書本と一致し、かつ宮書本の訂正箇所の本文もすべて改められていると思われる。題簽は六種の物語名を二段に分けて小書した下に「類字」と記している。「東京帝国大学図書之印」の印の他に「陽春盧記」「南葵文庫」の方形印がある。この三つの印は、本書が明治前半期の国学界の中心的人物であった小中村清矩（号、陽春盧）の手を経て徳川頼倫侯の設立経営にかかる南葵文庫に移り、大正十三年七月に現在の東京大学附属図書館に寄贈されたものであることを語っている。

以上の四本について本文系統を粗描すると次のようになろう。

（祖本）——宮書本——東大本
　　　　　　　　 └—国会本——斯道本

ところで、「物語類標」（以下、「類標」と略称）は「目録」と同種の索引であり、掲出の形式も殆ど同様である。ただ「目録」と形式的に異なるところは、凡例にあたるところで依拠した本について記しているところくらいであろう。

「目録」に「尼の一向に髪剃る事」などが見られたように、「類標」にも「枝に物をくゝる事　竹ノ上十四ウ　伊三ノ五十八オ　伊四ノ卅七オ　落下ノ卅一オ」「時　ねひとつ　伊三ノ四十四オ　うしみつ　大六ノ二ウ」、「名　内侍なかとみのふさ子　竹下五オ　こそねりそ　浜ノ三ノ廿三ウ　そらさへ　住五ウ　あこき　落ノ上ノ三ウ　こやくしくそ　大四ノ四オ　まかち大五ノ廿六オ　おと太郎　落ノ下五十二オ」というような事典的項目もある。これらも含めて各物語について掲出されている項目数を示すと大よそ次のようになる。

竹取——181	浜松——259	住吉——89
伊勢——192	大和——188	落窪——198

たんなる数量のみで判断すれば浜松が多く、注目されるのであるが、そしてまた事実、検討すべき表現を多く含

んでいるものの、作品中の異なり語数からみると、竹取、伊勢、大和は浜松に比べてやや多く採られているようである。同一の語句を二作品に別々に掲げている例が十五例もあることから、あるいは編者が気付いていても各々に重要と認めてあえて置いたかと考えるよりも、もとはそれぞれ六種の各物語の類標が個々に成立していてそれを機械的に再編集したものと推測した方が妥当であろう。

それでは「類標」が浜松の語彙、語句をどのように捉えているかについて検討する。

「類標」に掲げられた浜松の項目数は二五九であるが、これを巻別にみると巻一は七十六項目、巻二は五十三項目、巻三は七十三項目、巻四は五十七項目となり、物語各巻の語彙数と比較しても際立って集中している巻がなく、意識的に配分させた感すら受ける。

一見したところでの特徴をみると、単語、とくに名詞（名詞句）が多く、一文を途中から抜き出したような項目、例えば「かしらをつとへて　浜三ノ卅オ」とか「まつの葉をあちはひにて　浜三ノ廿三オ」など数例しかなく、また「目録」と同様に大野氏の調査との比較をしてみても、「むね」「こころばせ」などごく数えるほどしか見当たらない。「目録」の網羅的採集方法とは異なっているが、また掲出項目の八割近くが物語中一例のものを出している竹取物語の類標[17]のようでもなく、用例の比較的少ないものに目を向けて採りあげているのである。

浜松には巻一の舞台となった唐土に関する地名や濃厚な仏教色を反映して仏教語など注意される語句となるはずであるが、これらが採りあげられることは少なく、前者に属するものとしては「さんいふ」のみ、後者には「経仏」「玉のうてな」「みやうかう」「ふげんかう」「本体」「凡夫」「まえん」など十例にも満たないのである。人名にしても、「やうきひ」「さてまろ」「かぐやひめ」などであり、唐土の故事で有名な西王母や東方朔、王子猷、王昭君、李夫人、潘岳などについてはまったく触れていないのは不十分のようでもある。これも特定の語種

に偏しない「物語類標」編者の意識を反映しているのかもしれない。しかしその一方で、「あさ〳〵」「いま〳〵し」という畳語を多くとりあげており、副詞十一語、形容詞四語の計十五語を数える。なかでも「たを〳〵」については「二ノ四十四ウ」と「四ノ五十九ウ」の二箇所に近接して掲げている。このことからみれば、仏教語や人名、地名などのいわゆる出典を考証する必要のある語句などよりも、状態をあらわす語句の方に、そして漢語よりも和語により多く注目していたのではないかとも思われるのである。これも「目録」と同じく漢心《からごころ》を排する国学者の手に成ったことをも窺わせるものであろう。

次に採録方法において異なっている「目録」と「類標」とが、具体的にどう異なっているのかについて、「目録」になく「類標」に採られている語を軸に考えてみる。

五十音順にそれらを列挙すると次のとおりである。

*あかつきおき・*あはめ・*あひなし・あみたの念仏・あやつけう・*いま〳〵し・うしろはつかし・*うらしま・*おもたゝし・おやこ・かうばし・かくやひめ・*かたゝかへ・かねこゐ・かをり・きゝみゝ・*きやうほとけ・くもゐのかり・けしかる・けに・*けに〳〵・こゝら・こゝろときめき・こちなし・*こひの山路・*さた〳〵・さたすき・*したゝめ・*しつくにゝこる・しつ心・しのふ・*しふく・*しみたれて・すくせ・そは〳〵し・*そら・たきもの・*たかせ・*たそかれ・たを〳〵・月のえん・つゐの心・とけとほく・*なけし・*なへはみ・*ねひ・はしらかくれ・ひきのふるやうに・*ふし〳〵・ふと・*ほとけかみ・ほれ〳〵し・*まつのはに命をかけて・*まゐん・*みつうまや・むねあく・*むろ・やまもり・*ゆめのうきはし・よるへ・らう〳〵し・*りう女

この六十一例のうち、「うしろはつかし」は示された巻・丁数に従えば、「目録」に同じ丁数で「うしろみ」を引いていることから、「たのもしかるべき後見などなくて、心細き御ありさまなるを」（二七〇頁）、または「かたがたの、後見頼もしきは」（同頁）を指すと思われ、「類標」のこの項は不正確であり、「かねこゑ」も物語では「鐘の声」（二一六頁）であり、また、「こちなし」や「やまもり」は物語中に見えない語である。こういう例を差し引いて眺めてみても、用例の右傍に＊印を付した物語に一例しか見当たらない語が約半数を占めていることは注目すべきことである。その他の例についても用例数は少ない。したがって、先に少し触れたように、和語を中心に用例の少ない語を目して掲出する傾向にあるものが「類標」であったと考えられよう。

次に「類標」の依拠した本はどのような系統の本文であったのかについて述べる。凡例にあたるところにはその手がかりがなく、掲出された語句に求める以外にない。本文異同箇所で問題になり得るところは、例えば「あみたの念仏」「こそねりそ」「さてまろ」「ひゝきかいし」などである。『校本』所収の諸本本文と対照させてみるに、「させまろ」「ひゝきかいし」は『校本』所収の本文に同じものは見出せない。[18]「あみたの念仏」には「あまたの念仏」とする対立本文があり、「類標」と同じ本文にはA系統諸本の多くとB系統諸本の半数、C・D系統諸本全部が該当し、「こそねりそ」ではD系統書本のうち本居春庭筆本と無窮会神習文庫蔵本の本文に同じであるとわかる。この二例からD系統本と推測することはできるが、「類標」には先の「うしろはつかし」「こちなし」のように、また「かうさい」は「かうさび」の誤字、「御あしまゐる」は「御足をもまゐらせそめさせむ」（一四七頁）を簡略化したものとわかることもあり、「目録」とは異なって本文を忠実に採ろうとする姿勢に欠けるところがある。そのために示された項目から依拠本文の系統を判断することは自ら限界があるのである。ただしかしながら、興味あることには、「目録」と「類標」の重なり語句をみると、示されている丁数、その表裏も

殆ど同じであることに気付くのである。これは両書が同一の本に依っているためか、どちらか一方が他方を参照した結果であるかを語っているのであろう。仮にそうであれば、「類標」は「目録」と同じD系統本に依ったとみられる。そこで次に両書の関係について述べてみよう。

四　「目録」と「類標」との関係について

「目録」「類標」両書に共通して採られている語句の項目数を示すと次頁の第一表のようになる。この表で「類標」の約七割が「目録」と共通の箇所を引いていることが確認でき、巻・丁数と表裏が完全に一致するのはそのすべてではなく、「類標」側項目の約八割に相当する一三八項目である。このことは、残り二割ほどの「目録」とは異なった語句を掲出している「類標」が、「目録」に依りかかったかたちで作成されたものではないこと、また逆に「類標」を一つのモデルとして「目録」が作られたものでもないことを裏付けているはずである。つまり、両書は同一の写本を用いて別個に編成された、いわば兄弟本とでも言うべきものであったのである。

「目録」は小山田与清の手に成るものであるが、「類標」は編者不詳である。しかしこれを岸本由豆流の編とする説[19]もあり、文献的考証を得意とした大蔵書家、由豆流の営為とみてもあながち不自然とはいえないだろう。与清も由豆流も同じく賀茂真淵、村田春海の門下につながる同時代の国学者であり、しかも共に類語、類標などと称する索引作成事業の先駆的業績を遺した人物とされている[20]。また、与清の蔵書、擁書楼所蔵本は希望者にも貸出され[21]、また与清も他の仲間から多くの本を借りていることが「擁書楼日記」の記事からも窺われるのである。由豆流、与清の両者が同じ写本の浜松四巻本を用いて作業を進めたのではないかと憶測する余地は皆無とは言えないだろう。

第一表　「目録」・「類標」の項目数一覧

あ	か	さ	た	な	は	ま	や	ら	わ
23	19	9	8	12	7	7	7	1	4
107	136	58	56	46	49	34	39	5	29
(17)	(6)	(5)	(4)	(8)	(8)	(4)	(5)	(0)	(4)

い	き	し	ち	に	ひ	み		り	ゐ
6	5	12	4	2	14	5		2	0
93	43	59	14	24	67	64		3	5
(5)	(1)	(6)	(4)	(2)	(13)	(4)		(1)	(0)

う	く	す	つ	ぬ	ふ	む	ゆ	る	
9	7	3	7	0	6	3	5	0	
60	47	37	41	1	42	28	27	1	
(4)	(6)	(2)	(5)	(0)	(4)	(1)	(4)	(0)	

え	け	せ	て	ね	へ	め		れ	ゑ
0	11	2	1	2	1	0		0	1
9	23	12	9	9	5	15		4	2
(0)	(7)	(2)	(0)	(1)	(1)	(0)		(0)	(1)

お	こ	そ	と	の	ほ	も	よ	ろ	を
11	13	9	4	2	6	3	4	0	2
116	93	26	39	15	22	40	49	1	15
(7)	(7)	(7)	(3)	(2)	(4)	(3)	(3)	(0)	(2)

各項目のうち、上段は「類標」、中段は「目録」、下段の括弧内が両書に共通の、それぞれの項目数を示す。「類標」は単語を多く採ることから、「目録」と完全に一致するもののみを一つとして数えてはいない。「目録」に「あてはみたるさま」とあるのを、「類標」で「あてはみ」で出していても共通と判定した。また、用例の多い語でも両書で巻・丁数が同じであれば共通とみた。

ともかくも、仮に「類標」を由豆流編とせずとも、「類標」と「目録」とは同一の本を用いた二種の索引であることは確かである。同じ本から生まれた兄弟の索引は、しかし、版本の一つの形式のように版心に巻数や丁数を明記しない写本を用いたために、両書の示す丁数は数え誤りによるのか、完全には一致しないという恨みを残してはいる。例を示そう。

「目　録」		「類　標」	
秋のたのみをつむへきみくら	三（マ、）二十六オ	あきたのたのみ	上ノ二十六オ
かきかねの穴をさへふたきて	一ノ四十六オ	かきかね	二ノ四十六オ
朽木形のき丁のかたひら	三ノ十五ウ	くちきかたのき丁	二ノ十五ウ
さし返たる口つき	二ノ二十九オ	さしかへし	二ノ三
かんすといふ手を引出たる琴の手也	一ノ八十ウ	かんす	一ノ四十ウ

（「類標」諸本間の異同はない）

このことから巻数、丁数についても「目録」の方が信憑性がある。語句を網羅的に多く採ろうとしている「目録」の方が、本文により強く密着しているために巻・丁数の表示は大旨適正のように考えられるからである。しかし、何らかの手続きによって丁数を確認する際に一丁、あるいは表裏の相違は生じ易い錯誤として扱うことも可能であろう。この点で「目録」の示す丁数が「類標」のそれと僅か一丁あるいは表裏の違いしかない十八例については必ずしも「目録」を是とするわけにはいかない。

また、「類標」と「目録」の共通項目の示す丁数についてはやや注目すべき傾向が指摘できる。例えば、「あぐら」について「類標」は「一ノ三十ゥ」とするのに対して「目録」では「あぐら 一ノ六十一ォ」と「あぐらともたてなめて 一ノ三十ゥ」をこの順で並べて引いている。物語中二例ある「しはかき」では「類標」は「三ノ十五ゥ」、「目録」は「柴垣しわたし 三ノ十八ォ」を引く。「目録」は「山ふところ」を「四ノ五十オ」と別にまた、「四ノ七ゥ・四ノ七十七ゥ」と三箇所に注目しているのが、「類標」では「やまふところ 三ノ二十三ォ」の初出例を掲げている。「類標」の「くとく（功徳）」も「二ノ五十五オ」に対して「目録」では「功徳のむくひ 三ノ十五ォ」を掲出している。「たのもし人」も「目録」は「四ノ七十六オ」、「類標」は「三ノ十三オ」を示す。このように、「類標」の方が「目録」に比べて初出例を採る傾向にあることがわかるのである。

五　概括

浜松中納言物語を語彙、語句の面から研究的に読もうとした索引二種について検討を加え、各々の物語へのアプローチのあり方と両書の関わりについて述べた。これが索引であることから同時代の『倭訓栞』や『雅言集覧』との関連についても触れるべきではあろうが、両書とも「目録」「類標」との交渉の形跡が見られないために省略した。

浜松中納言物語の研究史上、等閑に付されたままになっていた二書についていささかなりとも光をあて得たのではないかと思う。同一の写本に依拠しながら、より多くの語句掲出を企図した「目録」と、何らかの配慮によって語句を選出した「類標」、相異なる方法によった二つの書物が、しかしながら目ざすところは物語の語句そのものへの濃やかな探究という共通点で深く結びついていたのである。そしてそのことが、とりもなおさず近

世国学者の浜松中納言物語読解の一つの過程を物語っていたのである。

注

（1）鈴木弘道先生『平安末期物語研究史　寝覚編浜松編』「第二章　浜松中納言物語研究史　第一節　第一期の研究」（二六七～二九八頁）。
（2）大野晋氏『文法と語彙』「Ⅱ語彙　4王朝文学と言葉」三二一・三二二頁。
（3）前田富祺氏『国語語彙史研究』「第四章　近代における国語語彙の研究」五四頁。
（4）『物集高見全集』第五巻、「文集」「群書索引緒言・本書の成れる故よし」四五頁。
（5）拙稿「『広文庫』と『史籍集覧』――物集文庫旧蔵書から――」（『鳳鳴紀要』第七号）。
（6）野村八良氏『国学全史』「第六章　上代主義者――賀茂真淵　六　縣居門人」八七〇頁。
（7）このあたり、天野敬太郎氏「小山田与清と『群書捜索目録』」（金光図書館報「土」第六十号）による。
（8）『彰考館図書目録　全』によると、「目録考之二十五、西部（中西注、随筆、筆記、字書、索引ノ項）」に、太平洋戦争による戦禍で焼失したものとして示されている（一〇〇三頁）。
（9）国書刊行会版『松屋筆記』㈠、一六頁。
（10）『近世文芸叢書　日記』による。
（11）注（9）に同じ。巻五十二ノ二〇「永楽大典」の項、㈠、二二五頁。
（12）『日本古典文学大系』の解説の冒頭（一二五頁）にも述べられるように、天文頃から慶長頃までの間に浜松はすでに四巻本として扱われていた。
（13）注（2）に同じ。
（14）山本トシ氏「平安朝和文作品の語彙研究」（上・下）（『学習院大学国語国文学会誌』第十四・十五号）。
（15）例えば、『角川古語大辞典』㈡の「けはひ」の項に、「『けしき』が対象の性格が外面に現れていて、感覚によってとらえうる場合についていうのに対して、その性格が外部に現れず、直観によって感得しうる場合に用いるといわれる」とある。
（16）小林美和子氏「〝坊主頭〟の女性――王朝女性の出家姿について――」（稲賀敬二氏編『源氏物語の内と外』所収）に、

「頭を丸めた女性の出家者」の例としてこの箇所をあげられている。

（17）拙稿「『物語類標』研究序説――竹取物語の場合――」（「国語論叢」第一号）。竹取物語では一八一項目中、一三九項目が物語での使用例が一例しかない語句である。

（18）「さてまろ」について『校本』では「させまろ」が殆どで、異文としては「させまつ」が一本あるのみである。「ひゝきかいし」は『校本』底本に「ひらきのゐし」とある他、「ひゝきのゐし」「ちひきのいし」「ひゝきのいし」が数本においてみられる。

（19）弥吉光長氏『参考図書の解題』の「Ⅶ　索引」に岸本由豆流の著書として、夫木抄類語、万葉類語、源氏物語類語などと共に物語六種類標をあげておられる（一四八頁）。東京大学附属図書館蔵の岸本由豆流自筆の源氏物語類字の奥書は、「右源語類字は文化九年秋のころよりさるへきやうありて源氏物語をこれかれの抄物をもて校合せるついてに思ふところある詞ともにかたへに評点をつけおきたるを書ぬきて類字せるなり云々」とある。なお、日本古典全書『竹取物語・伊勢物語』では、竹取物語の「研究文献目録」に「竹取物語類標」を岸本由豆流として明記されている（五九頁）。

（20）稲村徹元氏『索引の話』「索引の思想」（三九頁）など。

（21）草野正名氏『増訂図書館の歴史』、二五八頁。なお、渋谷宗光氏は「小山田与清の学問」（「国語と国文学」第二十巻第十号）で与清の大事業達成について、「此の大事業は個人として後に五万巻を蔵し又は相互に屋代弘賢、岸本由豆流と文献を交換し得て而も篤学勤勉であった与清に於いて始めて成功する事であった」と述べておられる。また、小山田与清については、近年、岡村敬二氏が『江戸の蔵書家たち』「第一章　蔵書家の登場」の中でも、「1　擁書楼」とある項で、『擁書楼日記』などをもとに彼の詳細な活動を述べておられる。

（『平安末期物語攷』所収）

第五節　宮下清計氏の浜松中納言物語研究

一　『新註』の誕生前史

浜松中納言物語の研究は、今日でこそ平安末期物語群の一つとして年間にいくつかの論文が発表されるようになっているものの、つい半世紀前まではあまり注目されない物語の一つではあった。例えば昭和五年に刊行された藤田徳太郎氏『平安朝物語選要』の浜松中納言物語の研究書の項には岡本保孝の「浜松中納言物語系譜」しか示されていず、少し後の昭和十一年に出た清水泰氏の『平安朝物語新選』のこの物語の解説では「よき注釈書なし」とさえ述べられているのである。その後、近年になって数々の書誌的発見や手堅い研究が重ねられてきて、次第に市民権を持つに至ったのであって、かの源氏物語とは同じ平安時代の物語作品とはいえ、ずいぶん異なった研究のあしどりでもあった。やがて昭和三十九年、松尾聡氏校注の『日本古典文学大系』が刊行され、この書によって研究基盤が確立されたことは大方の認めるところであろう。松尾氏の厳正な校注態度によって浜松中納言物語がより深く、的確に理解されるようになったのであった。その氏が『日本古典文学大系』の「解説」の中で研究史に触れて、次のように述べておられる。

研究としては、古くは詞寄せの類に桃園文庫蔵岸本由豆流筆の一巻、国立国会図書館蔵浜松中納言物語目録

一巻（高田与清編、群書捜索目録、第一一冊）、系譜に京都大学図書館蔵岡本保孝編のもの一巻があるほか、ほとんど見るべきものはないようである。明治以降でも註釈として、わずかに前記の諸叢書本の頭註が見られるだけであったのが、宮下氏の校註本が出て、はじめて精密な頭註・解説・年譜・系譜が具わった。氏の施された頭註は、開拓者のお仕事の当然の運命として間々失考とみられるふしもないではないが、きわめて誠実な態度で多くの不審を明らかにせられた劃期的な業績であることに何等疑念を挟むべき余地はない。本書における筆者の頭注は、氏のおかげを蒙ること甚大であった。

（一四〇頁）

また、鈴木弘道先生『平安末期物語研究史　浜松編寝覚編』の「第二章　浜松中納言物語研究史」「第三節　第三期の研究　一　第二次世界大戦後、昭和三十年までの研究」は、次の文章から説きおこされている。

浜松に関する画期的な注釈書が現われたのは、第二次世界大戦後で、その嚆矢として、昭和二十六年に宮下清計氏校註「浜松中納言物語」（「新註国文学叢書」二十五。大日本雄弁会講談社刊）が刊行されたが、その前年の昭和二十五年には、広島市立浅野図書館蔵の浜松末巻を翻刻して詳細な解題と略注を施した「浜松中納言物語末巻」（古典文庫第三十一冊）が松尾聡氏によって公にされている。この二本は浜松研究者にきわめて多大の便宜を与えることになったが、いずれも部数が限られていたため、たちまち入手困難となったのは、まことに惜しむべきである。

（三二五頁）

この文章に続いて松尾聡氏の『浜松中納言物語末巻』の解説の一部、松村博司氏の「浜松中納言物語と更級日記

写真(1)

における『あはれ』について」（「日本文学研究」昭和二十五年五月号）の要旨が引かれ、次に『新註国文学叢書　浜松中納言物語』（以下、『新註』と略称）の解説の一部が掲げられているのであるが、その前文として鈴木先生は、「頭注は、従来の類書と比較して最も詳細で、きわめて有益である」と述べられ、九十頁に亘る「解説」、さらに「補説」がゆきわたったものであり、そのうえ年譜や登場人物の系譜などを記す「付録」も含めて、「読者・研究者にとって甚だ便利なものであるが、今日ではすでに稀覯本の一つになっている」ことを惜しまれてもいるのである。もっとも、ありがたいことに、平成十一年、クレス出版から『物語文学研究叢書』全二十六巻（神野藤昭夫氏監修・解題）の第八巻として復刊されたために、この憂いは解消されたのであった。『新註』、『日本古典文学大系』、そして本文・頭注・口語訳を備えた池田利夫氏の『新編日本古典文学全集』とを併せ、浜松中納言物語研究は確実に前進してきたのである。そのような時であればこそなおさらに、原点を見据える意味においても研究史上画期的業績と評される『新註』に就いて学んでおくことは必須の課題であると思うのである。

二　『新註』の誕生と執筆姿勢

川瀬一馬氏は『随筆　蝸牛』のなかで『新註国文学叢書』の刊行計画について次のように述べておられる。

写真(2)

この上京の時（松井簡治氏ノ葬儀＝中西注）、高木君から相談を受けたのが「新註国文学叢書」の出版である。敗戦のこの時点で日本民族はもう一度真に古典を顧みる心が必要である。中でも今の時世で是非とも国民に読ませたいものは何と何か。先ずそれを択んで内容がよく理解される読みやすい古典を提供したいと思う、是非力を貸してくれとのことである。高木君は国語漢文の古典をしっかり読み込んだ基礎を持っているから、大事な時世にこういう企画も立ったのである。（中略）

奈良時代から江戸時代まで、七十五巻・百一冊の企画を立て、私は疎開先の吉野へ帰って、翌二十一年五月には方丈記の原稿を完了し、二十二年三月に東京へ復帰転入した。（中略）私は監修の責任として、各担当者の原稿に目を通して訂正を索めた。四六判で扱い易い形にしたけれど、まだ何分用紙その他一切の資財が甚だしく不足であるのと、インフレの進行最中で叢書の逐次刊行は容易でなかった。その上、同志の手も少し不足で、漸く二十五冊まで行った時、世間は源氏物語ブームになりかかったので、源氏を出して盛り返そうということになり、かねて源氏を引き受けることになっていた山岸徳平先生に力を添えて貰うことになった。

（三〇二・三〇三頁）

かくして山岸徳平・能勢朝次・佐伯梅友・川瀬一馬各氏を監修者として『新註国文学叢書』は昭和二十三年五月の「徒然草・方丈記」を第一回配本としてつぎつぎと刊行されたのであったが、四年後、突如として休

止されてしまった。その第二十五巻目にあたるのが宮下清計氏担当の浜松中納言物語であったのである。宮下清計氏の東京高等師範学校における一年先輩が川瀬一馬氏であり、東京文理科大学で山岸教授の指導を受けて浜松中納言物語を卒業論文として提出された宮下氏が校注者に選ばれたことは、あるいはごく自然なことであったと思われる。余談ながら宮下氏と川瀬氏との交際は終生続いたのであった（写真⑵参照）。宮下氏は文理大卒業後、「国文学論叢」に矢継ぎ早に浜松中納言物語に関する論文を発表されており、その後もいくつかの論文を執筆されているが、それらすべてを『新註』の「解説」と詳細な註釈に注ぎ込んでおられるのである。『新註』の「月報」に寄せられた山岸徳平氏の「浜松中納言の事ども」には宮下氏の校注が完成したことを祝って、次のように記されている。

さて、宮下君は、この転々と書写による誤りの多い本文に取り組んで、今日まで十余年、一日として怠らなかつた。昔、山形師範に勤務中も、註解を造つて私に寄せられたが、残念ながら、それは、戦災によつて、私の家や本の類と共に、烏有に帰した。然し、多年倦まず、対象を掘り下げ、血の出る所まで切り込まれた研究の集積が、今度、いよいよ世に出たのは、同君の喜びだけではなく、斯界に多大の寄与をなすものとして、大慶至極である。浜松中納言の本文や註解の研究が、此処に、一線を画した事になるのは、疑ふ余地がないと思ひ、宮下君に感謝し、その労を大いに謝する次第である。

ところで、『新註』の学問的姿勢と評価の端緒を窺うにはまずは「凡例」を見るにしくはなく、十三項目に亙って説かれている文言のうち、注目すべきいくつかを引用してみることにする。

(a)　本書は、巻一から巻四までは丹鶴叢書本を底本とした。旧帝国図書館蔵本、尾上八郎博士蔵本を参考にしたが、底本の面目を重んじて、私意による訂正は行はない。明らかに誤りと認められる個所や疑問の存する点については、他本と対比しつつ頭註に私見を記した。

(b)　底本は丹鶴叢書本尾上本とも、適宜漢字を当て、送りがな、かなづかひを正し、句読点を附したが、底本の読み方については私意を加えず厳密を期した。

(c)　巻一から巻四までの頭註については、校註日本文学大系本及び博文館叢書本の頭註から多くの恩恵を与へられたが、なほ新見を出すべく努力したつもりである。頭註としては過分と思はれるほどの字数を費したのも、できる限りの精解を念願したからである。

(d)　巻五は従来註釈がなかったが、本書は最初の試みとして頭註を附した。不備の点もあらうかと思ふが、大方の御批正を願ひたい。

(e)　解説は主要事項を概説し、詳述を要する事項については（解説）補説を附した。

(a)・(b)は底本採択に関わる問題である。明治・大正期にかけて出された浜松の校注本（『日本文学全書』第六編、『国文大観』物語部三　雑上、『校註日本文学大系』第二巻など）は尾上本の発見される以前の刊であるから四巻本ではあるものの、その本文校訂は不十分なものであった。比較的頭注が整備されている『校註日本文学大系』でさえ、「例言」に「尾上八郎博士所蔵の写本をもととし、一二三の異本を参照しました」とあるごとくであって、仮に尾上本を忠実に閲していたならば浜松の本文は当然、五巻になっていた可能性もあるはずなのである。また昭和の初めに出た『校註博文館叢書』や『新釈日本文学叢書』も本文校訂という点からみれば、今日の研究水準からは

いささか不満の残るものであった。わずかに藤田徳太郎氏『平安朝物語選要』（昭和五年十二月発行）は浜松をごく一部分（八頁）取り上げ、その巻数について「猶、最近終の一巻発見せられて、全五巻となりたれど、初の一巻は未だ備はらず」と尾上本の存在を意識しつつも、本文は丹鶴叢書本によっていることを明記しているのであった。そのような情況にあって、底本に関して「私意による訂正」を避け、不審箇所にはその旨頭注に記すという厳密な姿勢は実に高く評価されなければならないことであろう。一例をあげておく。

いでや、思ひ立たざらましかば、いかにいみじういぶせからまし、と、よろづ、この御前にては、なぐさみて、頼もしううれしと思へるけしきを、（三六頁）

「この御前」の「前」の箇所は、『大系』は「この御ネ」として「ネ」を「判読しがたい」と注し（一五六頁）、また補注（一三）でも不詳文字として諸本間の異同に触れ、「前」「心」「衆」とする本のあることから、「前」の可能性のあることを示唆されているが、『新註』の本文では「御命」としたうえで、頭注では、底本の傍書「心一本」にも触れながら、「「心」ならば意味は通ずるが、「この御前」などの誤写ではあるまいか。さすれば、御子の御前の意となる」（九九頁）と本文への厳正な不審表記と的確な私見を簡潔に記されているのである。

(c)・(d)は浜松中納言物語研究史上、最大の功績ともいうべき頭注の精密さについて自信をもって表明されていることである。見開き二頁の本文に対して両頁の上段のみでなく、まま奇数頁の左数行分を三段に分割しての詳細な注が記されているのである。本文の通釈、本文の異同、考証など読解するに手助けとなるような記事が、先にも引用した松尾聡氏の言のとおり「きわめて誠実な態度で」施されているのである。これについての用例はい

ま省略に従わざるをえないのであるが、画期的注釈の範たる『大系』の母胎あるいは前身として『新註』があったとみることは紛れもない事実であろう。この点について宮下氏の恩師、山岸徳平氏が「此処に、一線を画した事になる」と評されたのは決して過大評価ではなかった。とりわけ巻五の頭注はときとして本文の四、五行から七、八行分を全訳するような箇所があって、「最初の試みとして頭注を附」す作業の関心が本文読解という点に注がれていたとみられるのである。巻五については既に松尾聡氏の考証論文（「浜松中納言物語末巻略考」・「国語と国文学」昭和六年四月／「浜松中納言物語末巻に就いて」・「文学」昭和六年十月）でその大要が判明していたのであるが、本文に即しての具体的読解は『新註』によってはじめてなされたことであった。

(e)の「解説」は十二項目、四十五頁に亙り全般的な説明を記し、その後にほぼ同じ頁数を費やして「（解説）補説」がある。これらは「補説」の末尾に附記されているように「昭和二十五年度文部省人文科学研究奨励交付金を受けて」なされたものと思われ、第一章の「平安時代末期の世相」や、続く「時代思潮とこの物語の史的位置」という、巨視的な観点からの考察や浜松中納言物語を説く際に必ず触れねばならない作者、題名、首巻、唐の描写、構想、諸本や注釈書・参考書類に及ぶ「解説」、首巻をめぐる諸説吟味考証や「末巻の巻数に関する諸説並びに私考」「唐の描写に対する諸説」という微視的な点に触れる「（解説）補説」とがあって、充実した研究書の体をもなしている。

以上、「凡例」の中から『新註』の執筆姿勢を窺い知ることのできると思われる数箇所をあげてみた。今日でこそごくありきたりの事柄も史的位相に据えて的確な評をくだすべきで、当時、平安末期の物語は日陰の土壌に細々と育っていた作物のように扱われていた。それに温かい日光を浴びせることは必ずしも容易なことではな

かったはずである。その意味で『新註』の完成によってこそ日の光が隅々を照らし出すことになったと言っても過言ではないであろう。

三　宮下清計氏の経歴

ところで、『新註』の著者・宮下清計氏とはいかなる御経歴のかたであろうか。これについて記しておこう。氏が教育関係機関に提出されていた履歴書をもとにして、その要点のみを摘記した。

【本籍】長野県上伊那郡中沢村二六八〇番地　戸主　粂雄　長男
【生年】明治四十（一九〇七）年十二月一日
【経歴】（主要項目のみ）

大正十五（一九二六）年三月	長野県伊那中学校卒業	
同 年四月	東京高等師範学校文科第二部入学	
昭和五（一九三〇）年三月	同 校	卒業
同 年三月	青森県立青森中学校教諭	
昭和七（一九三二）年三月	同 校	休職
同 年四月	東京文理科大学国語学国文学科入学	
昭和十（一九三五）年三月	同 大学	卒業
同 年三月	静岡県立静岡中学校教諭	

昭和十五（一九四〇）年五月　山形県師範学校教諭
昭和十七（一九四二）年三月　山形師範学校附属国民学校主事
昭和十八（一九四三）年四月　山形県師範学校教授
昭和十九（一九四四）年十一月　長野師範学校教授
昭和二十（一九四五）年三月　召集により東海第五十部隊に入隊
昭和二十一（一九四六）年五月　召集解除復員
同　年八月　信越北陸地区学校集団教員適格審査会の判定
昭和二十二（一九四七）年四月　長野県上伊那郡中沢村立中沢中学校事務取扱
同　年五月　同　校　校長
昭和二十五（一九五〇）年六月　文部省より昭和二十五年度人文科学研究奨励交付金を受ける
（平安時代末期文学に於ける史的特殊相）
昭和二十六（一九五一）年三月　長野県伊那北高等学校教諭（教頭）
昭和二十七（一九五二）年十一月　長野県高遠高等学校校長
昭和三十二（一九五七）年四月　長野県木曾西高等学校校長
昭和三十五（一九六〇）年四月　長野県教育委員会高校教育課教学指導課係長兼指導主事
（国語・社会担当）
昭和三十九（一九六四）年四月　長野県県ケ丘高等学校校長
昭和四十一（一九六六）年三月　同　校　退職

昭和四十一（一九六六）年四月　長野県教育センター（現、長野県産業教育センター）所長
昭和四十四（一九六九）年三月　同　センター退職
昭和四十五（一九七〇）年十月　私立塚原学園天竜高等学校（現、長野県松川高校）校長
昭和四十八（一九七三）年三月　同　高等学校退職
昭和四十九（一九七四）年三月　駒ヶ根市教育委員会に勤務
昭和五十二（一九七七）年九月　同　委員会退任

【歿年】　平成　六（一九九四）年九月三十日（戒名、鳳学清渓居士）

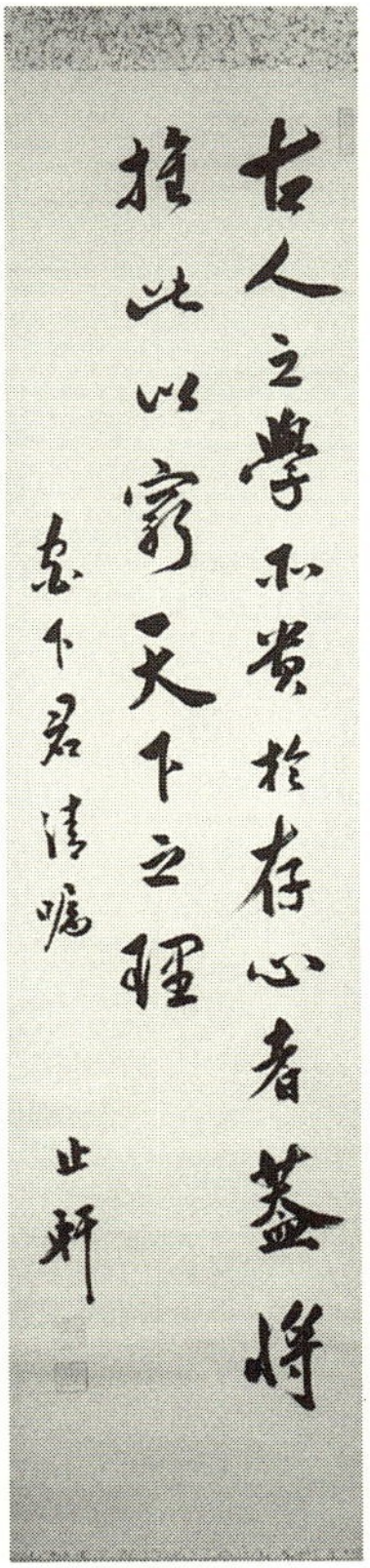

写真(3)

宮下氏はこの経歴が示すとおりの教育一筋に勤めあげた方であること、同時に教育雄県長野県において早くから指導的立場についておられたことが明らかとなろう。そのようななかでいったい『新註』をどのように完成させていかれたのであろう。後年、名古屋大学教授となられた松村博司氏と同僚の時期があり、二人で夜遅くまで研鑽をつまれたことがあったことが、あるいはひとつのおおきな要因であったのかも知れない。『松村博司先生古稀記念　国語国文学論集』（昭和五十四年十一月）の巻末に付された「松村博司先生年譜・主要編著論文目録」に宮下清計氏の記事が次のように見える。

昭和十一年（一九三六）　　二十七歳

四月、東京文理大卒宮下清計赴任し来る。これより後二人にて平安朝物語類の輪講を行う。

昭和十六年（一九四一）　　三十二歳

宮下清計氏山形師範に赴任し来る。再び輪講会をはじむ。

宮下氏の年譜の年次表記と一年の齟齬はあるが、いずれにせよ夜おそくまで真剣に学問談義をされていたことは宮下氏自身も、「二人で平安時代の作品を読破しようと計画し」「議論に花が咲くといつか時計は深更十二時を廻つていたりした」（『新註』「月報」）と述べられ、また奥様のお話からもそのことが裏付けられることであった。恩師　諸橋轍次氏、山岸徳平氏の薫陶、さらに先にも触れた川瀬一馬氏との交流、さらにこの松村博司氏との輪講を基盤として氏の研究態勢は次第に整いつつあった。おそらくは研究者として大成するに十分な条件は自他共に認めるところではなかったかと想像できるのである。そこへ徴兵召集、従軍、復員などという、およそ文学研究とは縁遠く荒々しい時代の激しい波、そして郷里への帰還………。決して恵まれた環境とは言えないなかで、絞り出すようにして完成されたのが『新註』であった。

四　宮下清計氏の人となり

奥様から伺ったところによると、宮下清計氏はずいぶん几帳面な性格の方で、ご自身の勤務の関係についても、まことに詳細な記録をしておられたようであった。その諸記録が現在でも氏の家蔵にきちんと整理されて残って

いる。たとえば、昭和二十七年十一月から四年半勤務された長野県高遠高等学校の校史『高遠高校の歩み――その八十五年――』（昭和六十年七月）を見てみよう。そこに「終章　明日への期待」という一章があり、刊行会の名誉会長としての氏の「その頃の思い出」が掲載されている。縁ある方々がそれぞれに思いをこめて執筆されているが、なかでも五頁ぎっしり埋められた氏の文章は質量共に優ったもので、草創期にあっての校舎建設に関わること、優秀な生徒や先生を確保しての、また総合制から普通科への統合などに関わっての学校経営のこと、校歌の完成にいたるまでのこと等々、人、時、所すべて精確に記されているのである。単なる長々しい懐古談に終わっていないところに氏の人となりが反映されているようにも思われる。もちろん優れた教育者であったことは言うまでもない。『長野県伊那中学校　伊那北高等学校　七十年史』（平成二年九月）に「教頭の栄転に生徒が反対　大さわぎの離任式」という見出しの囲み記事がある（四三四頁）。昭和二十七年十一月十二日の出来事。教頭であった宮下清計氏が高遠高校の校長として発令されての離任式のこと。記事は、「この日離任式が行われることになった。突然の人事異動に驚いたのは生徒たち、信頼する教頭に行かれてはと、代表が太田勇愛校長に離任式の延期を申し入れた。（中略）校長が登壇するや挨拶をさせまいと猛然とさわぎ立てたのである。しかし悠然としてさわぎの鎮まるのを待つ校長に、生徒らの方がついに根負け。機を見て校長が教頭の転任を告げ、これを受けて宮下が挨拶。『惜しんでくれるのはうれしいが、軽挙妄動は慎しんでほしい』と諭され、みなしゅんとなってしまった。宮下は最後に『少年老い易く……』と朱熹の『偶成』を朗々と吟じ、われに却った生徒たちが拍手でこれに応えて式は無事終了」と、劇的かつ爽快な場面を伝えている。この記事ひとつから人間宮下清計像を窺うことは決して不可能なことではない。

中沢中学校の校長、伊那北高校の教頭、高遠高校、木曾西高校、県ケ丘高校の校長として、また県教育委員会

写真(4)

の管理職として、長年激職に身を置いてこられた氏であった。その間、平安時代物語の研究に心惹かれる日々もあったのではないかと思うが、氏自身は郷里の中沢中学校に勤務されている頃が、学問的には一番充実していたとも述べておられるようで、やはり高校の教育現場は今日と同じようになかなか好きな研究を続けるという環境には恵まれていなかったようである。ありていに言えば、氏の浜松中納言物語研究は高校の管理職に就かれた頃からはさ程進展はしていなかったのではないか。むしろ大きなうねりの中にある後期中等教育改革に邁進することに時間の大半が費やされることは必至の情勢であったろう。時代の波と直截に関わり合う教育。その大変動のうねりに真摯に向き合えば向き合うほど、研究とは縁遠い日常生活があったはずである。加うるに氏の真面目な性情である。氏は『新註』の「月報」に次のように述べておられる。

その頃、郷里では中風の老父が家を守っていたが、

私が帰還すると急に衰えを見せ始めた。二十二年の春、私は家へ帰らなければならなくなり、新制中学の発足を機に、止むなく郷里の中学へ転じた。学問的には刺激のない山村で新学制の荊の道を踏まなければならなくなつた私は、「浜松」はおろか国文学の研究などということは無縁なことのような世界へ入つてしまつた。私の頭は、いつの間にか校舎の建築やＰＴＡや公民館の創設などという方面に全機能を動員するようになつていた。ところが突然、在京の川瀬一馬兄から叢書発刊のお話があり、「浜松」を担当するようにとのおすすめがあつた。私は眠りから醒めた思いで再び「浜松」を顧みるようになつた。

その後三ヵ年、私は両刀使いの生活方式で過して来た。草深い村里にあつて古典の香を懐しみ、その現代的意義を考え、新しい古典研究の方向に思いをこらすのも楽しいことである。時流と環境の障壁にたじろいではならない。鹿持雅澄の学究心は尊い教訓でなくてはならぬ。

校正を終つて私の「浜松」の貧しさを思う心の中には清らな愛情が秘められていることに気づく。この道は細くともよい、生涯を貫く道であつて欲しいと念願する。（二五、一一、二〇）

『新註』完成を目前にしていた氏の高揚する思いが抑制された筆致のなかから滲みだしていることは明らかではあるが、それは同時に氏が「浜松」研究と決別を余儀なくされる直前の心況を照らしだしているものでも、今にして思えば、あったのである。とりわけ末尾箇所にその思いが深々と籠められているように思えてならないのである。

「思えばかわいそうな一生でした」………奥様のふと漏らされた一言は重く私の心耳に響いた。

五　おわりに――宮下清計氏の著書一覧――

宮下清計氏の著書は学術書としては『新註』一冊ではあるが、氏の几帳面な性格を反映する諸事にわたる克明な記録が残されており、これらもまた十分に著書ともいい得るものである。やがてはご遺族によって日の目をみることもあろう。

最後に氏自身の手によって刊行された著書を掲げて、若干の解説を記しておこう。ただし(2)以降はすべて私家版である。

(1)『新註国文学叢書　浜松中納言物語』（昭和二十六年一月）
(2)『帰去来　葛原学園物語』（昭和五十三年六月）
(3)『北海道　スケッチの旅』（平成三年十月）
(4)『療養つれづれ　うたとスケッチ』（平成三年十月）
(5)『近郷所在の句碑鑑賞』（平成三年十二月）

(2)は宮下清計氏が昭和四十五年十月五日から四十八年三月三十一日まで勤務された私立塚原学園天竜高等学校（現、長野県松川高校）での体験を小説風に綴られた五百頁に垂んとする著書である。ただし、内容がかなり学園内部のことに関わるだけに、あえて小説風に仕立てられているもので、副題（葛原学園物語）からして相当注意を払われているようである。「足かけ四年のここでの生活は、私にとっては、わが教育の総決算のような大事な

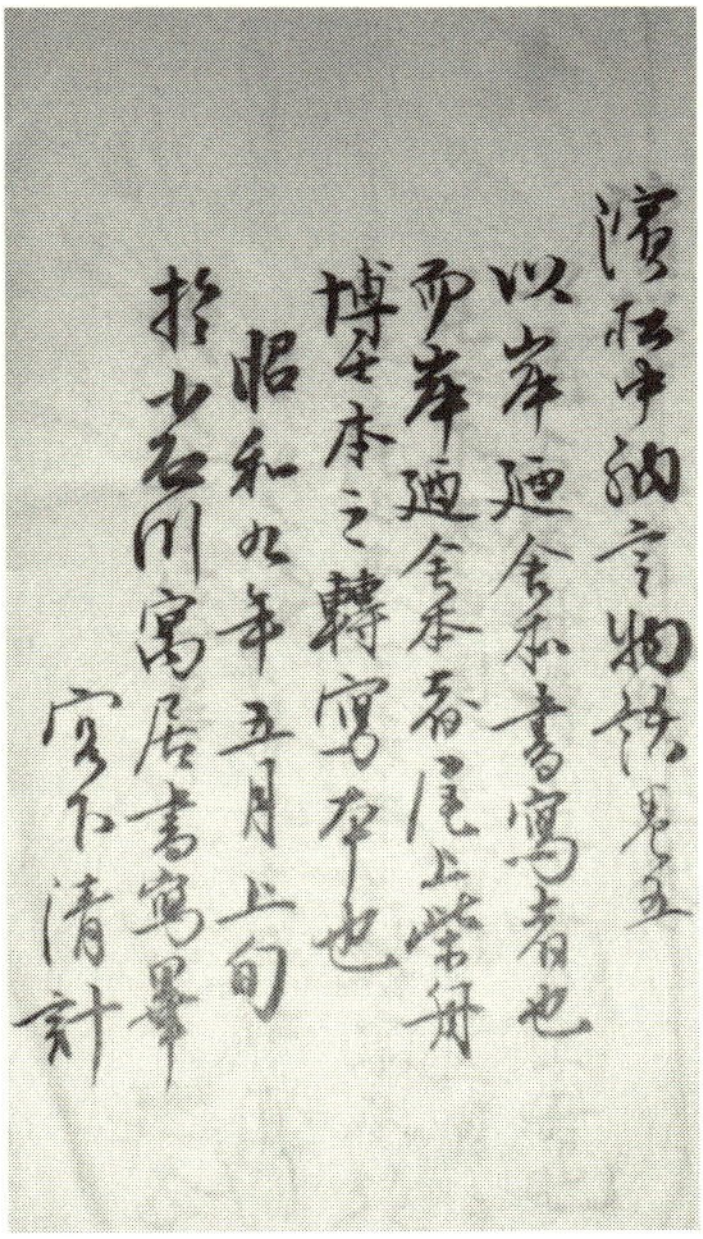

写真(5)

意味をもっていたのに、漕ぎ出してみると、嵐の大海を漕ぐ小舟のようなもので、難破に次ぐ難破に終ってしまった。私は持てる精力を使い果たし、敗北感から容易に立ち直ることができなかった」（「あとがき」）という苦々しい文言に象徴されるような癒しがたい思いで一気に書き下ろされたものであった。もちろん、教育者として、また人間としての宮下像は本書に鮮明に表れているのである。

(3)　昭和五十八年六月十三日から六泊七日、親類縁者十五名で北海道を観光旅行されたときのスケッチブック（層雲峡、川湯温泉、登別温泉など）。タイトルや日付などを記された下に「楽しい旅であった」とある。

(4)　昭和五十九年三月末から肺動静脈漏で昭和伊南病院に入院し、後に東京都中野病院に転院して、計九十三日間の療養生活を送られたときの短歌とスケッチ集。全スケッチの隅に必ず日付が記されているのも氏の性格によるものであろう。そこに載せられた数首を引いておこう。

患者みな同じベッドに臥しをれど　ことなる運命負うてゐるべし
ひと夜さのわが家の床に安らぎて　運命は天にゆだねむとする
ふるさとの空なつかしき夕べなり　高層ビルに映ゆる夕映

広告のちらしで作りし短冊に　筆にて歌を書きて慰む

(5)　表題のとおり、近郷に散在している句碑について解説と鑑賞を五章を設け簡潔に記されたもの。「下島家墓碑の追悼句」とは、芥川龍之介・室生犀星・久保田万太郎の句が寄せ書きのかたちで碑になっているもの。駒ケ根市中沢原の下島勲（号、空谷）の一人娘である行枝の夭折を惜しみ、三人が各々、追悼の句を献じたものを下島家で句碑に仕立てたものである。「奇壁・碧梧桐の句碑」は高遠公園にある広瀬奇壁の「斑雪《はだれ》高嶺《たかね》朝光《あさかげ》鶯啼いて居《い》」と碧梧桐の「西駒ハ斑雪れてし尾を肌ぬぐ雲を」についての解釈。余録として、句碑を建設した広瀬省三郎（号、奇壁）や碧梧桐について記す。その後に、「続　奇壁・碧梧桐の句碑」があり、前稿に補足を加えている。「荻原井泉水の句碑」は、同じ高遠公園にある「花を花に来て花の中に坐り」について、「関口比呂志の句碑」は碧梧桐を慕った医師関口廣司の句「十《と》蔵《くら》山時雨の落葉も枯れが歯朶さそふ」についての解釈と鑑賞などが記されている。各章末には参考文献と注記があって、おのずから論考の体をなしている。小冊子ながら力の入ったもので、例えば、注記として「波礫」の「礫」について注意したり、奇壁が用いた「剴々」を「皚々」の誤りであろうと述べておられるあたり、恩師である諸橋轍次氏の学風を感じさせる。なお、本書は宮下清計氏の御葬儀に香典返しとして参列者に配布されたものでもあった由である。

付記　拙稿は浜松中納言物語の注釈を書き進める過程で成ったものである。『新註』を参照することからすべてが始まることであるから、つねに気にかかっていたことでもあった。そのような折も折、駒ケ根東中学校校長（当時）小穴廣光氏から宮下清計氏の奥様がご健在で、いろいろなお話が伺えることなどの丁重なご教示をいただき、それは怠慢な私を発奮させ、早春の、また晩夏、晩秋の伊那路へ赴かせることになった。拙稿はじつに多くの方のご恩を受けて成った。とりわけ

宮下清計氏令夫人　綾子氏、宮下氏の従弟　竹村幹雄氏、長野県高遠高校校長（当時）　長田孝氏、私の教え子であった三宅裕美氏（長野県伊那北高校、相愛大学人文学部卒業生）、ご夫君　浩一氏（長野県飯田長姫高校教諭）、兵庫県立神戸高校教諭　永田實氏にはとくにお世話になった。記して感謝申し上げる次第である。

【写真説明】

（1）「昭和十五年九月静岡赴任送別記念　於東京」と記されている。弟、慶正氏と。（宮下家のアルバムより）

（2）製作者、川瀬一馬氏から贈られた焼き物。糸尻に「かずま」の銘がある。

（3）東京高等師範学校卒業にあたって宮下氏に与えられた恩師、諸橋轍次氏（号、止軒）の書。

（4）かつての上伊那郡中沢中学校の校門付近の光景。現在は中沢小学校。

（5）宮下氏の筆写された浜松中納言物語巻五の写本の奥書。この一丁前には「岸硒舎」の書写奥書が次のように記されている。「浜松中納言物語五巻／以尾上柴舟博士本書写者也／尾上本巻四奥ニ云万治三一月云云／蓋尾上本万治本之転写本欤／昭和六竜集辛未大呂中澣／俳人書写畢　　岸硒舎」（「付録　㈠　宮下清計氏書写の浜松中納言物語巻五について」参照）

（「宮下清計氏のこと――浜松中納言物語研究史稿――」・「相愛国文」第十四号・平成十三年三月）

付録

（一）宮下清計氏書写の浜松中納言物語巻五について

平成十二年十月三十日、長野県駒ヶ根市中沢にある故宮下清計氏宅を再訪問した。かねて懇請していた土蔵のなかにある書物を拝見するための訪問であった。宮下氏の令夫人、綾子氏はこのとき御健在であって、親戚の竹村幹雄氏を立会人として同席のうえ、二つある土蔵の主として二階の書籍棚を中心に見せていただくことができた。竹村氏もこのような所は見たこともないと、その蔵書量の多さに感心しておられた。ただ、その内容は教育学関係や国語科教育に関するものが多く、専門の日本古典文学に関する書籍は隅の方に一塊になって置かれていた。大体の書架を見終わって、ふと小さな書棚に気づいて、のぞいて見た。そこに『校本　浜松中納言物語』や『校註日本文学大系』などがあり、その間に焦げ茶色の表紙の薄い写本らしい一冊を見出し、取り出してみた。これは題簽に「濱松物語　五」と書かれ、中の扉にも墨で四角く囲って同じ表題が記されていた。その奥書からは宮下氏が東京文理科大学の学生であった頃の恩師　山岸徳平氏が昭和六年の十二月に尾上八郎氏所蔵本（以下、尾上本と略称）を書写されたのを借り受けて三年後の昭和九年に書写された本であることが読み取れた。本の大きさは縦二十五・一糎、横十五・六糎、袋綴の一冊本である。巻五まで揃っている尾上本が昭和五年の秋、松尾聡氏によって発見され、翌昭和六年の四月号の「国語と国文学」誌上に発表され、さらに『尾上本浜松中納言物語』が所蔵者の尾上八郎氏と発見者の松尾聡氏の共編で刊行されたのが昭和十一年であることを考え合わせると、

山岸氏の書写はきわめて迅速になされていたことがわかり、また、同時に一学生であった宮下氏の学問的姿勢も師の態度に学ばれた所為であったと思われる。

ところで、この『尾上本浜松中納言物語』の翻刻は「本来は不可能ともいうべき、毛筆による書写本を、正確に活字本に転換する際の最大限の工夫が凝らされている」（永井和子氏「源氏物語を伝えた人々Ⅵ　松尾聰」・「むらさき」第四十二輯〈平成十七年十二月〉所収）と評されるとおり、徹底的に本文を再現することに意を注がれた良心的な組み方になっており、扉の写真も五葉に及んでいる。この写真の中に尾上本巻五の前表紙見返し及び第一丁表の一葉と、同じく巻五の最終丁裏面及び後表紙見返しの一葉が掲げられている。この写真及び実際の尾上本と宮下本とを照合するに、その字形、字配り等まったく同じものであることが見て取れる。もちろん『尾上本浜松中納言物語』に示された各丁の表・裏にも食い違う箇所は一カ所もない。このことから、おそらくは透き写しの手法によっているかとも思われるのである（ただし、題簽は異なる）。

しかしながら、宮下本と尾上本とを対校してみると、大きな異同ではないものの、若干の齟齬が見られる。これは宮下氏が書写の際に写し誤ったものか、それとも宮下本の親本であった山岸本にすでに生じていたものか、山岸本が確かめられない以上、確認の仕様がない。いま、尾上本と宮下本との若干の齟齬に注目してみよう。

尾上本は『尾上本浜松中納言物語』によった。『尾上本浜松中納言物語』には本文の上部に小さな活字で、たとえば次のような注記が夥しくなされている。

①　下に補入の印を附し右傍下に「ぬ」と細書せり。

② 「る」の転々誤写か。或はこのあたり脱文あるか。

③ 半蝕。

①は尾上本本文の傍書について客観的な注記を記すもの、②は尾上本の本文に疑義があるので、それについて注記するもの、③は該当文字の状況を注記するもの、というように大別して三種類があるようであり、巻五については百二十三箇所の注記がある。そのうち、①に属すると思われるのは七十九箇所、②は二十七箇所、③は十七箇所というように区分できる。尾上本には①に示されるように、本文の傍に細書があり、これは巻一から巻五までの全冊について施されているものという（解説六・七頁）。

この尾上本の注記の箇所について宮下本を対照させてみると、ほとんどが同じ表記であるのだが、中には次のような異同が見られる。上段に『尾上本浜松中納言物語』の頭注をあげ（括弧の中は頁数）、下段に同じ箇所の宮下本の状態を記した。

左傍にみせけちの印を附せり（二四九）……………………ナシ

「かと」の二字、「と」と書ける上をなぞり改む（二五五）……………………ナシ

下に補入の印を附し右傍下方に「か」と細書せり（二五九）……………………ナシ

下に補入の印を附し右傍下方に「こと」と細書せり（二七七）……………………「を」トアリ

「し（?）」と書ける上を「な」となぞり改め、更にこれが左傍にみせけちの印を附し、右傍に「な」と細書せり（二七八）……………………「な」トノミアリ。ミセケチノ印ナシ

下に補入の印を附し右傍下方に「まいり」と細書せり（二八〇）…………補入ノ印ナシ

「そき」の二字はもと「そさ」とつゞけ書きにしたるのちに「さ」の左肩に一点を附加してなれり。又「き」の下に補入の印を附し右傍下方に「に」と細書せり（二八三）…………「そさ」トノミアリ

（二）左傍にみせけちの印を附せり（二八八）…………ナシ

これらは尾上本にあるミセケチや補入の印を宮下本が写していないのであるが、先も触れたように宮下本固有のものか、それとも山岸本にすでにそのような異同が発生していたのかは不明である。このような異同は書写の際にはしばしば起きることでもある。

また、宮下本には尾上本本文との異同もある。右と同様な対照表を用いて示す。

しるかたなかりける（二五二）…………しまたかたなかりける

うとかるましきさまに（二五六）…………うとかるまきさまに

おのこゝうみたりとて（二五八）…………おのこうみたりとて

天女の天くたりたらんを（二五九）…………天女の天くたりく（く＝ミセケチ）たらんを

ほのかにもいひ出つるは（二六四）…………ほのにもいひ出つるは

出給へはまいらせて（二六六）…………出給へはいまいらせて（「へ」の下に補入の印を附し「れ」を補入、「は」の下に補入の印を附し、「この御文を」を補入）

思ひてけふかくいふ（二六七）………………思ひてけふていふ
申あはすへきならねは（二六九）……………申あはすへきなりねは
ほかの事なしかた〳〵みな（二七三）…………ほかの事なかた〳〵
かの世とたのみける哉（二七六）……………かの世とたのける哉
宮につとへさせ給へり（二八一）……………宮にいとへさせ給へり
なをあかぬ心ちするを（二八六）……………なをあらめ心ちするを
あつかひ聞え給ものから（二八六）……………あつかひ聞え給ものう（「う」の右傍に鉛筆で同じ字、左傍に鉛筆で「から也」）
うち忍ひ越かたかるへきことには（二八六）……うち忍ひ越かたかるへきをには（「かる」の左傍に鉛筆で「かる」、「を」の左傍に鉛筆で「こと」）
いとうたてみたれかはしく（二八七）…………いとそたてみたれかはしく（「そたて」の右傍に鉛筆で「うたて」）
はゝかりおほゆることにては（二八七）………はゝかりおほゆることにて
一の后世のまつりことをし給（二九〇）………一の后母のまつりことをし給

これらの本文異同も宮下本固有のものか不明ではあるが、三箇所に見られる鉛筆書きはおそらく宮下氏自身の手になるものであろう。

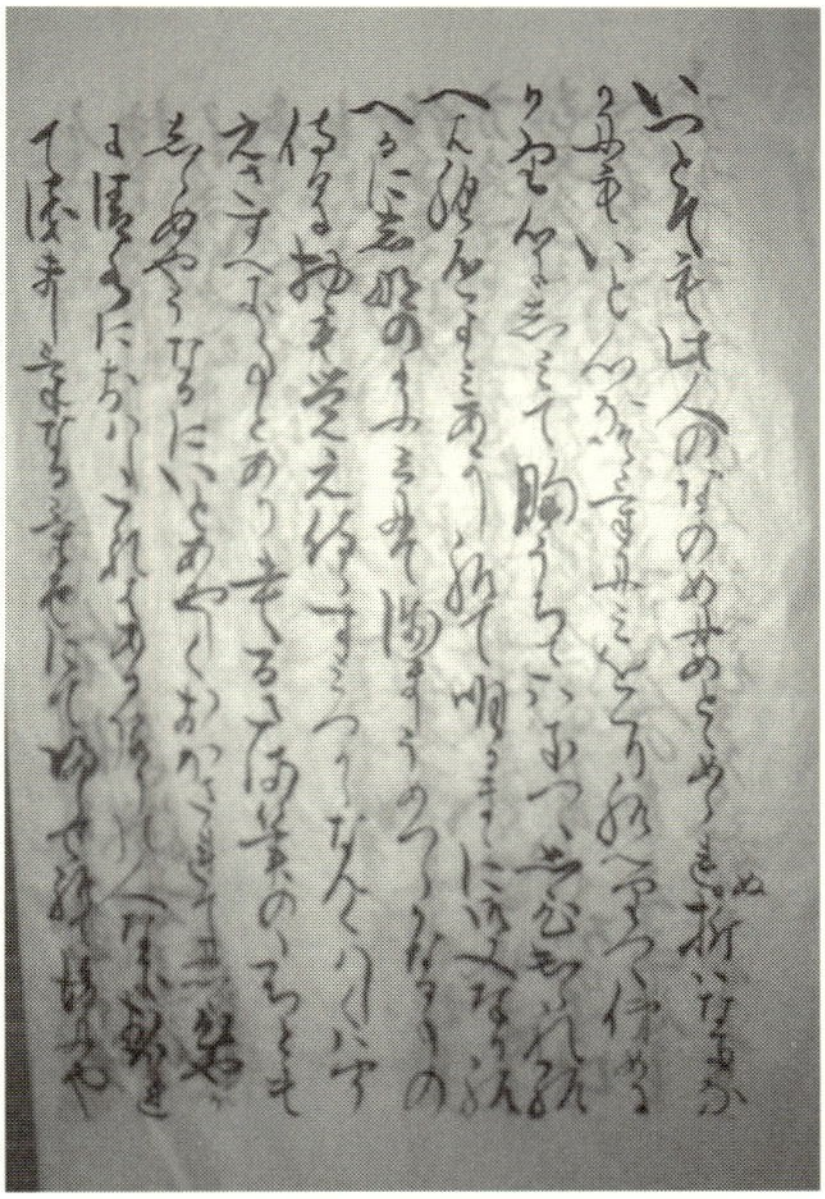

宮下本・巻五冒頭

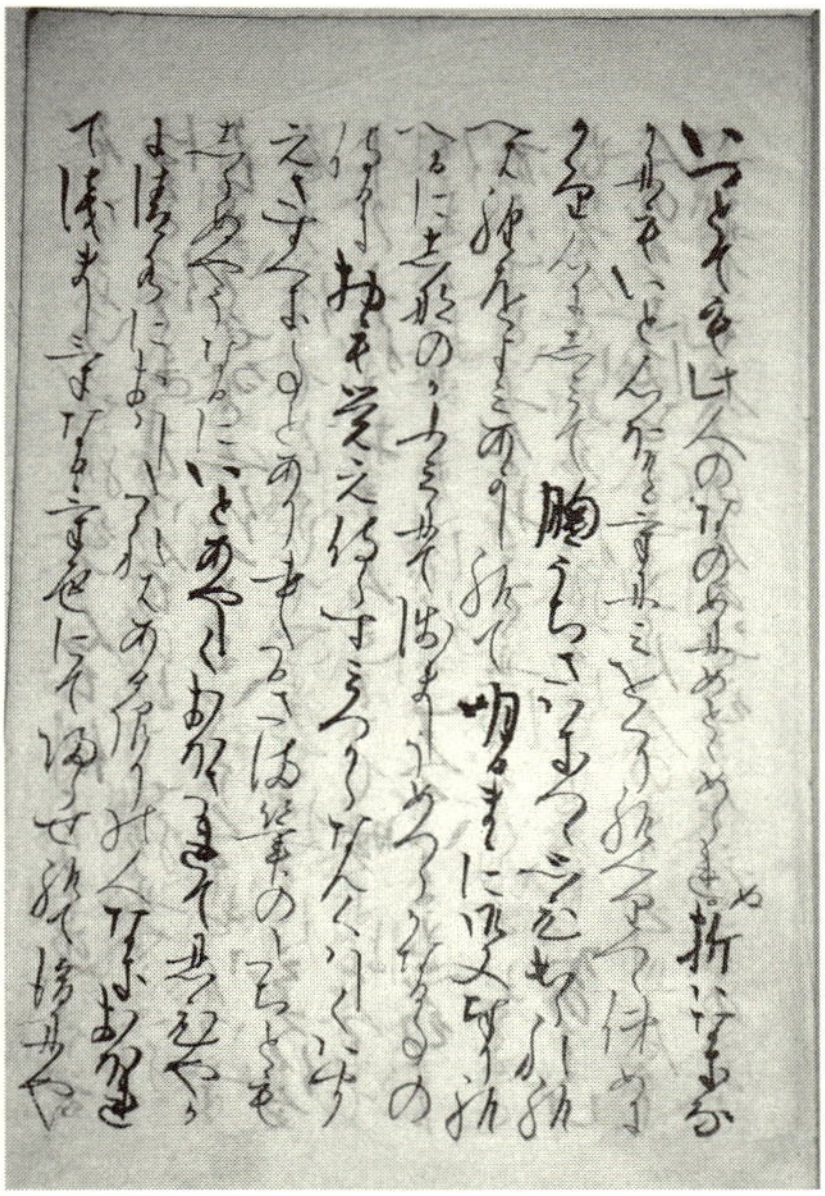

尾上本・巻五冒頭

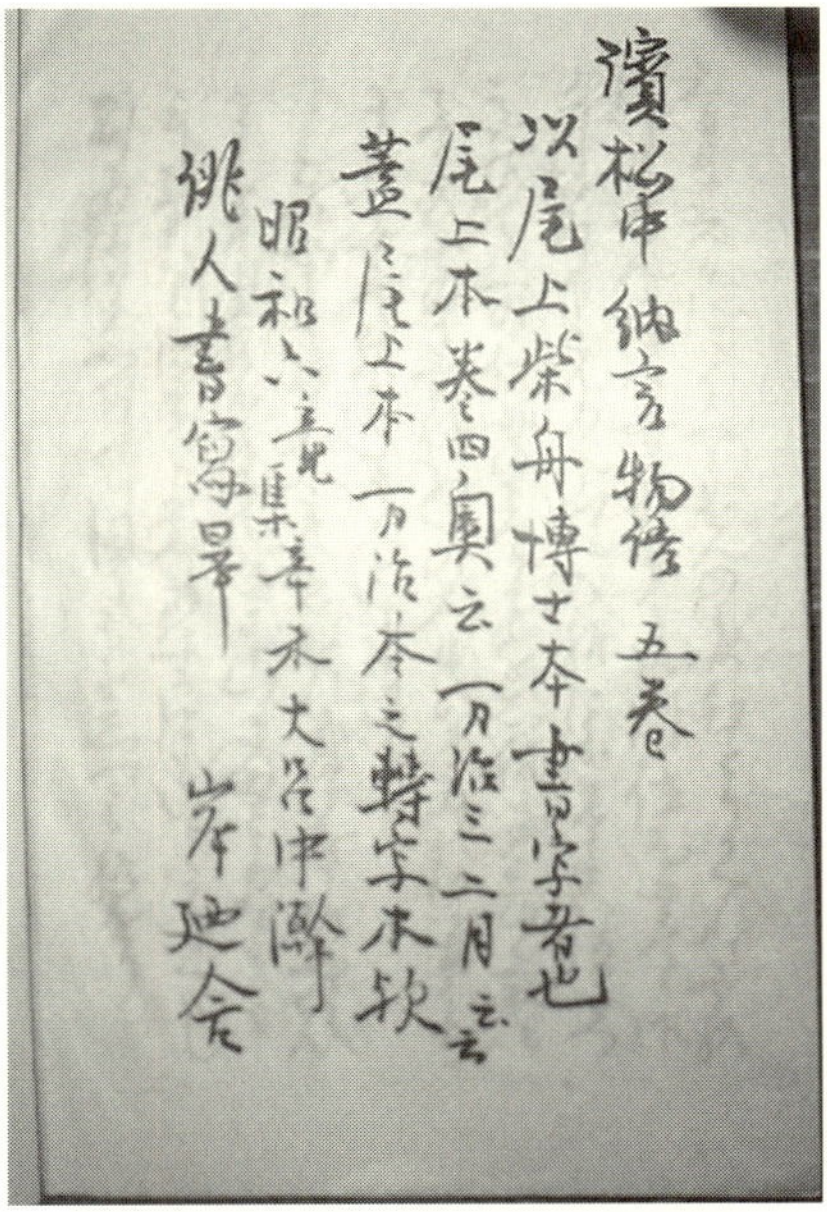
濱松中納言物語　五巻
以尾上柴舟博士本書写者也

宮下本にある山岸徳平氏の書写奥書

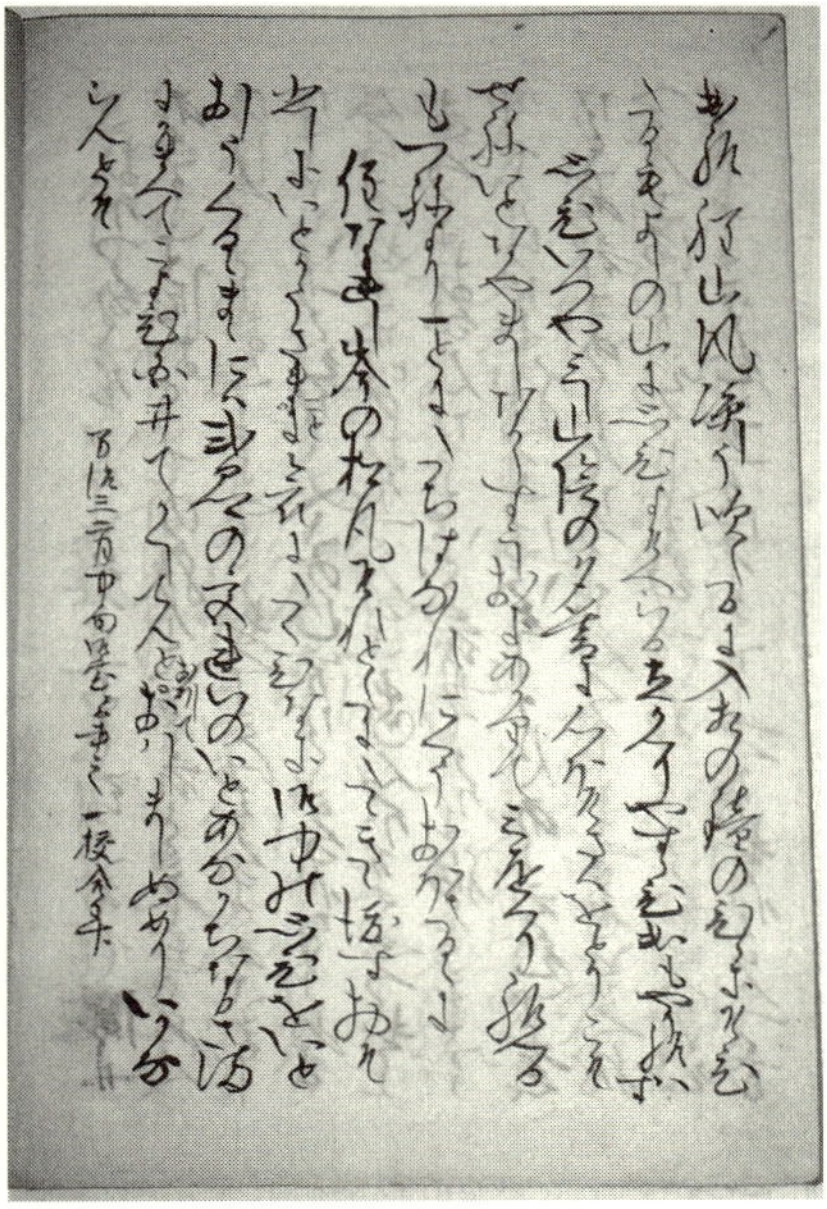

尾上本・巻四末尾

尾上本巻五が世に紹介された七年後の昭和十二年には、臼田甚五郎氏によって浅野本の存在が報告された（「浅野図書館本『浜松中納言物語』末巻の紹介に併せてその作者に対する疑ひなどを述ぶ」・「国文学論究」第四号）。宮下氏が卒業論文作成のために恩師である山岸氏の書写になる尾上本を借り受けて小石川の下宿で書写されたのが、浅野本発見に先立つこと三年前の昭和九年であった。つまり浜松中納言物語の巻五の写本は尾上本、山岸本、宮下本の三本がそれぞれ親、子、孫という書写関係で連なって存在した一時期があったのである。

大学の研究室には赤い表紙と青い表紙の写本が二部あつた。しかし書写年代も比較的新しく、本文の校訂に満足を与えてくれないので、上野の図書館の本や松井簡治先生の蔵本を拝借して新見を出すべく努力し合つた。また、山岸先生の持つておられた尾上本の写しが、この基礎作業を強化した。テキストの欠陥は、これらの諸本によつて大いに補正された。（『新註国文学叢書　浜松中納言物語』「月報」第十三号・昭和二十六年一月）

宮下氏は『新註国文学叢書』の浜松中納言物語を担当されるに至った経緯を回想されてこのように記されている。このことからも巻五の本文については自身の書写になる本を用いておられたことが明らかになる。

付記　『尾上本浜松中納言物語』の底本である所謂尾上本の調査については御所蔵者である尾上兼英氏の、また、宮下本については御所蔵者である宮下隆氏の、格段のご理解とご協力を得たことを記し、感謝申し上げる次第である。

（二）『浜松中納言物語総索引』所載「本文補正表」の補正

池田利夫氏編『浜松中納言物語総索引』は浜松中納言物語研究に絶大な貢献をしている。初発は池田氏自身の御研究のためのものであったらしいが、書物として刊行され、遅れていたこの物語の研究に力強い拍車がかかったことは言うまでもない。ただ唯一の不便さは底本とされた『新註国文学叢書』が一時、稀覯本であったために巻末に付された日本古典文学大系本との頁対照表を参照しながら語彙を検索する作業をせねばならないことであった。『新註国文学叢書』は、巻一から巻四までを丹鶴叢書本、巻五を尾上本を、おのおの主たる底本として、それに適宜漢字を当て、送りがな、仮名遣いを正し、句読点を施して本文を提供したもので、『日本古典文学大系』が刊行されるまで、浜松中納言物語のもっとも詳しい注記のある研究書として親しまれたものでもあった。『浜松中納言物語総索引』には「序」「凡例」の後に十頁に亙って「本文補正表」がある。これは索引作成上、『新註国文学叢書』が底本に忠実に従いながらも、なお若干の「補正」を加える必要があるという目的で作成された。『浜松中納言物語総索引』の「凡例」に従えば、「(底本は)私意を加えない厳密な態度で臨まれているが、校訂にあたり、誤字、脱行、誤刻などがやや見受けられる。(中略)巻四までを原板本(嘉永元年、紀州丹鶴城刊)により、又巻五を尾上本(但、松尾聡博士蔵写真複製本)により補正し、次にその補正表を示した。索引語彙はその補正表に従った」という、具体的な内容が示されている。

平成九年、大空社より丹鶴叢書本の全冊が関連資料も伴って影印で刊行された。これによって浜松中納言物語の江戸時代における唯一の版本も完全なかたちで見ることができるようになった。そこで「補正表」に示された

「板本本文」及び「丹鶴叢書本（底本）巻、丁、行数」を確認したところ、いくつかの訂正が必要かと思われた。あるいは中西の購入した大空社の丹鶴叢書本が異版であるのかも知れないし、また、このように瑕瑾のみを論うことに強い抵抗感を覚えるものである。当然のことながら、多くは「補正表」に示すところが正しく、また、実際に語彙索引を利用することには何の支障もない。ただ、丹鶴叢書本の本文を照合する際に、その訂正を記しておくことも無駄ではないと思い、あえて記すことにした。誤りと判断される場合を大別するに、丁数・行数・オ、ウ等の数字や表裏の誤り、漢字、仮名の誤り、踊り字・繰り返し字の誤り、完全な誤字、傍注無視の五つに分類される。ただし、傍注無視は誤りとはいえないが、一応、付記した。次に一覧表として示しておく。

『新註国文学叢書』頁・行数	「補正表」の表示	丹鶴叢書本の本文
【巻一】		
98⑭	なとかかゝることを	なとかかゝる事を
99⑤	ははきさき	はゝきさき
107⑧	十六オ　9	十六オ　8
108⑫	十八オ　1	十七ウ　10
110⑭	ほろほろと	ほろ〱と
118⑦	むすめ君	むすめ君（右傍ニ「姫一本」）
120③	三十ウ　8	三十ウ　9
128⑫	我こころにも	我こゝろにも（「に」ノ右傍ニ「ナシ一本」）
130④	四十二オ　10	四十二オ　9
133⑩	まゐりたれは山のたかく	まゐりたれは山○のたかく（「○」ノ右傍ニ「さま一本」）
134⑬	おほされたれは	おほされたれは（「た」ノ右傍ニ「け一本」）
134⑭	かたなけれは	かたなけれは（「な」ノ右傍ニ「も一本」）

139③	御気色を	御気しきを
144②	十四ウ 8	十四ウ 9
148③	おしのこひつつ	おしのこひつゝ
157⑤	給ふままに	給ふまゝに
159⑪	三十三ウ 6	三十三オ 6
【巻二】		
165⑧	まゐりむかはまほしう	まゐりむかはまほしう(「う」ノ右傍ニ「く一本」)
167⑦	ひとつにおはせむ	ひとつにおはせん
168⑧	六オ 1	七オ 1
182⑤	二十三ウ 6	二十三オ 6
186①	おほえしことにも	おほえし事にも
193③	つつきておはし	つゝきておはし
198③	いみしうもあるへき	いみしうもあるへき(上四字ノ傍ニ「ナシ一本」)
206⑫	こひめきみ	こひめ君
【巻三】		
215⑫	三オ 7	三オ 6
215⑬	おほいたれと	おほいたれと(「い」ノ右傍ニ「し一本」)
220⑫	九オ 7	九オ 6
240①	きき給て	きゝ給て
241④	三十一ウ 3	三十二ウ 7
254⑭	十一ウ 1	十一ウ 2
256⑤	十三オ 6	十三オ 4
270⑩	ことことしき	こと〳〵しき
【巻四】		
283②	八ウ 3	八ウ 4
285④	はかはかしき人し	はか〳〵しき人し

308⑤	ひとと	人と
309⑥	さきさきの	さき〳〵の
313③	ならひ給へるに	ならひ給へるに（「に」ノ右傍ニ「ナシ一本」）
313③	九ウ　7	九ウ　6
315⑥	うちとけたんなる	うちとけたんなる（「うち」ノ右傍ニ「ナシ一本」、「な」ノ右傍ニ「め一本」）
329③	くもゐ	雲ゐ
337②	かいばみ	かいはみ
339②	四十オ　5	四十オ　4
339③	たはかるるをも	たはからるゝをも
339⑩	よるよるなとそ	よる〳〵なとそ
【巻五】		
346⑨	思すましし	思すましし（下ノ「し」ハ「補入」）
352③	御気色ならは	御けしきならは
354⑦	身をかへて	身をかへても（「も」ハミセケチ）
368⑥	こそは	事こそは（「事」ハミセケチ、右傍ニ「に」）
385③	たれもさしり	たれもさしり（「さ」ハ補入）

あとがき

小著『浜松中納言物語全注釈（上・下）』を刊行したのが昨年の春。まだまだ言い漏らしたこともあり、考えの至らなかったところの多いであろうことに戦きつつ、反省の思いの波に苛まれる中でほとんど自分の著書を手にすることすらできなかった。そんな折、和泉書院の廣橋研三社長からお言葉をかけていただいた。小著の校正中に、願望として、できることなら浜松中納言物語に関する論文集めいたものをもう一冊くらいは出してみたいと思っていますと、ふと漏らしていたことを覚えておられたのである。それで急遽、積み上げている原稿の中から浜松中納言物語関係のものを引き出すと同時に、旧著に収めている諸論のいくつかを一部修正した原稿とを併せて、浜松中納言物語研究の概観が出来るようにと考え、臆面もなく一書に纏めてみようという気になった。今にして思えば、すべてにおいて決断も鈍く消極的な生活を送っている身からはとうてい信じられないような夏から秋への日々であった。それは『浜松中納言物語全注釈』刊行の勢いを受けた振る舞いのようでもあり、また、廣橋社長からお声をかけていただいた感激のせいであったのかも知れない。ここに収めた諸論が浜松中納言物語研究のうえでいかほどの有用性を発揮するのか、内心忸怩たる思いと心もとなさはあるけれども、少なくともこの物語研究の叩き台の一つには加えられるであろう。浜松中納言物語という物語名を冠する書物の少なさにつねづね歯がゆい思いを抱いている者として、また、序説にも記したように、今後、研究者がこの物語に新しい手法で取り組み豊饒な読みが展開される予感もすることから、今日までの自分自身の研究の軌跡の一端を論集のかたちでまとめておくのも無駄ではないと思った次第である。

浜松中納言物語とは学生時代からの長いつきあいになる。恩師　鈴木弘道先生は、田中重太郎氏の枕草子研究一筋にかけておられた情熱のすさまじさとその成果のすばらしさを、よく引き合いに出しながら、怠惰な小生をいつも叱咤激励し指導してくださった。浜松中納言物語研究を督励していただいた恩師の学恩にいかほどの報いができたのかはわからないが、その恩師の御声もこの世では聞けなくなってしまって久しい。いまの小生には他にいくつかの取り組むべき研究課題があり、これに専心したい気持ちもあるものの、現在の浜松中納言物語研究からもう少しは前に踏み出してみようとの意欲も湧いてきている。「日暮れて道遠し」の感を抱きつつも精進を重ねたいと思っている。

末尾になって恐縮だが、いつもながらのわがままを聞いていただいた和泉書院の廣橋研三社長にこころからの感謝の意を記しておきたい。

なお、本書は二〇〇六年度立命館大学学術研究助成金の交付により刊行に至ったものである。立命館大学当局に対し感謝申し上げる次第である。

二〇〇六年一月

中西健治